新訳　リア王の悲劇

シェイクスピア

河合祥一郎＝訳

角川文庫
22391

The Tragedy of King Lear
by William Shakespeare

From
The first Folio, 1623

With notes referring to
The History of King Lear,
the first Quarto, 1608

Translated by Dr. Shoichiro Kawai
Published in Japan by
KADOKAWA CORPORATION

目次

凡例

・一六二三年出版のフォーリオ版（Fと表記）を底本とし、一六〇八年出版のクォート版（Qと表記）にしかない部分は巻末に訳出し、異同は注記した。

・Fとして用いたのは、*The Norton Facsimile, The First Folio of Shakespeare, Based on Folios in the Folger Shakespeare Library Collection, Prepared by Charlton Hinman*, 2nd edn（New York and London: Norton, 1996）.

・Qとして用いたのは、*Shakespeare's Plays in Quarto, A Facsimile Edition of Copies Primarily from the Henry E. Huntington Library*, ed. by Michael J. B. Allen and Kenneth Muir（Berkeley: University of California Press, 1981）.

・FとQの比較は、Michael Warren, ed., *The Parallel King Lear* (Berkeley and Los Angeles: University Press of California, 1989）および René Weis, ed., *King Lear: A Parallel Text Edition*, 2nd edn, Longman Annotated Texts（London: Routledge, 2014）を用いて行った。

・そのほか各種現代版を利用したが、これらについては「訳者あとがき」に記す。

・〔 〕で示した箇所は、原典にない語句を補ったところである。

新訳　リア王の悲劇

〔登場人物

リア王　ブリテン国王
ゴネリル　長女
リーガン　次女
コーディーリア　三女
オールバニ公爵　ゴネリルの夫
コーンウォール公爵　リーガンの夫
フランス王　コーディーリアへの求婚者
バーガンディー公爵　コーディーリアへの求婚者

道化　リア王に仕える宮廷道化師
グロスター伯爵　リア王の家臣
エドガー　グロスター伯の長男
エドマンド　グロスター伯の次男、婚外子
ケント伯爵　リア王の家臣
オズワルド　ゴネリルの執事
カラン　宮廷人

その他、老人、伝令、隊長、将校、騎士、紳士、使者、従者たち

場面　ブリテン〕

第一幕　第一場[※1]

ケント伯、グロスター伯、エドマンド[※2]登場。

ケント伯　陛下はコーンウォール公爵よりオールバニ公爵を贔屓(ひいき)になさっているとばかり思っておりました。[※3]

グロスター伯　そのようでしたが、いよいよ王国を分割するとなると、陛下がどちらの公爵を大事になさっているのかわかりませんな。王国は均等に分けられており、[※4]どこをどう見ても両方の取り分は同じですからね。

ケント伯　そちらはご子息ではありませんか？

グロスター伯　これが生まれたのは[※5]私のせいです。それを認めるたびに赤面ばかりしていて、今ではすっかり面(つら)の皮が厚くなりました。

ケント伯　どういうことか、腑(ふ)に落ちませんな。

グロスター伯　こいつの母親の腑には落ちた、[※6]つまり種が腹に落ち、孕(はら)んだのです。それで、ベッドに夫を迎える前にゆりかごに息子

※1　幕場割はフォーリオ（F）に基づく。Fにもクォート（Q）にも場所の設定はない。

※2　Qでは「私生児」(Bastard)。Fでは第一幕第二場以降「私生児」となっている。

※3　186ページ詳注を参照のこと。

※4　グロスター伯は、分割が均等に計画された地図を見ているため、のちにリアが「愛情に応じて王国を分割する」と言い出すのは実は儀式的なもので、分け方は最初から決まっていたとわかる。

※5　原語 breeding は、生まれと養育の両方を指す。

※6　原語 conceive には「理解する」と「孕む、懐妊する」の両方の意味があり、言葉遊びになっている。

がでちまった。罪のにおいがするでしょう？

ケント伯　できたのがこんな立派なご子息なら、犯さなければよかった罪とは言えんでしょう。

グロスター伯　これより少し上に嫡男もおるのですが、呼ばれもせぬのにこの世にしゃしゃり出てきおったこいつと、可愛さは変わりません。こいつの母親がまた美人でしてね、こいつをこさえるに当たっては随分お楽しみがありました[※1]。ですから、妾腹（めかけばら）とは言え、認知せざるをえなかったのです。この方を存じあげておるか、エドマンド？

エドマンド　いえ、父上。

グロスター伯　ケント伯爵だ。名誉あるわが友だ。お見知りおきを願え。

エドマンド　よろしくお願いします。

ケント伯　ご昵懇（じっこん）に頼むよ。

エドマンド　ご期待に添えますよう努めます。

グロスター伯　こいつは九年外国におりましてね[※2]。また外に出すつもりです。王がいらした。

ラッパ吹奏[※3]。リア、コーンウォール公、オールバニ公、ゴネリル、リー

※1　ロマン派詩人コールリッジは「エドマンドは、自分の母と出生に関して下世話な言い方をされるのを耳にする」と記した。

※2　エドマンドが「親父の愛は、この私生児エドマンドにも、嫡男同様注がれている んだ」（第一幕第二場）と語ることからも、『じゃじゃ馬馴らし』のルーセンショーのように従者付きで遊学していたか、どこかの貴族の屋敷で教育を受けていたと考えられる。ただし、九年間は長く、その間に親子の愛情が冷めたか。

※3　トランペットまたはコルネット。Qのト書きでは、王冠を捧げ持つ者が最初に登場し、それに続いてリア以下が登場する。

ガン、コーディーリア、従者ら登場。

リア　フランス王とバーガンディー公をお呼びしろ、グロスター。

グロスター伯　かしこまりました。　〔グロスター伯〕退場。※4

リア　その間、これまで秘密にしておいたことを発表しよう。※5
地図をこれへ。よいか。わが王国を三分割した。
そしてこう決めたのだ。この老いた身より、
あらゆる苦労と実務とを若き力へ委(ゆだ)ねる。
この身は重荷をおろして、死へと
にじり寄るつもりだ。わが婿コーンウォール、
そして、おまえ、等しく愛(いと)しい婿オールバニ、
将来のいさかいを避けるために、
今こそ、娘たちのそれぞれの持参金を
公表しよう。※6フランス王とバーガンディー公※7は、
わが末娘の愛を勝ち得んと競い合って、
わが宮廷に長く愛の滞在を続けていたが、
それも今、決着をつける。教えてくれ、わが娘たち、
(これより、政治も、領土の権利も、国家への

※4　エドマンド退場の指示はないが、ここで一緒に退場するのだろう。または無言で舞台にとどまり、この場の最後で他の全員が退場したところで第一幕第二場の独白を始めるのか。23ページ注4、25ページ注7参照。
※5　ここから韻文。
※6　五行前の「この身は重荷をおろして」からここまでQになく、Fで加筆された部分。Fの加筆については226ページ以降にまとめたので参照されたい。
※7　バーガンディーは「ブルゴーニュ」の英国名。現在、ブルゴーニュ地方はフランスの一部だが、九世紀から一四七七年にフランス王国に統合されるまでフランス王国の北東に隣接する公国だった。

気配りも、すべてこの身より脱ぎ捨てるがゆえ〕※1
おまえたちのうち誰が、わしを最も愛しているか。
それに応じて最大の褒美をやろう。
愛情が大きければ、見返りも大きいぞ。ゴネリル、
おまえが年長だ。おまえから話せ。※2

ゴネリル　父上を想うこの愛は、とても言葉では言い表せません。
この目より、何不自由ないこの身より大切で、
どんなに豪華で貴重な価値あるものより尊く、
命に等しく、栄耀栄華、健康、美、名誉そのもの。
これほど娘が愛したことはなく、愛された父もないほど、
語る言葉も虚しく、筆舌に尽くしがたいほど、
ありとあらゆる愛も及ばぬほどに私は父上を愛しております。

コーディーリア　〔傍白〕コーディーリアは何と言おう？※3　愛して
　黙っていよう。

リア　ここからここまでのすべての領域、
陰深き森と、肥沃な荒野、
豊かな川と、※4広大な牧場つきで
おまえの領土としよう。おまえとオールバニの子孫で
代々受け継ぐがよい。二番目の娘、

※1 〔 〕に入った二行はFでの加筆。

※2 **Our eldest born, speak first.** 弱強が三回繰り返される短い行。あとに弱強二回（二拍）分の間（ポーズ）が入る。指名されたゴネリルが立ち上がり話し始めるまでの緊張の間。

※3 Qの「コーディーリアはどうしよう?」(What shall Cordelia doe?) をFでは「〜何と言おう」(... speak?) に訂正。**Love and be silent** と続いて弱強五歩格の一行となる。訳は一行に収まらず二行としたが、二行目を一字下げにすることで本来一行の台詞であることを示した（以下同）。

※4 「肥沃な荒野、豊かな川と」はFでの加筆。

愛しいリーガン、コーンウォールの妻は何と言う？[※5]

リーガン　私も気持ちは姉と同じ。
姉と同様に評価して下さい。私の真心にも
姉が言ったとおりの愛がございます。
ただ、姉の言葉では全然足りません。私は、
この五感が感じうるありとあらゆる繊細な喜びも
私にとっては敵だと思い、ただひたすら
陛下の愛に浴することをのみ
幸せと存じます。

コーディーリア　〔傍白〕ならば[※6]、哀れなコーディーリア。
いえ、そうじゃない。だって私の愛は、
この舌よりももっと重いのだもの。

リア　おまえとその子孫には永遠に
わが美しき王国のこの豊かな三分の一を与える。
ゴネリルに与えたものと同じ広さ、
価値、豊かさだ。さて、わが喜びよ、
末娘で一番小さい[※7]が、その若き愛のために
フランスの葡萄とバーガンディーのミルク[※8]が
おまえの気を引こうと争っている[※9]。姉たちよりも

※5　Qではここに「言え」があったのをFでは削除して、コーディーリアに対して「言え」と言う。次ページ注1参照。

※6　「ならば」の解釈について187ページの詳注参照。
　直前の台詞とあわさって弱強五歩格の一行を成すシェアードライン（ハーフライン）となっている。間髪を容れずに続けて読む。

※7　Qは「最後だが軽んずべきではない」。

※8　乳牛の連想から牧草地を指すとする説と、「ブリストル・ミルク」という呼称もあるように赤ワインを指すとする説がある。22ページ注3参照。

※9　二行前の「その若き愛〜」からここまでFでの加筆。

豊かな領土を引き出すために何と言う？　言え。※1
コーディーリア　言うことは何もございません。※2
リア　何もない？
コーディーリア　ございません。
リア　何もないところから何も出てきはせぬぞ。言い直せ。
コーディーリア　ふつつかゆえ、この心を口にまで
あげることができません。※3 私は子として
陛下を愛しております。それ以上でも以下でもありません。
リア　何だと、コーディーリア？　少しは言葉を繕（つくろ）え。
さもないと、ひどいことになるぞ。
コーディーリア　　　お父様、※4
お父様は私の生みの親、私を育て、愛して下さいました。
私はそれに見合うようにその義務をお返しし、
言いつけに従い、お父様を愛し、誰よりも尊敬申しあげます。
なぜお姉様たちは夫がありながら、お父様だけを
愛するなどと言うのでしょう？　私も結婚するかもしれませんが、
そうしましたら契った相手の方に、私の愛の半分を、
私の思いと務めの半分を、さし出すことになります。
私は、お姉様たちのようには結婚しません。※5

※1　「言え」はFでの加筆。

※2　「何もない」は劇のキーワード。この返答の解釈については190ページの詳注参照のこと。次のNothing?／Nothing.の二行はFでの加筆。

※3　新約聖書「ヨハネの第一の書」3：18「言（ことば）と舌とをもて相愛することなく、行為（おこない）と真実（まこと）とを以てすべし」参照。

※4　ハーフライン。前ページ注6参照。

※5　Qの（結婚して）「お父様だけを愛することは」をFは削除。
　結婚せずに父の面倒を見るとも解釈できるが、リアにはわからないとローゼンバーグは指摘する（*The Masks of King Lear*, p. 62）。

リア　だが、本心からそう言っているのか？
コーディーリア　はい、お父様。[※6]
リア　そんなに若くして、そんなにつれないか？
コーディーリア　若くして、お父様、真実を申すのです。[※7]
リア　ならばよい。その真実とやらを持参金にしろ。
太陽の聖なる輝きにかけて、
ヘカテ[※8]の秘儀と暗黒の夜にかけて、
我らが存在し、そして消えゆく原因である[※9]
あらゆる星々の動きにかけて誓う。
おまえと親子の縁を切る。
もはや血縁でも親族でもない。
これからはこの心にとって
おまえは永遠に赤の他人だ。野蛮なスキタイ人、[※10]
あるいは腹が空(す)けば自らの親さえ
貪(むさぼ)り食うという人種のほうが、
かつて娘だったおまえよりもずっと
この胸の支えとも慰みともなる。
ケント伯　陛下。
リア　黙れ、ケント。[※11]

※6　ハーフライン。コーディーリアは躊躇せずに答える。

※7　**So young, my lord, and true.**　弱強三回（三拍）の行。あとに二拍の緊張の間が入る。

※8　ギリシャ神話における地下世界を司る女神。『マクベス』では三人の魔女のボス。

※9　人間の運命は星々が司ったとされた。194ページ詳注参照。

※10　黒海や小アジアで略奪を行ったイラン系の騎馬民族。C・マーロウが描く『タンバレイン大王』では、残虐なスキタイ人羊飼いが帝王になる。

※11　Peace, Kent.　一拍の短い行。あとに四拍の間。王の絶対的権力が示され、緊張が走る瞬間。

龍とその怒りのあいだに入り込むな。※1
誰よりも愛していた娘だ。老後はこの子に
面倒を見てもらおうと決めていたのに。失せろ、※2目ざわりだ！
こうしてこの子から父の情愛を取りあげる以上は、もはや
わが平安は墓にあるのみだ、フランス王を呼べ。誰か動かんか！
バーガンディーを呼べ。――コーンウォール、オールバニ、
二人の娘の取り分に三人目※3も加えるがいい。
この子は、正直とやらいう高慢を持参金に結婚するがいい。
君たち二人に、わが権力を与える。
そして権威に伴うあらゆる特権、
至上の地位を授ける。わし自身はひと月ごとに、
二人の館に代わる代わる厄介になることにしよう。
百人の騎士※4をこの手許に置き、
その賄いは両家に頼む。ただ、
王の称号とその栄誉はわしが保持する。
統治も、収入も、一切の実権は、
愛する婿たちよ、君たちのものだ。その証として、
この王冠を二人で分けるがよい。※5

ケント伯　陛下。

※1　龍の特質である怒りを龍から引き離そうとするな（龍からその怒りを奪おうとするな）の意。

※2　コーディーリアに対して言う。

※3　コーディーリアの取り分だったもの、の意。

※4　実際は百人の騎士とその従者たちであることは、45ページのゴネリルの台詞参照。

※5　この王冠とは、リアがそれまで戴いていた王冠か、それとも別の、リアがコーディーリアに与えるつもりだった冠のことかで学者の意見が分かれる。いずれにせよ、冠を物理的に二分することはできない。王冠を分けよという愚かな命令は、のちに道化に揶揄されることになる。

これまでずっとわが王として崇め、
父のように慕い、主君として立て、
わが庇護者として祈りを捧げてまいりましたが——

リア　弓は引き絞られた。矢面に立つな。

ケント伯　その矢がこの心の臓を射貫きましょうとも
かまいません。リアが常軌を逸するなら、※6
ケントは無礼になります。※7どうするつもりだ、ご老体？
権力が追従に頭を下げるとき、忠義が
恐れて黙るとお思いか？　王が愚行に走るとき、
名誉は歯に衣着せぬ。国をお渡しなさいますな。※8
とくと熟慮のうえ、あまりに無謀なこの軽率なご処置を
お取り消し下さい。この命にかけて、ご忠告申しあげる。
末の娘御は陛下を愛しておらぬのではない。
声が小さく、虚ろな響きを出さぬからと言って
心が空なのではない。

リア　ケント、命が惜しくば、もう言うな。

ケント伯　命など、陛下の敵の前に投げ出す覚悟。
陛下のためとあらば、喜んで
棄てましょう。

※6　Qの明らかな誤植であるmanをFはmadと訂正している。

※7　「無礼になる」と断ってから、王に対してyouではなくthouを用いて呼びかけ、old manと無礼な言い方をしている。

※8　Reserve thy state.　Qでは「宣告(doom)を取り消しなさい」。アーデン3版編者R・A・フォークスは、Qはシェイクスピアの最初の草稿を反映するものであり、コーディーリアのことを思って宣告を取り消すように求める意味で書いたのに対し、Fは全体の流れに即して書き直した台詞となっていると指摘する。Fのほうが国家の安泰を考えての発言となっているという指摘もある。

リア　目ざわりだ！

ケント伯　しかと見るのだ、リア。まっすぐ私を見据え、
その目に真実を映して下さい。

リア　ええい、アポロンの神にかけて！

ケント伯　アポロンの神にかけて、王よ、
神々に誓っても無駄です。

リア　ええい、※1この下郎！　悪党め！

〔リアは剣を抜こうとする。〕

オールバニ公
コーンウォール公　どうか、ご辛抱を。※2

ケント伯　医者を殺して、汚らわしい病気に
謝礼を支払うのですか。※3贈与を撤回なさい。
さもなければ、この喉（のど）から声が出るかぎり、
不当な処置だと言い続けます。

リア　聞け、この謀叛人（むほんにん）。※4
わしに忠誠を誓うなら、聞くがよい。※5
貴様は、いまだかつて誓いを破ったことのないわしに
誓いを破らせようとした。しかも、傲慢（ごうまん）にも、

※1　「ええい」(O)はFでの加筆。

※2　Fでの加筆。斬り捨てようとするリアをとどめるのである。「どうか、それはおやめください」とも訳せる。Qでは、二人の公爵が止めに入らず、代わりに「この下郎！　悪党め！」と叫んで剣を抜いて挑んでくるリアに対して、ケント伯は「殺すがいい」(Do)と答えてから「医者を殺して～」と続けている。ト書きは現代版のもの。

※3　Qでは「贈与」ではなく「宣告(doom)」。前ページ注8参照。

※4　「この謀叛人」はFでの加筆。

※5　三拍半の短い行。直後に一拍半の間が入る。ようやくケント伯は沈黙する。

王として発した宣告を撤回させようとした。
わが性分からも地位からも赦(ゆる)しがたいことだ。
わが力を思い知り、その報いを受けろ。
五日※6の猶予をやるから、その間に
この世の惨事から逃れる準備をしろ。
そして六日目に、わが王国から
とっとと出て行け。十日経(た)って
追放されたその身が我が国で見出(みいだ)されれば
即刻死刑だ。行け！ ゼウス※7にかけて、
この宣告は取り消さんぞ。

ケント伯 さようなら、陛下。その度し難いご気性※8、〔☆〕
この国から自由※9を追い払う。残るは追放のみでしょう。〔☆〕
〔コーディーリアに〕
神々のご加護を得て、ご息災(そくさい)でいらして下さい、ぜひとも。〔★〕
あなたのお考えは正しく、ご発言は尤(もっと)も。〔★〕
〔ゴネリルとリーガンに〕
あなたがたの大仰な言葉に伴いますよう、実行が。〔◇〕
愛の言葉から、どうか生まれますよう、善行が。〔◇〕
〔コーンウォール公とオールバニ公に〕

※6　Qでは「四日」、二行後は「五日後」。
※7　Jupiter　ローマ神話の主神ユーピテル（ギリシャ神話のゼウス）。古代ブリテンでは、異教の神が信奉されていた。
※8　ケント伯の最後の八行は二行ずつ押韻する二行連句が四回繰り返される。本書では脚韻をすべて訳出し、同じ韻は記号を付して示した。「ケント伯の二行連句は、リアとの嵐のようなやりとりのあとに穏やかさが戻ったことを示す」という旧オックスフォード版編者W・J・クレイグの評を引用する編者が多い。それぞれに向かっては二行連句で挨拶するので、正式の別れの感じが出る。
※9　Qでは「友情」。

では、両公爵[※1]、ケントはお別れ申しあげます。〔◆〕
新たな国で昔かたぎに生きて参ります。〔◆〕
〔ケント伯〕退場。

ファンファーレ。グロスター伯がフランス王とバーガンディー公を
連れて従者たちとともに登場。

グロスター伯[※2] フランス王とバーガンディー公をお連れしました、
陛下。

リア バーガンディー公[※3]。
まずは貴殿から話そう。こちらのフランス王と
わが娘を求めて競い合っていらしたが、この子の
持参金として最低どれほどお求めか？
あるいは、この縁談は取り消されるか？

バーガンディー公 陛下。
私は、陛下がご提示になった額以上求めません。
あれ以下ということはございますまい？

リア バーガンディー公。
かつてわしはこの子を大事にしていたが、
今はその値が下がった。さあ、そこにおる。

※1 O princes と呼びかけており、両公爵への台詞と解釈する。

※2 Qの読みを採用した。Fは *Cor.* となっており、アーデン3版編者フォークスはコーンウォール公の台詞とし、ニュー・ケンブリッジ版編者ハリオはコーディーリアの台詞としている。その場合「フランス王とバーガンディー公がお出でになりました」と訳せる。ケント伯を追い出して呆然自失となっているリアにコーンウォール公が声をかけるという解釈や、自分の求婚者が来たのでコーディーリアがその来訪を告げるという解釈が可能ではあるが、フォークスは、コーディーリアはリアから「失せろ、目ざわりだ」と言われて

この小さな見かけばかりのものに何かしら
お気に入るところが多少なりともあれば、わしからは、
ただ不興を添えてやる。それだけだ。それでよければ、
ほら、そこにいる。連れていけ。

バーガンディー公　何とお答えしてよいものやら。

リア　この欠点だらけの娘、
友もなく、わが憎悪を受け、
持参金はわが呪いだ。[※4]
その子を受け取るか、取らぬか？

バーガンディー公　お許しを、陛下。
そのような条件では選ぶことはできません。

リア　ではこの子を取らぬがよい。この身を造られた神にかけて、
今言ったのがこの子の全財産だ。〔フランス王に〕あなたには、
偉大な王、わしが憎む子と縁組をするような
ことはして頂きたくない。それゆえどうか、
自然の神が生んでしまったことを恥じるような
惨めな娘などよりもっと立派な嫁を
迎えてほしい。

フランス王　これは不思議。[※5]

いるので、ここでは発言しにくいと考える。Fの誤植という可能性もあるので、ケネス・ミュア編アーデン2版、G・K・ハンター編ペンギン版、H・H・ファーネス編ニュー・ヴェリオラム詳注版と同様に、グロスター伯の台詞とする。

※3　**My lord of Burgundy,** 弱強三拍の短い行。直後に弱強二拍分の間が入り、リアの躊躇を示す。

※4　**Dowered with our curse.** Qでは **Covered with our course.**「わが呪いにおおわれている」。

※5　Qではハーフラインとせず、次の「ついさっきまで」と合わせて一行とし、そのあと行に乱れが生じていたが、Fで修正された。

ついさっきまで陛下が最も可愛がり、
口を極めて誉めそやし、老いの支えともしていた※1
最愛にして最上の子が、このわずかの間に
あれほどの幾重(いくえ)もの寵愛(ちょうあい)をはぎ取られるとは、
どんなにおぞましい罪を犯したことか。さぞかし
恐ろしく自然に悖(もと)る罪にちがいない。
さもなければ、陛下がかつてあれほど表明なさっていた
愛情が嘘だったのか。しかし、そんな罪を
この方が犯したと信じるのは理性では無理だ。
奇蹟(きせき)が起きても信じられない。

コーディーリア　どうか陛下、お願いです※2——、
私は口にするより先に実行したいと思う者でございますので、
心にもないことをすらすら申しあげるよく回る舌は
持ち合わせていないとしても、※3
私が陛下のご寵愛を失ったのは、
忌まわしい罪、殺人、汚点、
不貞な行い、不名誉ゆえでないと仰(おっしゃ)って下さい。
ただ、そんなものは持ちたくないと思うもの——
常に希(こいねが)う目、持たなくてよかったと思える舌——

※1　リアは「老後はこの子に／面倒を見てもらおうと決めていた」（14ページ）。コーディーリアは、父の面倒を見ることを自分の責任と感じつつ、求婚者を前にして、父だけを愛することはできないという気持ちを強くしたのか。

※2　弱強四拍の短い行。直後に弱強一拍分の、王がこちらを向くのを待つ間がある。

※3　「〜としても」というこの譲歩節（？）は文法的におかしく、全体的に性急で、乱れた言い方をしているのは、コーディーリアの必死さを表すと、ハリオやフォークスは指摘する。彼女自身にフランス王に好かれたいという思いがあるとすれば、直前のフランス王

それがないゆえだと。それがないゆえに、
ご不興を買ってしまいましたけれど。

リア[※4]　おまえなど、[※5]
生まれてこなければよかったのだ。怒らせおって。

フランス王　それだけのことですか？　心に思ったことも
口にせずにすませてしまうほど
おっとりとした性格のために？　バーガンディー公、
このご婦人に何と仰る？　愛は、
その本題から外れた思惑と混ざれば、
もはや愛ではない。[※6]妻となさいますか？
ご本人が立派な持参金だ。

バーガンディー公　陛下。
陛下ご自身がお示しになった額を頂きたい。
そうすれば、今ここでバーガンディー公爵夫人として
コーディーリアの手を取りましょう。

リア　何もない。誓ったのだ。取り消しはせん。[※7]

バーガンディー公　〔コーディーリアに〕では、残念ですが、あなたは
父上を失い、夫も失うことになります。

コーディーリア　さようなら、バーガンディー公様。

の言葉を聞いて「誤解してほしくない」という思いが働いたのであろう。

※4　このページの「リア」という表記およびバーガンディー公の「陛下」は、Qでは「レア」（Leir）となっている。Fではそれが正されている。

※5　Qにあった Go to, go to という余分な語がFでは削除され、韻律が整っている。次のフランス王の台詞でも同じ理由でQの no more がFでは削除。

※6　ソネット一一六番「真心と真心が結ばれるとき、妨げが／あってはならぬ。さような愛は愛ではない、／ふらついて心変わりする愛など」参照。

※7　「取り消しはせん」はFでの追加。

財産目当ての愛ならば、
私は妻にはなりません。
フランス王　美しいコーディーリア、貧しくなったあなたは最も豊
かだ※1。
棄(す)てられて最もよく選ばれ、嫌われて最も愛される。
あなたとあなたの美徳をこうして私はつかみましょう。
棄てられたものを拾うのが正しい行いでありますよう。
神々よ！　冷たく打ち棄てられたところから、※2〔△〕
わが愛に火がともるとは、何と不思議な愛の力。〔△〕
陛下、あなたの持参金なしの娘は、わが手に委(ゆだ)ねられた。〔▲〕
そして、わが妻、美しきフランスの王妃となられた。〔▲〕
水っぽい※3バーガンディー公爵が何人いようとかまわない。〔▽〕
この価値ある貴重な娘を私から買い取ることはできない。〔▽〕
コーディーリア、つれないご家族だが、お別れをなさい。〔▼〕
よりよき場所を見出すのだ。この地はもう諦(あきら)めなさい。〔▼〕
リア　娶(めと)るがよい、フランス王。あなたのものだ。わしに〔◎〕
そんな娘はいなかったし、二度とこのわしに〔◎〕
その顔を見せてほしくない。だから、立ち去るがよい。〔○〕
わが寵愛も、祝福も与えはしない。〔○〕

※1　新約聖書「コリント人への後の書」6：10「貧しき者の如くなれども多くの人を富ませ、何も有（も）たぬ者の如くなれども凡ての物を有てり」参照。

※2　ここから二行連句が繰り返されることで、「この場面の主たるアクションの終了のみならず、二人の王の態度を形式的に表現している」とハリオは注釈する。

※3　waterish―「川が多く、水が豊かな」という意味のほかに「人間味の薄い、気の抜けた」という意味がある。11ページのミルクへの言及も、不甲斐ない性格をイメージさせるものか。「ミルク」は、milksop（弱虫・腰抜け）という語も連想させた。

来たまえ、バーガンディー公。

ファンファーレ。〔リア、バーガンディー公、コーンウォール公、オールバニ公、グロスター伯、エドマンド、従者ら〕一同退場。※4

フランス王　姉さんたちにお別れをなさい。

コーディーリア　お父様の大切な二つの宝石であるお姉様方、
コーディーリアは涙してお暇（いとま）を告げます。姉さんたちのことは
わかっています。妹としてその欠点をあからさまに口にするのは
はばかられます。お父様をどうか愛してあげて。※5
愛するとはっきりと仰ったお二人にお父様をお任せします。
でも、ああ、あればよかった、ご寵愛を失わぬだけの心得！〔●〕
そしたらお父様を連れていけたのに、もっとましなところへ。※6〔●〕
さようなら。※7

リーガン　あたしたちに指図してんじゃないわよ。

ゴネリル　せいぜい亭主を
大事にするのね。慈善の心であんたを拾ってくれたんだから。
あんたには素直さが欠けているのよ。〔□〕
すべて失ったのは身から出た錆（さび）ってものよ。〔□〕

コーディーリア　巧みに隠れた悪意も時が暴いてくれるもの。※8〔■〕

※4　Qには「ファンファーレ」がなく、「リアとバーガンディー公退場」とのみある。エドマンドの退場については9ページ注4参照。

※5　Qでは「愛して」ではなく「よくして」(use well)。

※6　すべてを見透かしたかのような皮肉な表現が二行連句の形式性によって強調される。

※7　弱強三拍の短い行。直後に二拍分の間が入る。コーディーリアの立ち去る背中にリーガンが文句を言うのだろう。次のコーディーリアの台詞は立ち去る間際の捨て台詞。

※8　「真実は時の娘」という格言があった。コーディーリアの独善性については192ページ詳注参照。

罪を隠しても、やがては恥ずべき笑いもの。〔■〕
お栄えなさいますよう[※1]。

フランス王　おいで、美しいコーディーリア[※2]。

フランス王とコーディーリア退場。

ゴネリル　ねえ、あたしたち二人に関わることで相談があるんだけど。父は今晩ここを発(た)つと思うの[※3]。

リーガン　まちがいないわ。まずは姉さんのところ。来月は、あたしのところね[※4]。

ゴネリル　年をとって随分気が変わりやすくなったわね。これまでも相当なもんだったけど。ずっと妹を一番かわいがってたのに、あんなことで勘当してしまうなんて、ひどいもんだわ。

リーガン　耄碌(もうろく)したのよ。と言っても、昔から分別のあるほうじゃなかったけど。

ゴネリル　一番しっかりしていた頃だって、横暴[※5]だったし。こうなると、長いあいだに凝り固まった欠点だけじゃなくて、短気な老いぼれにありがちの無理なわがままで迷惑することになりかねないわ。

リーガン　ケントが追放されたみたいに、あたしたちも不意に何をされるかわかったもんじゃないわ。

※1　旧約聖書「箴言」28・13「その罪を隠すものは栄ゆることなし」に基づく強烈な皮肉。
※2　Fはmyを加えて韻律を整えている。
※3　QFではこのゴネリルの台詞を韻文であるかのように印刷しているが、どの現代版もここから散文と解釈している。それまでの形式的・儀式的な会話とちがって、内密の相談という雰囲気が出る。
※4　14ページで王が言ったように、ひと月ごとに百人の騎士とその従者を連れて二人の娘の館に滞在するという取り決めへの言及。
※5　rash「衝動的、向こう見ず、性急」の意味。『ハムレット』第五幕第二場「向こう見ずというのもありがたいもの」参照。

ゴネリル　これからフランス王との正式な別れの挨拶があるわ。ねえ。手を結びましょ。あんな調子で権力を振り回されたんじゃ、引退するなんて言われてもいい迷惑だもの。

リーガン　相談しましょ。

ゴネリル　何か手を打たなきゃ。それもすぐに。

二人退場。

第一幕　第二場[※6]

私生児〔エドマンド〕[※7]登場。

私生児　自然の女神よ、あなたこそわが女神。[※8]
あなたの掟には俺は従う。なぜ俺は、
おぞましい慣習に足をとられ、つまらぬ国の
法律に権利を奪われなきゃならんのだ？
たった十二か月か十四か月、兄より遅く生まれただけで？[※9]
なぜ「私生児」と呼ぶ？　どこが「卑しい」[※10]んだ？
俺の五体はちゃんとしている。

※6　Qには幕場割はない。Fのみ。
※7　FQともト書きにBastardとあり、ここで彼の登場を指定している。9ページ注4、23ページ注4参照。
※8　この場は、最初と最後にエドマンドの韻文による独白があり、中間（30ページ）に散文による独白がある。リチャード三世に似て、観客の心を鷲摑みにする直接話法である。なお、私生児のことを自然な息子natural sonと呼んだので、エドマンドは自然を崇める。
※9　当時、次男以下には相続権がないとされていた。
※10　Bastardとbaseが類語のように語られるが、語源は違う。差別語「私生児」へのエドマンドの反発は強い。

心は広く、どこをどう見ても
まともな女が産んだ子と変わらない。なのになぜ
下に見る？　妾腹(めかけばら)だ？　私生児だ？　卑しい？　卑しいか？[※1]
元気な自然がこっそりこさえたこちとらは、
ダレておざなり、うんざりの床(とこ)で
寝ぼけてできた馬鹿どもの一族より
はるかに優れた、丹精込めた
強烈な造りじゃないか？　となれば、
嫡男のエドガーよ。あんたの領地はいただくぜ。
親父の愛は、この私生児エドマンドにも、
嫡男同様注がれているんだ。いい言葉だ、嫡男ってのは。[※2]
じゃあ、嫡男さんよ。［手紙を取り出して］この手紙がうまくいき、
計画どおりに運ぶなら、私生児エドマンドが
嫡男におさまるぜ。俺は成長する。繁栄する。
さあ、神々よ、私生児どもに味方しな！

　　グロスター伯登場。

グロスター伯　ケントが追放だと？[※3]　フランス王は怒って[※4]
お発ちになり、王は今夜出立なさった！　権力を縮小なさって、

※1　この一行は、五回の強があることを強調して一気に読む。「卑しい？　卑しいか？」はQになく、韻律が乱れている。
※2　「いい言葉だ、嫡男ってのは」はFでの加筆。
※3　前場でグロスター伯はケント伯追放の場におらず、追放と知って今になって驚いている。Fではグロスター伯のこの四行の台詞はすべて疑問符で区切られているが、当時疑問符と感嘆符は混同して用いられることがあったため、ここと最後のみを疑問符と解した。
※4　「フランス王との正式な別れの挨拶」(25ページ)で、さらなる事件があったのだろう。

居候の身になられた！　それもこれも、あまりに急な話だ！　おや、エドマンド、どうした？

私生児　いえ、父上、別に。[5]〔手紙を隠す。〕

グロスター伯　どうしてその手紙を慌てて隠す？

私生児　特にお知らせすることはありません。

グロスター伯　何を読んでいた？

私生児　何も。[6]

グロスター伯　何も？　じゃあ、なぜ急いでポケットに隠したんだ？　何もないのであれば、隠すこともあるまい。見せなさい。さあ、何もないなら、眼鏡も要らんな。

私生児　どうか、お許し下さい。兄からの手紙で、まだすっかり読んでいないのですが、見たところどうも父上にお見せするにふさわしくないと思いまして。

グロスター伯　手紙をよこしなさい。

私生児　お渡ししてもしなくても、ご気分を損ねることになるでしょう。手紙の内容が、どうもよろしくないので。

グロスター伯　〔手紙を受け取って〕どれどれ。

私生児　兄のために言い訳すれば、これは私を試すために書いたのだと思います。

グロスター伯　〔読む。〕「敬老という仕組みは、我々の人生の最良の時期にとってつらいものだ。財産はお預けで、手に入るときはこちらが年をとっていて楽しむことができない。老人の暴政――それも老人に権力があるというよりは、こちらが言うことを聞いてしまうのがい

※5　ここから散文。

※6　Nothing. 劇のキーワード。12ページ注2、40ページ注4参照。

けないように思うのだが――そうした暴政に抑えられ、縛られるのは馬鹿馬鹿しく思えてならない。この件について話したいことがあるので来てくれ。俺が起こすまで父上の目が覚めなければ、おまえは父上の収入の半分を永遠にものにし、兄に愛されて暮らすことになろう。エドガー」。ふむ！　陰謀か！「俺が起こすまで父上の目が覚めなければ、おまえは父上の収入の半分を永遠にものにし」だと。息子エドガーが、こんなことを書いたのか？　こんなことを思いつく心と頭があったのか？　いつこれが届いた？　誰が届けた？

私生児　届けられたのではありません。そこが巧みなところで、部屋の窓から投げ込まれていたんです。

グロスター伯　兄の筆跡だとわかるか？

私生児　内容がよいものでしたら、兄の筆跡だと誓ったんですが。できれば、そう思いたくないところです。

グロスター伯　やつの字なんだな。

私生児　兄の字です。ですが、兄の心は籠（こも）ってないと思いたいです。

グロスター伯　あいつはこれまで、この件でおまえに探りをいれたことがあるか？

私生児　ありません。ですが、立派に息子が育ち、父親が老いぼれたら、父親は息子の世話になり、息子が親の財産を管理すべきだというようなことを時々漏らしていました。

グロスター伯　ああ、悪党め！　悪党め！　この手紙に書かれているそのままではないか！　おぞましい悪党だ、子とも思えぬ、いやらしい、けだもののような悪党だ！　けだものよりひどい！　おい。やつを捜し出せ。捕まえてやる。とんでもない悪党め。どこにいる？

私生児　よくわかりません、父上。ですが、兄の真意を探るまで、そのお怒りを抑えて頂くのが、確実な方法だと思います。兄の真意を誤解して、乱暴に兄を責め立てたりなさったら、父上の名誉に傷がつき、兄の孝行の心も砕けてしまいます。兄のために命を懸けてもよいですが、こんなものは私が父上をどれほど愛しているかを試すために書かれたもので、他意はないでしょう。

グロスター伯　そう思うか？

私生児　父上がそれがよいとお考えなら、兄と私がこのことで話をするのを立ち聞きできるところにいて頂きましょう。そうして直接お聴きになれば、納得できるでしょう。それも、時を移さず、今晩にでも。

グロスター伯　あいつがそんなひどいやつのはずがないのだ。※1 エドマンド、やつを捜し出せ。そして、何を考えているのか探るのだ。適当に口実を見つくろって。全財産をかけても、真相が知りたい。

私生児　捜します、直ちに。何とか探りを入れて、結果をお知らせします。

グロスター伯　このところの日蝕(にっしょく)、月蝕は不吉の前兆だな。※2 自然の理屈でしかじかと説明ができたところで、その結果起こることで自然は罰を受けているのだ。愛情は冷え、友情は切れ、兄弟は分裂する。都会では暴動が起こり、田舎では不和が起き、宮廷では謀叛(むほん)だ。そして、父と子の絆(きずな)にひびが入る。※3 うちの悪党もその前兆の表れだ。父の命を狙う子の例だ。王も自然の道を踏みはずす。

※1　FはここでQの二行削除。199ページに訳出した。
※2　194ページ詳注参照。
※3　ここから次ページ二行目の「心が休まらぬ」までFの追加。

子を蔑ろにする父の例だ。昔はよかった。陰謀やら不誠実さやら裏切りやら、ありとあらゆる破滅的な混乱が、我々を死ぬまで追い立て、心が休まらぬ。この悪党を見つけ出せ、エドマンド、無駄骨は折らせぬ。気をつけてやれ。それにしても、気高い立派なケントが追放されるとは。その罪は正直さだ。まったくおかしなことだ。

退場。

私生児　まったくとんでもなく馬鹿げた話だぜ、運が傾くと、たいていはてめえのせいなのに、自分の不運を太陽や月や星々のせいにするんだからな。まるで悪党になったのも必然で、馬鹿なのも天のせい、悪事、泥棒、裏切りも、天の星々の影響と言わんばかりだ。酔っ払い、嘘をつき、人の女房を寝取るのも、惑星の影響のせいだから仕方なく、悪事を働くのも、神の思し召しってわけだ。女ったらしにはもってこいの言い訳じゃないか。てめえの助平根性を星回りのせいにできるんだからな！　親父がお袋を抱いたのが竜座の尻尾の下だったから、俺の星座は大熊座。ってことは、俺は乱暴で淫乱。ばかな、この私生児様ご誕生の星回りにたとえ最も淑やかな星が輝いていても、この俺は俺だったさ。

エドガー登場。

私生児　おっと[※1]、やっこさんのご登場だ。古い劇の大詰めさながらじゃないか。それじゃ、惨めな憂鬱なる男でも演じてやるか。ベドラム[※2]のトムよろしく、溜め息でもついて。――ああ、このところの日蝕月蝕は、まさにこの分裂の前兆であったか。ファ、ソ、ラ、ミ[※3]。

エドガー　どうした、エドマンド。ずいぶん深刻に考え込んでいるじゃないか？

私生児　兄上、先日読んだ予言のことを考えていたんです。この日蝕月蝕のあと、何が起こるのか。
エドガー　そんなことを考えていたのか？
私生児　ですが、実際、本に書かれているとおりの不幸が起こっているんです。[※4]最後に父上と会ったのはいつですか？
エドガー　ゆうべだが。
私生児　話をなさいましたか？
エドガー　ああ、二時間ばかり。
私生児　機嫌よくお別れになりましたか？　言葉遣いや表情に、どこかご不快な様子はありませんでしたか？
エドガー　ないね。
私生児　何か怒らせるようなことをしていないか考えてみて下さい。そして、父上の御不快が解けるまでしばらくお会いにならないほうがいい。今はかなり怒っていらっしゃいますから、兄さんをぶん殴った程度じゃおさまりそうもありません。
エドガー　どこかの悪党が誹謗中傷をしたな。
エドマンド[※5]　恐らく。父上のお怒りの勢いが少し収まるまでは、辛抱してじっとしていたほうがいい。私の部屋に隠れていて下さい。そこから、うまいこと父上が話しているのが聞こえるところへご

※1　Qの「エドガーだ」をFでは「おっと」(Pat) に変更。
※2　ベドラムはロンドンにあった精神病患者収容施設。
※3　兄に気づかないふりをするために憂鬱なる男を演じて歌う「ファ、ソ、ラ、ミ」はFの加筆。「悪魔の和音」と呼ばれる「増4度」(三全音) の和音。ミは最初のファより低い方のミで、あいだに全音が三つ挟まった和音であり、ハ長調のドとファ♯とか、ミとラ♯といった関係の和音である。
※4　Qの数行をFでは削除。199ページに訳出した。
※5　*Bast.* の話者表示がFではここから「エドマンド」に変わっている。

案内しましょう。さあ急いで。これが鍵(かぎ)です。外へ出るときは武装して下さい。

エドガー　武装[※1]？

エドマンド　兄さんのためを思って言うのです。兄さんのことをよく思う奴が一人でもいたら、私は正直者じゃありません。この目で見、この耳で聞いたことを言ってるんです――それも控えめに。実際はもっと恐ろしいことになっています。さあ、行って。

エドガー　あとで様子を知らせてくれよ。

エドマンド　お役に立ちましょう。

〔エドガー〕退場。

エドマンド　信じやすい父上と気高い兄上[※2]。
悪事を働いたことなどないから、人から
そんなことをされるとは思いもしない。
その愚かな正直さにまんまとつけこんでやる。細工は流々。
生まれで世継ぎになれぬなら、なってやるさ、頭で。〔※〕
どんな手段でもかまいやしない、ただ目的を果たすまで。〔※〕

退場。

※1　四行前の「父上のお怒り」からここまでFでの加筆。
※2　ここから韻文。最後の二行連句は、場面全体を締めくくる。

第一幕　第三場

ゴネリルと〔その〕執事[※3]〔オズワルド〕登場。

ゴネリル　道化を叱ったうちの者を父が殴ったというのね？[※4]

執事　はい、奥様。

ゴネリル　夜も昼も、[※5]ひどいことをする。一時間ごとにとんでもないことをしでかすものだから、うちじゅうが騒然となる。もう我慢できない。お抱えの騎士たちは乱暴になってきたし、王自身も些細(ささい)な事であれこれと私たちを叱りつける。狩りからお帰りになっても、私は口をききません。私は病気だとお言い。以前のようなおもてなしはしなくていいよ。責任は私がとります。

〔奥から角笛。〕

執事　いらっしゃいます。

ゴネリル　何でもいいからぞんざいな態度をとりなさい。おまえも、おまえの部下たちも。むこうが文句を言うように。ご不満なら、妹のところへ行けばいいのよ。妹の思惑も私と同じなんだから。[※6]

※3　執事の名前は49ページでゴネリルが呼びかけるまで明かされない。Qはこの場では「紳士」だが、次の場では「執事」となっている。執事オズワルドは、のちのケント伯の描写によれば、気取ってにやけた腰抜け野郎であり、『ハムレット』のオズリックと類似する。同じ役者が演じたのであろう。

※4　gentleman　身分ある従者である。

※5　王がゴネリルの館に滞在するようになってから数日経過していることがわかる。

※6　Qにあった、ゴネリルの乱暴さを表す台詞をFでは削除。199ページに訳出した。これによってFのゴネリルはQより冷静で理性的になっている。

言ったとおりにするんだよ。

執事　はい、奥様。

ゴネリル　お付きの騎士たちにも冷たい顔をしておやり。どうなろうとかまうものか。部下たちにもそう命じるのよ。[※1] すぐ妹に手紙を書いて、同じようにするように言ってやろう。食事の支度をして。

一同退場。

第一幕　第四場

〔変装した〕ケント伯登場。

ケント伯　これで人の話し方も真似して口調もごまかせたら、変装も完璧(かんぺき)となって[※2] わが善なる目的も達成されるってところだな。さあ、追放されたケントよ、出て行けといわれたその場所でお仕えできれば、愛するご主人様に、働き者だと

※1　Qにあった二行をFでは削除。200ページに訳出した。

※2　このように「変装しました」と観客に伝えておくと、他の登場人物はその変装を見破ることができないという演劇の約束事が一六〇八年頃まで有効だった。一六〇九年にはフランシス・ボーモントとジョン・フレッチャー作『フィラスター』、ベン・ジョンソン作『エピシーン』、ジョージ・チャップマン作『メイデー』が約束事を破って新たな変装の技法を導入する。ケント伯役の役者は田舎者の服を着たほかに、顔を傷当てなどで一部隠した可能性もある。のちのエドガーの変装と異なり、声色を変えない弁解をしている。

認めてもらえよう。

舞台奥から角笛。リア（と騎士たち）、従者らとともに登場。

リア　食事だ。待たせるな。さあ、すぐ支度をしろ。※3
何者だ、おまえは？

ケント伯　男です。

リア　何をする？　何の用だ？

ケント伯　私がしますのはみかけどおり、信頼して下さる方に真実お仕えすること、正直者を愛し、賢く口数の少ない人と付き合い、裁きを恐れて、やむを得ないときは戦い、魚を食わないことです。※4

リア　何者だ？

ケント伯　真っ正直で、王様のように貧乏な者です。※5

リア　王が王にしては貧乏なように、おまえが臣下にしては貧乏なら、相当な貧乏だな。何がしたいのだ？

ケント伯　御奉公を。

リア　誰に？

ケント伯　あなたに。

リア　わしを知っているのか、おまえ？

※3　QFではここにト書きはない。

※4　キリストが磔になった金曜に肉の代わりに魚を食べるカトリックの習慣（小斎）を踏まえて、カトリック教徒ではないという意味か。当時のイギリスの代表的な魚であるタラ（codfish）は「へなちょこ野郎」の意味でも用いられた。この直後にへなちょこ野郎であるオズワルドへ猛烈な嫌悪感が示されることからも、ふにゃふにゃした魚など食わない陽気で元気な男という意味かもしれない。

※5　王の実権や収入を娘たちに与えてしまったリアは貧乏だという意味で、ケント伯は危ない冗談を言うが、リアは上機嫌でそれを受ける。

ケント伯　いいえ。でも、その風貌にはどこかご主人様とお呼びしたくなるものがあります。
リア　何だ、それは？
ケント伯　権威です。
リア　何ができるのだ？
ケント伯　秘密を守ること、乗馬、走り。込み入った話は下手に話して台なしにし、素朴な用件をぶっきらぼうに伝えます。普通の男にふさわしいことなら何でもできます。一番の取り柄は勤勉さです。
リア　歳はいくつだ？
ケント伯　歌がうまいからと女に惚れるほどの若造でもなければ、何でもいいから女にうつつを抜かすほど年をとってもいません。当年とって四十八になります。
リア　ついてこい。雇ってやる。食事の後でもおまえが嫌いにならなければ、追っ払いはせん。食事だ！　おい、食事だ！　わしの阿呆は、道化はどこだ？　阿呆をここに呼んで来い。

〔従者一人退場。〕

執事〔オズワルド〕登場。

リア　おい、おまえ。わしの娘はどこだ？
執事　失礼。

退場。

リア　あいつ今、何と言った？　あのあほんだらを呼び戻せ。〔騎士一人退場。〕

リア　わしの道化はどこだ？　おい、みんな眠りこけておるのか？

〔騎士再登場。〕

リア　どうした？　さっきの唐変木はどこだ？

騎士　あの男が申すには、奥様はご不調だとのこと。

リア　なぜやつは、呼んだのに戻ってこなかった？

騎士　それが、ひどくぞんざいに、いやだと申します。

リア　いやだだと？

騎士　陛下、どういうことかわかりませんが、陛下への対応がかつてのようにきちんとしたものでなくなっているように存じます。親愛の情がすっかり冷えております。公爵ご自身はもとより、陛下のご息女、召使いどもまで。

リア　は？　そんなことが？

騎士　陛下、まちがっていたら申し訳ございません。ただ、陛下が蔑ろにされているのを黙って見過ごすわけには参りません。

リア　わしも実は気にしていたのだ。このところどうも扱いがぞんざいになってきたように思っていたが、わざと邪険にしてるのではなく、わしのつまらぬ思い過ごしだろうと自分を責めておった。確かめてみることにしよう。だが、わしの道化はどこだ？　この二日ばかり見かけぬが。

騎士 末の娘御がフランスへお発ちになってからというもの、道化はすっかりしょげております。

リア それを言うな。わかっておる。娘に話があると言ってきてくれ。〔騎士一人退場。〕

リア おまえは、道化を連れてこい。〔従者一人退場。〕

執事〔オズワルド〕登場。

リア おい、おまえ。おまえだ。ここにこい。おい、わしは誰だ？

執事 奥様のお父上で。

リア 「奥様のお父上」だ？　旦那様の悪党め。この馬鹿犬め。下郎、下種！

執事 私はそのようなものではございません。どうかご勘弁下さい。

リア わしをにらみ返すのか？　この悪党！〔殴打する。〕

執事 殴られる謂われはございません。

ケント伯 〔足をひっかけて〕転ばされる謂われもないだろう、この卑しいフットボール野郎。

リア 礼を言うぞ。よくやってくれた。気に入った。

ケント伯 さ、おい、立て。出てけ。身分のちがいを教えてやろう。行け、行け。もう一度地面にひっくり返りたいなら、とどまるんだな。行け、おい！　脳みそもないのか？

〔執事オズワルド退場。〕

ケント伯　よし。

リア　さあ、おまえ、礼をしよう。おまえの奉公への手付けだ。

〔金を渡す。〕道化登場。

道化　おいらも雇ってやる。おいらの道化帽をやろう。

リア　どうした、かわいいやつ。どうしてた？

道化　〔ケント伯に〕おい、おまえ、おいらの道化帽を受け取れ。

リア　なぜだ、ぼうず？[※1]

道化　なぜって？　落ち目のやつの味方をするからさ。〔ケント伯に〕いやね、風が吹いてくるほうに笑顔を向けないと、すぐに風邪ひくぜ。ほら、道化帽をかぶりな。こいつはね、二人の娘を追放して、三人目に思わず祝福を与えちまったんだ。こいつのあとを追っかけるつもりなら、おいらの道化帽をかぶんなきゃだめだぜ。〔リアに〕やあ、おじちゃん。おいらに道化帽二つと娘が二人いたらよかったのにな。

リア　なぜだ、ぼうず？

道化　娘に財産を全部やっちまっても、道化帽はとっとけるからさ。こいつはおいらのだ。ほしけりゃ、娘たちからもらいな。

リア　気をつけろ。鞭だぞ。

道化　真実ってのは、犬だね。鞭で叩き出されて犬小屋に隠れなきゃ。ビッチ奥様は火のそば

※1　Fではリアの台詞だが、Qではケント伯の台詞。帽子を突きつけられたケント伯が「なぜだ、阿呆？」と言う。「ぼうず」(boy)は親愛の情を籠めた呼びかけで、必ずしも少年を意味しないとフォークスは注記する。

で屁をひっていらっしゃるってのによ。※1

リア　この胸が痛む。※2

道化　おい、いいこと、教えてやろうか。

リア　言ってみろ。

道化　聞いてな、おじちゃん。

手の内全部を人には見せず、〔＊〕
知ってる全部を話しゃせず、〔＊〕
持ってる全部を貸しもせず、〔＊〕
馬があるなら歩きゃせず、〔＊〕
人をすっかり信用せず、〔＊〕
有り金全部を賭けもせず、〔＊〕
酒と女をやらぬなら、〔☆〕
家から一歩も出ないなら、〔☆〕
うはうは儲けが止まらない。※3〔★〕
一足す一は二じゃすまない。〔★〕

ケント伯　意味があるのか。何もない※4な、阿呆。

道化　じゃあ、ただ働きの弁護士みたいなもんだな。せっかく聞かせてやったのに、報酬が「何もない」じゃあね。「何もない」は何かの役に立たないかな、おじちゃん？

リア　無理だな、ぼうず。何もなければ何もできない。

※1　道化が真実を言うと鞭打たれるように、コーディーリアという真実も身を隠さなければならなくなったのに対して、真実とは程遠い姉たち（ビッチ奥様）は安穏と好き勝手な暮らしをしているという意味。

※2　コーディーリアを勘当したことを後悔して言うのだろう。

※3　原文では前の二行と同音だが、二行連句二回とした。

※4　nothing　12ページ注2、27ページ注6参照。

道化　〔ケント伯に〕ねえ、この人に、王様の領地の地代も「何もない」になったたって教えてやってよ。阿呆の言うことだと信じないんだ。

リア　苦い阿呆だ。[※5]

道化　おじちゃん、卵をおくれ。そしたら王冠二つやるからさ。

リア　王冠二つとはどういうことだ？

道化　いやなに、卵を真ん中で割って、中身を食っちまえば、殻で王冠が二つできる。おじちゃんが自分の王冠を真っ二つにして両方ともやっちまったとき、自分のロバを背中にかついでぬかるみを行く羽目になったのさ。金色の王冠をやっちまったとき、その禿げ頭にはあんまし知恵がなかったんだね。おいらの話があほらしいなら、最初にそう思ったやつに鞭をくれてやるんだな。

〔歌う。〕道化の商売あがったり〔◇〕
賢者がこんなに馬鹿ならば。〔◆〕
知恵がないのは罰当たり〔◇〕
猿真似、まるで馬鹿な騾馬。〔◆〕

リア　いつからそんなに歌を歌うようになった？

道化　おじちゃんが娘たちを自分のお袋にしたときからさ。だって、娘に鞭を与えて、ズボンを下ろせば、

〔歌う。〕おいらは泣くけど、二人のババア〔△〕
泣いて喜ぶ。〔▲〕

※5　Qから約一二行削除。200ページに訳出した。

だって王様、いない、いない、ばあ〔△〕

阿呆の中に足運ぶ。〔▲〕

ねえ、おじちゃん、あんたの阿呆に、嘘のつき方を教えてくれる学校の先生をつけとくれ。嘘のつき方を教わりたいんだ。

リア 嘘をついたら、おい、鞭だぞ。

道化 驚いたなあ、あんたと娘たちは、それでも親子かい。娘たちは、おいらがほんとのことを言うと鞭をくれるし、おじちゃんはおいらが嘘をつくと鞭だ。黙ってても鞭をくれるときもある。阿呆だけにはなりたくないね。と言っても、あんたになるのもごめんだよ、おじちゃん。あんたは知恵を二つに割っちまって、真ん中に何も残しておかなかったんだから。おっと、その片割れのご登場だ。

ゴネリル登場。

リア どうした、娘！ なぜそんな難しい顔をしている？ このところしかめ面ばかりしているな。

道化 あんた、娘のしかめ面なんて気にする必要がなかったときは、いかした男だったのにね。今じゃ、あんたは数字がついてないゼロだ。おいらのほうが、まだましだ。おいらは阿呆だけど、あんたは「何もない」だからね。〔ゴネリルに〕はいはい。黙りますよ。何も言わなくても、その顔見りゃわかる。

〔歌う。〕黙って、しいっ。〔▽〕

何もかも煩（わずら）わしいっ〔▽〕
と思って捨てるやつは後（あと）で欲しくなるらしいっ。[※1]〔▽〕
〔リアを指して〕こちらは、空っぽのさやえんどう。

ゴネリル　この言いたい放題の阿呆[※2]だけではありません。
お父様の無礼千万なご家来衆も
しょっちゅうケチをつけ、喧嘩（けんか）をし、おぞましい
とても耐えがたい騒ぎを起こします。
このことはお父様に申し伝えて、しっかり
改めて頂こうと考えておりましたが、
最近お父様ご自身の言動を見ておりますと、
これを助長し、むしろけしかけているのではと
心配になってまいりました。もしそうなら、
その咎（とが）は非難を免れ得ませんし、放ってもおけません。
その処置は、国家の安泰のために必要であり、
お父様のご機嫌を損ね、あるいは
わが家の恥ともなりかねませんが、必要で
賢明な措置だったということになりましょう。[※3]

道化　だってね、おじちゃん。
雀[※4]育てた、雛（ひな）はカッコウ、〔▼〕

※1　リアへの揶揄。54ページ注1参照。
※2　宮廷道化師は何を言っても許されるという規則があった。『十二夜』第一幕第五場でも「天下御免の阿呆」と呼ばれる。
※3　舞台上でどれほど騎士たちが乱暴に振る舞っているか次第でゴネリルの心配の信憑性が左右される。ピーター・ブルック監督映画（一九七一）では、騎士たちが暴れた。ゴネリルは娘としてではなくブリテンの半分を統治する王妃として当然の責任を果たそうとしているとも解釈可能。
※4　hedge-sparrow　ヨーロッパカヤクグリ（生垣スズメ）。外見もスズメに似る。カッコウが托卵することで知られる鳥。

食いちぎられた首、不恰好。【▼】
そうして蠟燭が消えて、闇の中。

リア　おまえはわしの娘か？

ゴネリル　立派なお知恵をたっぷりお持ちなのですから、それをお使い下さい。そして、本来の王様にふさわしからぬ振る舞いをなさっているそのご気分をお捨て下さい。

道化　荷車が馬引きゃ、馬鹿な騾馬だって変だなってわかるよね。[※1]　うひゃあ、[※2]　あばずれ、あんたに惚れたぜ！

リア　誰かわしを知っている者はおるか？　これはリアではない。リアがこんなふうに歩くか？　話すか？　リアの目はどこだ？　どうも頭が働かなくなったか、分別がボケてきたらしい。は！　目が醒めているのか？　そんなはずはない！　わしが誰かわかる者は誰だ？

道化　リアの影法師だい。[※3]

リア　お名前は？　美しい奥方。

ゴネリル　そのようにわざと驚いてみせるのは、最近のいたずらと変わらぬ悪趣味です。お願いですから、私の申すことをきちんとご理解下さい。

※1　親を敬うべき娘が親に指図をしている逆転の構図を道化はしきりに揶揄し続ける。
※2　ゴネリルがキッと睨むか、脅す仕草をしたことに対する反応だろうと、フォークスやハリオは注記する。

尊敬に値する高齢者として、分別をお働かせ下さい。
ここに百人の騎士と従者を抱えておられますが、
みな乱暴で、下品で、無礼千万、
この宮廷が、あの人たちの無作法に毒されて
騒々しい旅籠屋（はたごや）になったようです。酒池肉林で
まるで居酒屋か売春宿さながら。とても
威厳ある宮殿とは思えません。あまりの恥さらし、
直ちに改めて頂かざるを得ません。ですから、
お願いを聞いて頂けなければ無理にもそうしてもらいますが、
供回りの者の数を少しお減らし下さい。※4
そして残しておく者は、お父様のお歳に
ふさわしく、お父様と身分のちがいを弁（わきま）えている
そういう者だけに限って下さい。

リア　闇と悪魔よ！
馬に鞍（くら）を置け。供の者を集めろ――
恥知らずの私生児め、おまえの世話にはならん。
わしにはまだ娘がいる。

ゴネリル　お父様は、家の者を打擲（ちょうちゃく）なさり、お付きの無礼者たちは
目上の者を召使い扱いします。

※3　Qでは道化の台詞ではなく、リアが「リアの影法師か？」と自問し、そのあともリアの台詞が続くが、Fでは変更・削除。201ページに訳出した。Fのように道化が「リアの影法師だい」と言うことによって、意味は複雑化する。すなわち、「わしは誰か」の問いに、「おまえは影、つまり実体のないもの、無、Nothingだ」と答えていると同時に、「リアが誰かわかる者は誰か」の問いに「わかる者は、リアに影のようにつきまとっている道化の自分である」と答えているとも解釈できるようになる。

※4　こう言っているときには既に何らかの手を打っているのか？48ページ注1参照。

　　オールバニ公登場。

リア　　後悔先に立たずだ！[※1]
〔公に〕これは君の意思か？　言いたまえ。馬を用意しろ。[※2]
〔ゴネリルに〕恩知らずめ！　石の心を持つ悪魔は、
子供の姿で現れると、海の怪物よりも
遥かに忌まわしい。

オールバニ公　　どうか、ご辛抱を。[※3]

リア　〔ゴネリルに〕にっくき鳶め、嘘をつけ！
わしの供回りは、選り抜きの精鋭だ。
臣下の務めをすっかり心得ており、
細心の注意を払ってその名誉ある
威厳をしっかりと保っておる。ああ、
コーディーリアのなんと小さな咎が醜く見えたことか。
まるで拷問の道具のように、この身を捻じりあげ、
この胸の奥にしっかりとあった愛をもぎとって、
憎しみに変えおった！　ああ、リア、リア、リア！[※4]
〔自分の頭を叩いて〕その愚かさを入れたこの門を殴れ。
大切な分別を追い出しおって。行くぞ、皆の者！[※5]

※1　Qでは、リアがオールバニ公に気付いて「おや、お出ましかね」と言う。Fで削除されたのは不注意のためかもしれないとフォークスは注記する。
※2　「馬を用意しろ」は従者に言う。ここに「従者が一人か数名退場」と加える現代版もある。だが、従者たちがリアの剣幕にどう反応してよいかわからないとすれば、五行前の「馬に鞍を置け。供の者を集めろ」のときと同様、ここも立ちすくんでいて誰も動かないのかもしれない。
※3　この行はFの加筆。
※4　Qでは「リア」は二回。
※5　QFにト書きはないが、ここでケント伯を含む騎士たちが退

〔ケント伯と騎士たちやその従者たち退場。〕

オールバニ公　陛下、お怒りの原因について※6私は
何も存ぜず、罪はございません。

リア　そうかもしれぬ。
聞け、自然の神よ、聞け、愛（いと）しい女神よ、聞いてくれ※7。
もしこいつに実りをもたらしてやるつもりなら、
やめてくれ。こいつの子宮には
不妊症をくれてやれ。
子を産む機能を干からびさせ、
その卑しい体に、決して尊い子宝が
授かりませんよう。もし産むなら、
悪意の子とし、やがて大きくなって
こいつを苦しめる人でなしにするがいい。
その若き額に皺（しわ）を刻ませ、
その頰には流れる涙で溝ができるがいい。
母親としての苦労も喜びも、一切合切
嘲笑（ちょうしょう）され、侮蔑（ぶべつ）されるがいい。そして思い知らせるのだ。
毒蛇の牙（きば）に嚙（か）まれるよりも、恩知らずの子を持つほうが
どんなにつらいかを！　行くぞ、来い！※8

場すると解釈するのが、フォークスとハンター説。ここでは誰も退場せず、注8の「行くぞ、来い」で一同一斉退場とするのが、ハリオとウェルズ説。

※6 「お怒りの原因について」はFの加筆。

※7 「聞いてくれ」はFの加筆。

※8 Away, away! Qでは注5の「行くぞ、皆の者」(go, go, my people) が繰り返される。ウェルズは、道化だけが「皆の者」と呼ばれるのはおかしいので、Qではここで大勢退場するとする。だが、Fはその限りではない。ミュアは、「どけ、どけ」と読み、リアがそう言いながら一人で退場して戻ってきて、一同が退場するのは49ページと考える。

〔リアと道化〕退場。

オールバニ公　はてさて、これはいったいどういうことだ？

ゴネリル　わざわざ知ろうとなさるほどのことじゃありませんよ。
もって生まれたご気性ですから、耄碌（もうろく）で
歯止めが利かなくなっているんです。

リア〔と道化〕登場。

リア　なんと、一度に供回りを五十人だと！
二週間[※1]も経たぬのに？

オールバニ公　どうなさったのです？

リア　教えてやる。〔ゴネリルに〕ええい！　恥ずかしいぞ、
おまえなどにわしの男ぶりを崩されようとは。
こうして止めどなく流れてしまう熱い涙が、
おまえなんかのせいだとは。毒気と霧にとりつかれろ！
父親の呪いでその身の奥深くまで傷つき、
五感のすべてがずたずたになればいい。愚かな目よ、
こんなことでまた涙を流そうものなら、抉（えぐ）り出して、
おまえが流した水と一緒に練り込んで
粘土にしてやる。は！　かまいはせん。[※2]

※1　オールバニ公とゴネリルがたった四行の台詞を交わす、その短い間に伴回りを五十人に減らされてしまったことを示す演劇的手法であろうとハンターは示唆する。この短い間に二週間が経ったとするのは演劇的だが、64ページでケント伯がオズワルドに「王様の前でお前を転がしてやってから二日も経ったか」と言うことを考え合わせると、ここで長い時間経過を想定しない方がよい。ゴネリルの屋敷に滞在してから二週間近くが経ったところで第一幕第三場が始まっているとすれば説明がつく。ゴネリルが45ページで「供回りの者の数を少しお減らし下さい」と言ったときには既に半分に減ら

わしにはもう一人娘がいる。
優しく慰めてくれる娘だ。
おまえのこの仕打ちを耳にしたら、あの子は
その爪でおまえの狼のような顔を引き裂くだろう。
わしは昔の自分を取り戻すぞ。永遠にそれを
投げ捨てたと思ったら大まちがいだ。※3

退場。

ゴネリル　今の、聞いた？※4

オールバニ公　おまえの肩は持てんよ。
おまえを大いに愛しているとは言っても――

ゴネリル　ちょっと黙ってて。※5
オズワルド！　いる？※6
〔道化に〕主人を追いかけたらどう？　阿呆というより悪党だね。

道化　リアのおじちゃん、リアのおじちゃん、待って。阿呆も連れてって。
捕らえてみれば、こりゃ狐ぇ。〔◎〕
しかも、この娘、きっついねぇ。〔◎〕
縛り首にするのが世の常ぇ。〔◎〕
だけど阿呆は縄買う金がねえ〔◎〕
だから阿呆は逃げるしかねえ。〔◎〕

す手立てが講じられていて、それを奥で知ったリアは慌てて戻ってきたと解釈できる。「これから二週間のうちに五十人減らすだと！」と解釈する説もある。

※2　Ha! Let it be so. Qの「そうか、こんなことになるとはな」(Yea, is't come to this?) をFでは書き換えた。

※3　Qではこのあと「覚えておけ」があるが、Fでは削除。

※4　Qではここに「あなた」(my lord) があるが、Fでは削除。

※5　Pray you, content. QではCome sir, no more. どちらも相手を黙らせようとする台詞。

※6　Fの加筆。「オズワルド」は、古英語で「執事」の意。

〔道化〕退場。

ゴネリル　あの人にはきちんと忠告しました。騎士を百人？[※1]
百人もの武装した騎士を持たせておくなんて
大した安全策じゃない？　だって、ほんの些細な
気まぐれ、文句や気に入らぬことが
あるたびに、その耄碌を武力で守って
私たちの命を脅かせるんですもの。オズワルドったら！
オールバニ公　そりゃ、心配しすぎだ。
ゴネリル　　　　　　　　信頼しすぎるよりましです。
心配な危害は取り除いておいたほうがいい。
いつまでも危害を恐れているよりも。父の心は読めています。
父が言ったこと[※2]は妹へ手紙で知らせました。
そうしないほうがいいという私の忠告に逆らって
あの子が父とその百人の騎士を養うなら[※3]——

執事〔オズワルド〕登場。

ああ、オズワルド。

ゴネリル
妹への手紙、できているだろうね。
執事　はい、奥様。

※1　この行からオズワルド登場までの台詞はFでの加筆。不安を抱くゴネリルの心理描写が加わる。この部分のQの流れについては202ページを参照のこと。
※2　「父が言ったこと」とは、47ページのゴネリルへの呪いか。だとすると、それを手紙に書く時間は、ずっと舞台から退場しないゴネリルにはないが、48ページに演劇的時間経過があるとすればその問題は解決する（48ページ注1参照）。『レア王年代記』では、ゴノリルは、王がゴノリル夫妻の仲を裂き、国に不和を起こそうとしたと嘘を手紙で書き送るが、本作のゴネリルは、あくまで自分の屋敷の秩序を守らんがために事実を伝えている

ゴネリル　何人か連れて馬で急いで頂戴(ちょうだい)。
私が何を心配しているかしっかり伝えるのだよ。
その裏づけとなるような理由があるなら、
好きにつけ加えるがいい。さ、行って。
急いで戻ってきなさい。※4

〔執事オズワルド退場。〕

いえいえ、あなた。
あなたのミルクのような甘いやり方は、
責めはしませんが、言わせて頂ければ、
知恵が足りないと揶揄(やゆ)されますよ。
人を傷つけない温和さなんて誰も褒めてくれません。

オールバニ公　おまえがどこまで先を見ているのか知らないが、
よかれと思って、よいものをだめにすることもある。※5

ゴネリル　あのね――

オールバニ公　まあまあ、結果を見てみよう。

二人退場。

ようだ。特に横暴な振る舞いを続ける父に厳しい態度で接しているにすぎないとも解釈できる。

※3　注1で記したところからここまでFの加筆。この段階では、リーガンがどういう反応をするかゴネリルには読めておらず、もしリーガンとリアがよい関係になったら自分の立場が悪くなるという不安を抱えている。

※4　オックスフォード版ではQの未訂正版に基づいて「おまえの部下も連れていきなさい」としているが、Qの訂正版ではFと同様に「急いで戻ってきなさい」となっている。

※5　予見（予言）の不可能性については、165ページ注3参照。

第一幕　第五場

リアと〔変装した〕ケント伯と紳士と道化登場。[※1]

リア　この手紙を持って一足先にコーンウォール公爵のところ[※2]へ行ってくれ。手紙を読んで何か訊かれたら答えていいが、それ以外余計なことは言うな。ぐずぐずしていると、こっちが先に着くからな。

ケント伯　この手紙を届けるまでは一睡もしません。　退場。

道化　人の脳みそが踵にあったら、やっぱりあかぎれになるかな？

リア　そうだな、ぼうず。

道化　じゃあ、元気を出しとくれ。あんたの知恵にゃスリッパをはかすまでもないからさ。[※3]

リア　ハッ、ハッ、ハッ。

道化　もう一人の娘はきっとあんたの娘らしく[※4]してくれるさ。まあ、野生のリンゴと畑のリンゴが似てるくらいは似てる[※5]けど、おいら、知ってることは知ってるからね。

※1　現代版では途中まで台詞のない「紳士」は削除されるのが通例だが、王の供回りが少ないのも問題か。Fのまま訳した。

※2　QFとも「グロスターまで」となっている。これはコーンウォール公爵夫妻が滞在する町の名前を指すとする説あり。次の場面でコーンウォール公爵はグロスター伯の屋敷を訪れており、リアはそのことを前もって知っていたとフォークスは示唆する。

※3　これからリーガンを頼ろうとしているリアには、まったく知恵がないため、あかぎれにならないようにスリッパをはかす意味もないという揶揄。

※4　原語kindlyは「その本来の性質に従

リア　何を知ってるんだ、ぼうず？

道化　野生のリンゴはやっぱり酸っぱい。あっちもこっちも同じ味。どうして顔の真ん中に鼻があるか知ってるかい？

リア　いや。

道化　鼻の両側に目をくっつけて、鼻で嗅(か)ぎ分けられないことでも、目で見破れるようにするためさ。

リア　あの子には悪いことをした※6。

道化　牡蠣(かき)はどうやって殻を作るか知ってる？

リア　いや。

道化　おいらも知らない。でも、どうしてカタツムリが家を担いでるかは知ってるよ。

リア　どうしてだ？

道化　頭をしまっとくためさ。娘にやっちまって※7角をさらしたりしないように。

リア　もう子とは思うまい。父として優しくしてやったのに！　馬の用意はできているか？

道化　お付きの馬鹿な騾馬(らば)※8どもが用意してるよ。七つ星が七つであるのにはりっぱな理由があるんだぜ。

リア　八つじゃないからだ。

って」という意味。「やさしく」とも解釈できる言葉に「傲慢で自己中心的なあんたの娘らしく」の意味を重ねているのだろう。

※5　リーガンはゴネリルに似ており、リアにひどい仕打ちをするだろうという意味。

※6　コーディーリアへの仕打ちを後悔するリア。46ページで表明した後悔の念再び。

※7　角は寝取られ亭主の印。長女と次女は実の娘なのかという問題提起。

※8　ass（驢馬）は愚か者の意味。落ち目のリアに従っているから愚かだという揶揄が籠められている。音の響きを優先して41ページ、44ページと同様、あえて騾馬（頑固者の意味もある）と訳した。

道化　そう、そのとおり。あんた、いい阿呆になれるね。

リア　どうやっても取り返すぞ。[※1] 恩知らずの化け物め！

道化　あんたがおいらの阿呆なら、早く老けすぎた咎（とが）で鞭打（むちう）ちにするね。

リア　どういうことだ？

道化　知恵がつくまでは年をとっちゃいけないんだよ。

リア　ああ、狂いたくない。狂わせないでくれ、天よ！ 正気でいさせてくれ。狂うのはいやだ。

〔紳士登場。〕

リア　どうした。[※2] 馬の準備はできたか？

紳士　できました、陛下。

リア　来い、ぼうず。

道化　おいらの退場を笑ってる娘さん、気をつけなよ。[※3]〔○〕ナニがちょん切れないかぎり、あんたももういっちょ前の女よ。〔○〕

一同退場。

※1　王権を取り返すというのか、それとも騎士百人の特権を取り返すというのか。49ページ「わしは昔の自分を取り戻すぞ」参照。

※2　「どうした」はFの加筆。

※3　観客への語り。道化棒を股に挟んで笑わせたのか。この二行はQFともにある。リアの道化を演じたロバート・アーミンは一六〇五年に『道化による道化論』第二版を出す知恵者であり、『リア王』は『お気に召すまま』『十二夜』とともにアーミンの文才に大きな影響を受けていると、オックスフォード大学のヴァン・エス教授は *Shakespeare in Company*（オックスフォード大学出版局、二〇一三）で論じている。

第二幕　第一場

私生児〔エドマンド〕とカラン、別々に登場。

※1　グロスター伯の屋敷。

私生児　やあ、カラン。

カラン　これは旦那（だんな）様。今、大旦那様のもとへ参りまして、コーンウォール公爵様と奥方のリーガン様が今晩こちら※1へいらっしゃることをお伝え申しあげたところです。

私生児　それは、どうしてだ？

カラン　いえ、存じあげませんが。巷（ちまた）の噂をお聞きになっていませんか。こっそり耳打ちのひそひそ話ですが。

私生児　知らないね。頼む。教えてくれ。

カラン　コーンウォール公爵様とオールバニ公爵様とのあいだで、近々戦争がありそうだとか、お耳に入っていませんか？

私生児　一言も。

カラン　そのうちにお耳になさるでしょう。失礼致します。

退場。

私生児　公爵が今晩うちに！　こいつはいいぞ。

俺の策略が自然と織りあげられる。
父は兄を捕まえようと網を張っている。
俺には一つ、うまく片づけなきゃならん仕事がある。
手際の良さと、幸運よ、働いてくれ！
兄さん、一言。降りてきて下さい。[※1] 兄さん！

エドガー登場。

私生児　父上が見張ってます。兄さん、ここから逃げて下さい。
兄さんが隠れている場所が知られました。
今なら夜の闇に乗じて逃げられます。
兄さんはコーンウォール公の悪口を言いませんでしたか？
今晩こちらへ大急ぎでやってくるのですよ。
リーガンも連れて。それとも公爵の肩をもって
オールバニ公を批判するようなことを言いませんでしたか？
よく考えてみて下さい。

エドガー　そんなこと一言も言っていない。

私生児　父上が来ます。お許し下さい。〔剣を抜く。〕
敵の目を欺くために、斬り結んでいるふりをするのです。
抜いて。身を守るふりをして下さい。さあ、かまえて。

※1 本作で唯一、二階舞台の使用を示唆する表現。窓から顔を出したエドガーは下の舞台へ飛び降りるか、欄干を越えて伝い降りるとウェルズは考えるが、フォークスは、エドガーは帯剣しているので飛び降りずに内階段を降りてくるとする。

※2 エリザベス朝時代に、若い伊達男たちが酒の勢いを借りて自分の腕や手を剣で傷つけ、滴る血をワインに混ぜて恋人に祝杯をあげる風習があった。

※3 Stop, stop.「止まれ」「待て」とも訳せるが、傷の痛みをこらえながら言うところなので、「やめろ」と訳した。

※4 ウェルズはQのno, help? をHo, help!（おい、助けてくれ）

〔叫ぶ。〕降参しろ！　父上の前へ来い！　明かりを、ここへ！
逃げて下さい、兄さん――明かりだ、明かりだ――お元気で。

エドガー退場。

俺が血を流していたら、必死に頑張ったと
思ってもらえるだろう。酔っ払いがふざけて
こんなことをするのを見たことがある。※2〔自分の腕を傷つける。〕
やめろ、やめろ！※3　誰か！※4　父上、父上！

グロスター伯と明かりを持った従者たち登場。

グロスター伯　おい、エドマンド、悪党はどこだ？
私生児　この暗闇で鋭い抜き身を手にして、
邪悪な呪文（じゅもん）をつぶやいて、月の女神※5に
幸運を授けたまえと祈っていました。
グロスター伯　今はどこだ？
私生児　見て下さい、血が。
グロスター伯　悪党はどこだ、エドマンド？※6
私生児　こっち※7へ逃げました。どうあっても私に――
グロスター伯　追え！　捕まえろ。

に読み替えている。Fにはカンマがなく「誰か助けてくれないのか？」（no help?）の意味。
※5　ヘカテのこと。13ページ注8参照。
※6　真剣な場面での滑稽な瞬間。エドマンドは痛い思いをしてまで芝居をしているのに、父に軽く無視される。グロスター伯は、エドマンドの怪我を見ようともしないのである。
※7　すぐにエドガーが捕まると芝居がばれるので反対の方角を指すと、現代版の多くが注記する。だが、出入り口が二つしかない当時の舞台で、エドガーが出た戸口とは別から入ってきたグロスター伯たちに、どうやって反対側を示すのかとウエルズは疑問視する。

〔従者たち退場。〕

「どうあっても」何※1だ？

私生児 父上を殺すよう仕向けられないとわかったからです。
私は、父親殺しは、復讐（ふくしゅう）の神々が
ありったけの雷（いかずち）を下して罰すると諭（さと）し、
子供がどれほど父親に幾重にも恩恵を受け、
強い絆（きずな）があるものかを語りました。結局、
人の道に外れた兄の計画に対して
私が強く反対しているとわかると、
兄は突然抜き身の剣で斬りかかり、
虚を突かれた私は、腕をやられました。
しかし、正しいのは自分だという信念から
激しく立ち向かう私に気圧（けお）されたか、あるいは
私がたてた叫び声に肝をつぶしたか※2、
一目散に逃げていきました。

グロスター伯 逃げられるものか。
この国にいるかぎり捕まえてやる。
見つけたら、殺してやる。わが主君の公爵様が、
最も恩恵を施してくださっている※3方が、今晩いらっしゃる。

※1 グロスター伯の一行の台詞の後半。追っ手が駆け出していくのを見守ったりせず、「捕まえろ」と命じたあと間髪容れずにエドマンドに話しかける。

※2 この行にあるOr whetherという表現は「～か、～か」と並列で用いるのが普通なため、H・H・ファーネス編纂のニュー・ヴェリオラム詳注版では、二行前にあるwhenをwhe'r（＝whether）と校訂して「気圧されたとき」ではなく「気圧されたか、あるいは」と読み替えている。フォークスはこれをリチャード・プラウドフット教授の読みとしているが、これは十九世紀後半のハワード・ストーントン編の校訂を踏襲したもの。

その権威にすがって、こう布告しよう。
あの卑劣な人殺しを捕らえて、
処刑台まで連れてきた者には
褒美をとらせ、匿った者は死刑だと。
私生児　兄にこんなことをやめさせようとすると、
兄は頑として意を翻さなかったため、私は怒って、
ばらしてやるぞと脅しました。するとこうです。
「この、財産もない私生児め、
この俺を敵に回しておいて、誰が
おまえなんかの言葉を信じるもんか？[※4]
おまえに信頼、美徳、品格があるのか？　駄目だね。
俺が否定すれば（そうとも、そうしてやる、
俺が書いた手紙を持ちだしても否定してやる）、
そんなものおまえが唆し、企んだ陰謀だと言ってやる。
世間をあんまり甘く見るんじゃないぞ、
俺が死んだらおまえの得になる、
だから俺の命を狙ったのだろうと、それぐらい
世間様も考えるさ」と。[※5]
グロスター伯　ああ、何とひどい根性曲がりだ！

※3　コーンウォール公のこと。
※4　『尺には尺を』第二幕第四場においては公爵代理のアンジェロが、「世間にあなたのことを訴える」と脅すイザベラに対して、自分の地位を笠に着て「誰がそれを信じるものか」と威圧する。
※5　Fではこの位置に「奥でラッパの音」のト書きがある。Qにはこのト書きがない。ト書きの位置に関して古い版本はあまり厳密でない（179ページ注4参照）ため、アーデン2版と同様にグロスター伯が「おや」と気づく直前に移動した。ただし、ケンブリッジ版は「熱くなっているグロスター伯は反応が遅れる」としてこの位置にト書きを入れている。

自分の手紙まで否定すると言ったのか？[※1]

奥でラッパの音。[※2]

おや、公爵のラッパだ。なぜいらしたのかわからぬが。
すべての港を封鎖し、あの悪党を逃がすまい。
公爵もそれはお許し下さるだろう。それから
やつの人相書きをあちこちに送ろう。王国中に
知らしめるのだ。そして、わが領地は、忠実にして孝行な[※3]
エドマンド、おまえのものになるように、
手配しよう。[※4]

コーンウォール公、リーガン、従者らとともに登場。

コーンウォール公　おや、これは伯爵。つい今しがた、
こちらに着いたばかりだが、妙な知らせを聞きましたぞ。

リーガン　それが本当なら、どんな報復をしても、
足りませんことね。どうなさいました？[※5]

グロスター伯　ああ、この老いた胸は張り裂けた。裂けました。

リーガン　じゃ、本当に、父が名づけたあの子が、
エドガーが、あなたのお命を狙ったのですね？

※1　Qでは「と言ったのか？」がなく、自分の手紙まで否定するのか？　私の子ではない」となっていた。
※2　前ページ注5参照。ラッパの吹き方によって誰が来たのかがわかる特定のメロディないし音があった。
※3　原語naturalには「親子として当然の情がある（孝行な）」という意味のほか、「自然の産んだ（性欲の申し子の）、私生児の」という意味もある。
※4　イアーゴーがオセローに「これからはおまえが俺の副官だ」と言われたのと同様の、エドマンドの勝利の瞬間。三拍の短い行であり、二拍の間がある。
※5　グロスター伯が急に顔を手でおおうなどするのだろう。

グロスター伯　ああ、奥方様、奥方様、隠しておきたい恥です。

リーガン　あの子は、父に従っていた※6荒くれの騎士たちとつき合っていたんじゃなくて？

グロスター伯　存じません。奥方様、ああ、ひどい、ひどすぎる。

私生児　はい、奥方様。兄は、連中の仲間でした。

リーガン　それじゃ、悪い影響を受けても不思議じゃないわ。あの連中なのよ、エドガーを唆して、この老人を殺し、その財産を自分たちで使いまくろうとしたのは。※7ちょうど今晩、姉から手紙を受け取り、あの連中のことを詳しく教えてもらいました。連中がわが家に逗留（とうりゅう）するなら、家にいないほうがいいという注意も一緒に。

コーンウォール公　私だってごめんだよ、リーガン。エドマンド、君は父上に、息子らしい務めを果たしたそうじゃないか。

私生児　それが私の義務ですので。

グロスター伯　これ※8が兄の企みを知らせてくれ、兄を捕まえようとして、ほら、この傷を受けたのです。

コーンウォール公　追っ手は出したのか？

※6　過去形で話すことで、もはやリアに付き従う騎士がいないかのような、あるいは自分がそうした連中と関わり合いになることはもうないかのように振る舞うリーガン。

※7　このように王の配下の騎士たちが殺人教唆をすると断定するとは、ゴネリルの手紙に何が書かれていたのだろうか。その内容は明らかにされないが、第二幕第二場でケント伯が不遜な態度をとると、コーンウォール公は「この男はまさに、姉上が手紙で知らせてきたとおりの気性の男だ」と言う（70ページ）。リーガンが勝手に話を膨らませている可能性も大いにある。

※8　エドマンドを指す。

グロスター伯　　　　　　　　　　　　　　　　はい、閣下。[※1]

コーンウォール公　捕まれば、二度と
悪さができないようにしてやろう。わが
権力を用いて、好きな手段をとるがよい。
君は、エドマンド、立派な孝行息子だ。
大いに感心した。わが家臣となるがよい。
そのように深く信頼できる人物が私には必要だ。
まずは君を腹心にしよう。

私生児　　　　　何がありましょうとも、
忠実にお仕え申しあげます。

グロスター伯　　　　　私からもお礼を申しあげます。

コーンウォール公　まだ知らんだろう、我々が訪れたわけを？

リーガン　こんな時刻に暗い夜の目に糸を通すようにして。[※2]
グロスター伯、実は急な事態となって、
あなたのご忠告が必要となったのです。
父からも、姉からも、手紙が届いて、
仲たがいしたと書いてある。その返事は、
わが家から離れて書くのがよいと思いました。[※3]
それぞれへの使者はここから出すべく待機させています。

※1　ミュア、ウェルズ、ハンターと同様に、ここはハーフラインと解釈する。そうでないと、行のあとに三拍分のぎこちない間が生じて奇妙である。この場は全体的にハーフラインが多用されてコーンウォール公とエドマンドが互いに手を結び、着々と手を打っていく様子がテンポよく表現されている。

※2　threading dark-eyed night——夜の目と針の目を掛詞にしている。明かりのない夜道を、針に糸を通すように苦労してやってきたということ。

※3　このためリーガンへの手紙を届けるケント伯は、次の場面でグロスター伯の屋敷へやってくることになる。52ページ注2参照。

どうか伯爵、ご心痛のところ恐縮ですが、
私どもの問題にお知恵をお貸し下さい。
すぐにも相談に乗ってほしいのです。

グロスター伯　かしこまりました。

お二人とも、ようこそいらっしゃいました。

一同退場。ファンファーレ。※4

第二幕　第二場

〔変装した〕ケント伯と執事〔オズワルド〕、別々に※5登場。

執事　今晩は。※6　ここの屋敷の人かい？

ケント伯　ああ。※7

執事　馬はどこにつなげばいい？

ケント伯　どぶんなか。

執事　おい、頼むから教えてくれよ。

ケント伯　おまえなんかに頼まれたかないね。

執事　じゃあ、頼まないよ。

※4　「ファンファーレ」は、Fで加筆したト書き。

※5　「別々に」はFで加筆。場所はグロスター伯の屋敷前。

※6　Good dawning.（よい夜明け）と言っているが、次ページのケント伯の台詞からわかるように、まだ夜は明けておらず、暗い。明るくなるのは、73ページでリアが登場するとき。このような特殊な挨拶をするのは、オズワルドの気取った態度のせいではないかと、P・W・K・ストーンは *The Textual History of King Lear*（1980）で示唆している。

※7　ケント伯はここの屋敷の人ではない。いい加減な返事をしている。

ケント伯　おまえの鼻面を引きずり回してやったら、やめてくれと頼むことになるだろうよ。

執事　何をそうつっかかるんだ。おまえなんか知らないぞ。

ケント伯　こっちは知ってる。

執事　何を知ってるってんだ？

ケント伯　おまえは悪党のごろつきで、残飯漁りの、卑しい、高慢ちきの、薄っぺらなお仕着せ野郎だ。年収百ポンドの、けちくせえ、きたねえ毛糸の靴下野郎。意気地なしで、喧嘩を避けて訴訟に訴える、鏡ばかりのぞきやがるうぬぼれ野郎。でしゃばりの、ちまちまうるせえ悪党だ。鞄一つしか財産のねえゲス野郎。お役に立ちますと女を取り持つポン引き野郎。要するに、悪党と乞食と卑怯者と女衒と、淫売の倅を一つにした野郎で、今俺の言った肩書を一つでも否定しようものならぶっ叩いてキャンキャン言わせてやりたいような野郎だ。

執事　見も知らぬ他人にそんな悪口雑言を並べるとは何てやつだ、おまえは。

ケント伯　俺がおまえを知っていることを否定しようとするとは、何てやつだ、おまえは。王様の前でお前を転がしてやってから二日も経ったか。抜け、この悪党！　夜であっても、月が出てる。おまえを月明かりに浸してぐにゃぐにゃにしてやる。〔剣を抜いて〕この唾棄すべき、気取ったにやけ野郎、抜け！

執事　やめろ。おまえとやりあうつもりはない。

ケント伯　抜け、この悪党。王様を中傷する手紙を運びやがって、人形芝居の虚栄心ってとんでもない悪徳娘が父親に逆らう助太刀をしやがって、抜け、悪党。さもないと、その脛をみじん切りにするぞ。抜け、悪党、さあ、来い！

執事　助けて、人殺し、助けて！

ケント伯　かかってこい、こいつ！　逃げるな、悪党！　逃げずに戦え！　このキザ野郎、かかってこい！

執事　助けて、人殺し、人殺し！

私生児〔エドマンド〕、コーンウォール公、リーガン、グロスター伯、従者たち登場。

私生児　何だ、どうした？　離れろ！

ケント伯　何ならおまえが相手でもいいぞ、小僧。来い、その肉をそいでやる。来い、若造。

グロスター伯　剣を抜いて？　殺し合いか？　何が起こってる？

コーンウォール公　武器を収めなければ、命はないぞ。もう一度打ちかかった者には死んでもらう。どうしたのだ？

リーガン　姉さんからの使いと、王様からの使いね？

コーンウォール公　何を争っていた？　話せ！

執事　息が切れて話せません。

ケント伯　そりゃ、あんなに勇気を奮い起こしちゃ無理もない。この臆病者(おくびょうもの)め。自然の神もおまえなんか造ったことを否認なさるだろうよ。おまえを作ったのは仕立て屋だ。

コーンウォール公　おかしなことを言うやつだ。仕立て屋が人を作るのか？

ケント伯　仕立て屋でも、石屋でも、画家でも、ほんの二年でも修業すりゃ、こんなひどいものはこさえません。

コーンウォール公　言え、どうして喧嘩になった？
執事　この老人が——その白い鬚に免じて、命は助けてやったのですが——
ケント伯　このすっとこどっこいのZ野郎。不要な文字野郎！[※1]　閣下、お許し頂ければ、この腑抜け野郎を踏みつけにして、漆喰にして、便所の壁に塗り込めさせて下さい。俺の白い鬚に免じてだと、このへらへら野郎が！
コーンウォール公　おい、黙れ。
この無礼者、礼儀を知らんのか？[※2]
ケント伯　知っていますが、ついかっとなりました。
コーンウォール公　なぜ怒った？[※3]
ケント伯　こんな正直のかけらもないようなやつが
剣を帯びていることにです。こんなにやけ野郎が
どぶ鼠のように、神聖な親子の絆を噛み切る。
複雑に絡み合って解けることのない絆を。
ご主人様のご気分のいいなりになって、
火には油を注ぎ、冷たい気分には雪を降らす。
はいも、いいえも、風見鶏。
主人の風向き次第でくるくる変わる。
犬さながら、わけもわからず、ついていく。
何だ、そのひきつった顔は？

※1　当時ZはSで代用された。
※2　**You beastly knave, know you no reverence?** ここから弱強五歩格の韻文に変わる。前の「おい、黙れ」(Peace, sirrah) は弱強一拍半の行なので、直後に三拍半の沈黙を入れるのだろう。
※3　**Why art thou angry?**　二拍半の行。直後の二拍半の間で、ケント伯はさらに冷静さを取り戻す。

俺の言うことを馬鹿にして笑うのか？
このガチョウ野郎[※4]、セーラム平原[※5]で出くわしたら、
ぎゃあぎゃあ鳴かせてキャメロットまで追っ払うぞ。
コーンウォール公　おい、気でも狂ったか？
グロスター伯　どうして喧嘩になった？　言いなさい。
ケント伯　私とこの悪党ほど、
不倶戴天（ふぐ）の仇（かたき）はありません。
コーンウォール公　　どうしてこれを悪党と呼ぶ？
これが何をした？
ケント伯　　こいつの面（つら）が気に入りません。
コーンウォール公　私の面も気に入らないのじゃないか。これも[※6]、
〔リーガンを指して〕これも？
ケント伯　正直に言うのが私の性分です。
かつてはもっとよい顔を見たことがございます。
今この瞬間、私の前に並んでいる
どの顔よりも。
コーンウォール公　こいつは飾らぬ物言いを褒められたのを
いいことに、わざと無礼に振る舞って、
生意気な口をきくようになった手合いだな。

※4　ガチョウは臆病者、腰抜けの意味。
※5　見つけたら命からがら逃げるように追い回してやるという意味だが、これらの地名がどう関係するかは謎。セーラム平原は、ソールズベリー平原の古い名前であり、ストーンヘンジがある場所。キャメロットはアーサー王伝説に出てくる架空の都市。ソールズベリーから遠くないウィンチェスターと同一視されることもあり、ウィンチェスターの沼地にはガチョウが多数生息していた。ガチョウは「女郎買いをする野郎」の隠語という説もある。
※6　グロスター伯かエドマンドを指す。最後は hers とあるので、リーガンを指す。

お世辞が言えぬというわけだ。
正直で率直ゆえに、真実を言います、で通す。
通らなくても、正直者ということにはなる。
こういう悪党を知っている。こんなふうに率直を装いながら、
裏では邪悪で狡猾な目的を隠し持つのだ。
鴨よろしくぺこぺこ頭を下げて、
気配りを行き届かせる馬鹿どもよりはるかに危険な連中だ。

ケント伯　正直率直に、真実を申しあげますと、
閣下のご尊顔の前でお許し頂ければ、
閣下のご威光は、きらめく太陽神ポイボス[※1]の
額に燦然と輝く火の如く――

コーンウォール公　何の真似だ？

ケント伯　私の話し方がお気に召さないようなので、変えてみました。私は確かにお世辞を言えません。飾らぬはっきりとした物言いをして閣下を騙したやつは、はっきりとした悪党です。そんなやつに私はなりません。たとえご不興のあまり閣下に頼まれようとも。[※2]

コーンウォール公　〔執事に〕おまえはどうしてこいつを怒らせた？

執事　何もしておりません。
こいつの主人の王様が最近、誤解をなさって
私を打擲なさいまして、それをこいつが、

※1　ギリシャ神話の神アポロンの別名。英語発音フィーバス。
※2　ざっくばらんな調子を出すために、ここだけ散文になっている。

調子を合わせ、王の御不快を癒（いや）そうと、
後ろから私を転がし、倒れた私を侮辱し、罵（ののし）り、
さも男ぶりを発揮したかのような態度をとって
王様に褒められたものだから、こちらはわざと
負けてやったにすぎないものを、さぞかし
立派な手柄を立てたと思い込んで、ここでまた
斬りかかってきたのです。

ケント伯　こんな卑怯な悪党にかかれば、
英雄アイアース※3も馬鹿に見えちまう。

コーンウォール公　足枷（あしかせ）をもってこい！
この依怙地（いこじ）な老いぼれ悪党め、白鬚の空威張り野郎。
おまえに物を教えてやろう。

ケント伯　私は物を習う歳ではありません。
足枷はいけません。私は王に仕える身です。
王の御用であなたのもとへ遣わされたのです。
王の使者に足枷をはめれば、
王に対し、そのご意向に対して不敬※4であり、
多大な侮辱を示すことになります。

コーンウォール公　足枷をもってこい！

※3　ギリシャ神話に登場する英雄。大アイアース。英語名エイジャックス。「こんな卑怯な悪党が仕えていたら立派な英雄アイアースも馬鹿に見えてくる」という意味。ただし、シェイクスピアが『トロイラスとクレシダ』で描くようにアイアースは愚鈍で有名だった。またAjaxはa jakes（便所）も連想させた。コーンウォール公は自分が侮辱されたと思って怒る。

※4　王や貴族の使者に侮辱を加えることは、その主人に侮辱を加えることと同じとされた。74ページでリアは「殺人よりひどい」と言う。だが、リアの力が弱まった今、コーンウォール公爵夫妻はその権威を踏みにじる。

わが命と名誉にかけて、正午まで座っていてもらおう。

リーガン　正午まで？　夜まででしょ、あなた。そして一晩中。

ケント伯　奥方様、私がお父上の犬であっても、そんな扱いをなさるべきではありません。

リーガン　父の悪党だから、そうするのよ。

足枷が運び込まれる。※1

コーンウォール公　この男はまさに、姉上が手紙で知らせてきたとおりの気性の男だ。さあ、足枷をはめろ。

グロスター伯　どうか足枷はおやめ下さい。※2王様が悪くおとりになります。ご自分の使者がそのように軽んじられたとなれば、ご自身が軽んじられたも同然です。

コーンウォール公　その責任は俺がとる。

リーガン　姉上の家来が侮辱され、攻撃されたことに姉上のほうがもっと悪くおとりになるわ。※3

コーンウォール公※4　さあ、伯爵、来たまえ。〔グロスター伯とケント伯以外退場。〕

グロスター伯　申し訳ない、君。公爵の思し召しだ。

※1　Fで加筆されたト書き。

※2　Qにあった数行をFでは削除。203ページに訳出した。

※3　Qにあった「姉上の用を果たしていたというのに。足枷をはめなさい」という一行をFでは削除。これを削除しないと、この台詞を聞くまで足枷をはめる作業を始められなくなる。Fでは、足枷を運んできた従者たちが、コーンウォール公の「さあ、足枷をはめろ」で作業に入り、かりにグロスター伯の抵抗で作業が一旦停止しても、「その責任は俺がとる」で再開され、リーガンの台詞終わりで作業も完了しているというスムーズな流れが可能になる。上演に合わせた改良である。

そのご気性は誰もが知るとおり、頑として
人の意見を聞かない。なんとか取りなしてみるが。

ケント伯　いや、それには及びません。夜を徹して強行軍で
やってきましたから、少し眠ります。目が覚めたら、
口笛でも吹いてますよ。善人でも運の傾くことはある。
じゃ、おやすみなさい。

グロスター伯　これは公爵が悪い。王は悪くとられよう。

退場。

ケント伯　王よ、例の諺（ことわざ）を認めざるを得ますまい。
天の庇護（ひご）から外に出りゃ、熱い太陽、
身を焦がすってね。※5
昇れ、下界を照らす光よ、※6
その心地よい明かりで、この手紙が読めますよう。
奇蹟（きせき）とは悲惨な者にのみ起こるもの。これは、
確かにコーディーリア様からの手紙だ。
私が身をやつしてお仕えしていることを
幸いご存じらしい。この異常事態を
なんとか立て直す方策を立ててくださろう。
いやはや、くたくただ。ちょうどいい、

※4　Come, my lord, away.　Qではリーガンの台詞。夫にかける台詞（さあ、あなた、行きましょう）か？　Fでは、コーンウォール公が動顛しているグロスター伯に対して来いと命じるのだが、グロスター伯はうろたえて、ぐずぐずする。Qではコーンウォール公は黙って妻のあとに従うだけになってしまう。Qの話者表示の記載が落ちてしまい、直前のリーガンの台詞と一緒になった可能性もある。

※5　いよいよ運に見放されると、日陰で涼むことすらできず、ただでさえつらいのに、熱い日差しを浴びて汗を垂らすことになるという諺。泣きっ面に蜂。

※6　まだ昇らない太陽のこと。

重たい瞼（まぶた）を閉じて、この恥ずかしい宿を
見ないようにしよう。※1
運命の女神よ、おやすみ。また微笑んで車輪を回してくれ。

眠る。

エドガー登場。※2

エドガー　俺を逮捕せよとのお触れを聞いた。
偶然あいていた木の洞（ほら）に隠れて、
追っ手をまいた。どの港も危険だ。
どこもかしこも寝ずの番で警戒をして、
俺を捕まえようと必死だ。逃げられるかぎりは
逃げてみよう。最も卑しく、最も貧しい姿を
するのだ。人間を蔑（さげす）む貧乏神が、
人を獣（けだもの）のように貶（おとし）めたときの、
あの姿だ。顔を泥で汚（よご）し、
腰に毛布を巻き、髪の毛はもつれ放題、
そして、裸の体を雨風（あまかぜ）の拷問にさらして、
立ち向かうのだ。この国には、
ベドラムの乞食（こじき）というれっきとした

※1　二拍半の短い行。あとに二拍半の間があるが、フォークスは、その間に横になって、居心地のよい体勢になるのだろうと示唆する。

※2　ほとんどの現代版は、ここを「第二幕第三場」としているが、QFともに、ここに幕場割はない。ケント伯が眠っているあいだにエドガーが登場して独白をして去っていくのであり、場面は切れずに続く。どちらも追放され変装して正体を隠すケント伯とエドガーの姿が重なることは象徴的な意味合いがある。エドガーが登場したのはグロスター伯の屋敷前かというリアリズム的発想はシェイクスピアには当てはまらない。アーデン3版やオックスフォード版と同様に、

お手本がある。奇矯な叫び声をあげ、
感覚のない麻痺（まひ）した腕に、針やら、串（くし）やら、
釘（くぎ）やら、ローズマリーやらを刺して、※3
そんな無残な恰好（かっこう）で、貧しい農村、羊小屋、
水車小屋を歩きわたり、時には祈り、
時には狂気の呪いをあげて施しを強要するという。
「哀れなターリゴッドだ、哀れなトムだよ！」
それならまだいける。エドガーでは、もはや、ない。※4

退場。

リアと道化、紳士登場。※5

リア　急に屋敷を出て、わしの使者を
返してこないとは、妙だな。

紳士※6　聞いたところでは、
昨夜（ゆうべ）までこちらにおいでになるご予定は
なかったそうです。

ケント伯※7　〔目覚めて〕これは、国王陛下。

リア　は！
おまえはこの恥辱を気晴らしにしているのか？

ここで場を区切らないことにする。『夏の夜の夢』第四幕第一場の終わりで朝になり、恋人たちが立ち去ったあとボトムが覚醒する演出も同工異曲。

※3　195ページの詳注を参照のこと。

※4　Edgar I nothing am. 再び nothing という語の劇的使用。エドガーとしてはもう存在しないという意味。

※5　ここから「第二幕第四場」とする現代版もあるが、前ページの注2参照。足枷をはめられたケント伯はエドガーの台詞の最中も舞台にいる。朝となり、ケント伯は目覚める。

※6　Qでは「騎士」。

※7　Ha! 半拍の短い行。あとに四拍半の長い間がある。リアの強い驚愕を示す。

ケント伯　いいえ、陛下。[※1]

道化　ハハハ。随分ひどい靴下はいてるね。馬は手綱、犬や熊は首輪、猿は腰縄、でもって、人間は足を縛るもんなんだね。あんまり足が元気な人は、木製の靴下履くんだ？

リア　おまえの立場を誤解して、このようなことをしたのはどこの男だ？

ケント伯　男だけでなく女もです。陛下の婿と娘様です。

リア　　　嘘だ。

ケント伯　　　本当です。

リア　　　嘘だと言っている。[※2]

ケント伯　本当だと申しております。[※3]

リア　　　絶対、ありえない。

ケント伯　絶対、そうなのです。[※4]

リア　　　そんなことをするはずがない。
やれないし、やるはずがない。殺人よりひどいぞ。[※5]
敬意を示すべきところにこのような狼藉(ろうぜき)を働くとは。
できるだけ速やかに言え、王が遣わした使者が
なにゆえにこのような目に遭わされた？　遭わされるだけの
何をした？

※1　この行はFでの加筆。
※2　Your **son and daughter.** / **No.** / Yes. / **No, I say.** というシェアードライン。
※3　このあとQの二つの台詞をFでは削除。203ページに訳出した。
※4　この行はFでの加筆。
※5　不敬罪は殺人よりひどいとリアは考えるが、娘たちはそう考えていない。

ケント伯　陛下、私が公爵のお屋敷に着いて、
陛下のお手紙をお渡ししたとき、
まだ跪いたままの私の前に、大急ぎのあまり
汗だくで湯気をたてた使者が、息を切らして、
あえぎながら、主人ゴネリル様よりお便りですと、
飛び込んできて挨拶するや、
割って入って手紙を渡しました。
公爵夫妻はすぐそれをお読みになり、
読み終えると、家来どもを呼び集め、
すぐ馬に乗り、私にもついて参れ、返事はいずれ
遣わそうと仰って、冷たい一瞥をくれました。※6
そしてここで、私の使いを台無しにした
あの使者と出会い、それがまさに、先日陛下に対して
極めて無礼にふるまったやつでしたので、
知恵より血の気の多い※7この私、つい剣を抜きました。
やつは怯えて悲鳴をあげて屋敷中を起こし、
陛下の娘御と婿殿が、その罪は
こうして受けているこの辱めにふさわしいと
お考えになったのです。

※6　オズワルドが運んだゴネリルの手紙を読んだ公爵夫妻が急に態度を変えて、ケント伯が届けた王からの手紙を蔑ろにしたというこの説明を聞いて初めて、観客はケント伯が先ほどオズワルドに向かって「王様を中傷する手紙を運びやがって、人形芝居の虚栄心ってとんでもない悪徳娘が父親に逆らう助太刀をしやがって」(64ページ)とか「神聖な親子の絆を嚙み切る」(66ページ)とか言っていた台詞の意味を理解することになる。このように観客に情報を後出しにするのはシェイクスピアには珍しい。

※7　Having more man than wit「知恵より男気の多い」。リアそっくりの性格。

道化　雁がこんな飛び方をするようじゃ、冬はまだ終わらないね。※1
〔歌う。〕親父が襤褸着りゃ〔●〕
子は盲〔□〕
親父が金持ちゃ〔●〕
子は優しい〔□〕
運の女神は節操がない〔■〕
貧乏人に戸は開かない※2〔■〕
とは言え、あんたは左団扇だ。娘の数だけ、腹に据えかね、たまりかね、どうにかならんかねって金が沢山貯まるからね。

リア　ああ、ヒステリー※3がこの心臓を呑み込もうとする！
癇癪よ、鎮まれ、あがってくるな、悲しみよ。
腹に収まれ。その娘はどこにいる？

ケント伯　伯爵と一緒に、奥に。

リア　〔ケント伯に〕ついてくるな。ここにいろ。※4　退場。

紳士　今言ったこと以外に何もやっていないのか？

ケント伯　やってない。
〔道化に〕どうして王様の供回りがこんなに少ないのだ？

道化　そんなことを訊くから足枷はめられるんだよ。自業自得だな。

※1　この道化の九行の台詞はFでの加筆。
※2　この二行を直訳すれば「運命の女神という名うての淫売は、貧乏人に対して鍵を回さない」。運命の女神はハムレットも「なるほど、運命の女神はあばずれ女だからな」（第二幕第二場）と呼び、『ハムレット』劇中劇で「消えろ消えろよ運命の、女神に操あらざりし」と言われる。運命は気まぐれ、移り気として解釈された。
※3　原語はmother　次行で*Hysterica passio*と言い換えている。女性が罹る病気と言われ、子宮ないし腹で生まれ、胃や喉にあがってくるとされた。196ページ詳注参照。
※4　動けないケント伯に言うジョーク。

ケント伯　なぜだ、阿呆（あほう）？

道化　じゃあ、アリさんの学校へ行って、冬は働かないことを教えてもらうんだな。自分の鼻が行くところについてくやつは、盲人じゃなきゃ、目で見て進むもんだし、鼻さえありゃあ、悪臭を放つやつを嗅（か）ぎ分けられるもんだぜ。大きな車輪が山を転げ降りていくときは手を放すもんだ。ついてったら首の骨折るからね。だけど、偉い人が上へあがるときは、ひっぱりあげてもらうといい。賢者がよい忠告をくれたら、おいらの忠告は返しとくれ。おいらのは悪党だけが聞けばいい。阿呆の忠告だからね。

〔歌う。〕金が目当ての家来たち〔※〕
言うこと聞くのはうわべだけ〔＊〕
雨降りゃさっさと縁を断ち〔※〕
嵐に遭うのは主人だけ〔＊〕
だけど阿呆は逃げやせぬ。〔☆〕
賢いやつらは逃げりゃいい。
悪党が逃げてもかまやせぬ。〔☆〕
阿呆は悪党にゃなるもんか。

ケント伯　どこでそんな歌を覚えた、阿呆？

道化　足枷をはめてるときじゃないね、阿呆。※5

リアとグロスター伯登場。

※5　道化が「阿呆」(fool) と返すのはFの加筆。

リア　わしと話したくないだと？　病気で疲れている？
一晩中旅をしてきたから？　ただの口実だ。
これでは謀叛(むほん)、裏切りに等しい[※1]。
もっとましな返事を聞かせろ。

グロスター伯　陛下。
公爵の火のようなご気性はご存じでしょう。
一度こうとお決めになったら、梃子(てこ)でも動こうと
なさいません。

リア　畜生[※2]、疫病と死と混乱に取りつかれろ！
火のような？　ご気性だと？　おい、グロスター、グロスター、
わしがコーンウォール公夫妻と話したいというのだ。

グロスター伯　はい、陛下、そのようにお伝えしました[※3]。

リア　お伝えした？　わしが誰かわかっているのか、おい？

グロスター伯　はい、陛下。

リア　国王がコーンウォール公に話があるというのだ。親愛なる
父親がその娘と話をしたいと――命じ――願っているのだ[※4]！
それを「お伝えした」のか？　ああ、息が、血が[※5]！
火[※6]のような？　火のような公爵だと？　怒りの公爵に
伝えろ[※7]――いや、やめておこう。本当に具合が悪いのかもしれん。

※1　Qにあったay（そうだ）をFは削除。
※2　「畜生」（Vengeance）は、ハムレットの第三独白の「復讐だ！」と同じ。
※3　この行と次の行はFでの加筆。この「お伝えした？」をオリヴィエは雷を落とすように、エドマンド・キーンは弱々しく優柔不断に演じたという。
※4　commands, tends, service　Qではcommands her service（会いに出てこいと命じるのだ）で「会いたいと願っている」（tends）はない。
※5　この一行はFでの加筆。
※6　この「火のような？」はFでの加筆。
※7　Qではここで「リアが」と言いかけていたのをFは削除。

病気になれば、人は誰でも健常者のように振る舞えなくなるものだ。人は皆、本来の自分を失ってしまう、自然が抑圧されれば、心も体とともに病んでしまうからな。我慢することにしよう。つい性急な考えから、かっとなってしまい、病気で具合の悪い者を健康な者と取りちがえた。〔ケント伯を見て〕わが王権は死んだのか！〔ケント伯を指して〕なにゆえにこれはここに座っている？これを見れば、公爵夫妻がわしに会おうとしないのには、魂胆があることがわかる。わしの家来を引き渡せ。公爵夫妻に、わしが面会を求めていると言ってこい。さ、今すぐにだ。すぐに出てきて、話を聞けと。さもなければ、部屋のドアの前で太鼓を打ち鳴らして、眠りを葬り去ってやる。※8

グロスター伯　どうか穏やかに話がつくとよいのですが。　退場。

リア　ああ、心臓が！　燃えあがる心臓よ！※9　しずまれ。

道化　思いっきり叫びな、おじちゃん。料理女がパイに生きたままの鰻（うなぎ）を入れるときみたいに。頭を麺棒（めんぼう）でぶっ叩（たた）いて「しずまれ、はねるな、しずまれ」って叫んだそうだよ。※10　でもっ

※8　三拍の短い行。あとに二拍の間がある。グロスター伯の動揺を示すものであろう。
※9　再びヒステリカ・パッシオの症状。76ページ注3参照。
※10　道化は、リアが娘にした見当外れな「親切」を揶揄している。リアが今更「しずまれ」と叫ぶのは、鰻を殺すまいと余計な情けをかけておいてパイから這い出してくる鰻に「しずまれ」と叫ぶようなものだということ。

て、その女の弟は馬のためを思って飼い葉にバターを塗ってやったってさ。※1

コーンウォール公、リーガン、グロスター伯、従者たち登場。

リア おはよう、ご両人。※2

コーンウォール公 ご機嫌よろしゅうございます、陛下。

ケント伯が解放される。

リーガン お会いできてうれしゅうございます。

リア リーガン、そうであろう。おまえがうれしがってくれると思う理由がわしにはある。うれしくないとすれば、おまえの母親の墓に離縁を申し渡そう、浮気女だったとしてな。〔ケント伯を見て〕ああ、自由になったか。おまえの話はまた今度にしよう。

〔ケント伯退場。〕

愛するリーガン、

おまえの姉はひどいぞ。ああ、リーガン、おまえの姉はまるで禿鷲(はげわし)のように、情け知らずにも鋭い口でここを※3――とても口では言えぬ。きっと信じてもらえんだろう、どんなに下劣なやりかたで――ああ、リーガン!

※1　馬は油脂を嫌うので飼い葉にバターを塗ったら食べない。リアは娘たちに喜んでもらえると思って王国を与えたのに、飼い葉にバターを塗った愚かな弟のように勘違いをしているという意味。

※2　午前中の挨拶。アーデン2版編者ミュアは、場面の最後の「夜になります」から考えて、今は夕方なのでリアは皮肉を言っていると注記するが、舞台照明のなかった当時、観客は台詞によって時間設定を知るしかなかったので、ここは午前中と考えるしかない。91ページ注6参照のこと。

※3　神々から火を盗

リーガン　どうか、落ち着いて下さい。お姉様が
務めを怠ったというよりは、お父様がお姉様の
よいところをわかっていないのではないかしら。

リア　え、何だって？

リーガン　お姉様が娘の務めを果たさなかったとは
思えません。かりにお姉様がお父様の
お付きの者たちの狼藉（ろうぜき）を抑えたとして、
それにはそれなりのきちんとした理由と目的があって、
お姉様の咎（とが）にはならないはずです。※4

リア　あんな娘、呪ってやる。

リーガン　また、そんな。お父様は
もうお年です。そのお体の中にある自然の力も、
もう限界まで来ています。ご自身よりも
お父様のことがわかっている者の分別に
従って頂いたほうがよろしいのです。ですから、どうか
姉のところへもどって、悪いことをしたと
仰（おっしゃ）って下さい。

リア　あれに赦（ゆる）しを乞（こ）えと？
こんなこと※5をするのが王者にふさわしいと思うのか？

んだ罰として、岩につながれ、生きながら禿鷲に肝臓をついばまれたプロメテウスへの言及。不死のため、翌朝に肝臓は元に戻り、ヘラクレスに助けられるまで三万年間苦しみ続けた。シェイクスピアが種本として利用したハースネットの本（187ページ参照）に、プロメテウスの責め苦と後述の「イクシーオーンの車輪」（156ページ注3）の記載がある。

※4　リアの「え、何だって？」からこの行までFでの加筆。Fではこのように、ゴネリルの行動が弁護されるが、それは50ページでゴネリル自身の警戒心の加筆がなされる改訂意図と一貫している。

※5　これから行ってみせる跪いての物乞い。

〔跪いて〕「娘よ、わしは年をとった。
老いぼれは無用の長物だ。膝をついて願う、
わしの衣食住の面倒を見てくれ」

リーガン　やめて下さい。みっともない。
お姉様のところへお戻り下さい。

リア　〔立ちあがって〕ありえぬ、リーガン。
あれはわしの供回りを半分にしたのだ。
怖い顔でにらみつけ、蛇のようなその舌で
まさにこの心臓を刺し貫いたのだ。
天に蓄えられた復讐の雷のすべてが、
あの恩知らずの女の頭上に落ちるがいい！
大気の毒気よ、あれの胎児※1をかたわにしろ。

コーンウォール公　何てことを！

リア　すばやい稲妻よ、目をつぶすその炎を
あいつの蔑みの目の中に放て！
強力な太陽がかきたてる沼地の霧よ、
あいつの美貌をただれさせ、水ぶくれにしろ。

リーガン　まあ、恐ろしい！　そうやって私のことも
呪うのね、かっとなさると。

※1　her young bones　『レア王年代記』のみならず当時の複数の劇で「お腹の子」を意味する表現として用いられていたことをミュアは指摘する。ウェルズ、ハリオ、ハンターも同じ解釈。リアがゴネリルから生まれる子に浴びせた呪い（47ページ）が再び繰り返されると考えるのが自然だろう。リアは不妊を願ったが「もし産むなら、悪意の子とし」とも言う。罪のないはずの胎児へ呪いをかけるからこそ、コーンウォール公は「何てことを！」と怖気をふるう。リアは犯してはならない罪を犯すのである。ただし、フォークスは、ゴネリル自身の若い骨を指すとするキタリッジの説も取り上げている。

リア　いや、リーガン。おまえを呪ったりはせぬ。
おまえは優しい性格だから、決して
つれないことをするはずがない。あれの目は厳しいが、
おまえの目には慰めがあり、燃えあがったりせぬ。
おまえは、わしの楽しみに眉（まゆ）をしかめたり、わしの供回りの
数を減らしたり、ぶっきらぼうな言葉遣いをしたり、
わしの小遣いを減らしたりはせぬ。※2 果ては門に錠をおろして、
わしが入れないようにしたりはせぬ。おまえは
子としての務め、孝行というものがよくわかっており、
礼儀を尽くし、感謝をしてくれる。
おまえに王国の半分を与えたことを、よもや
忘れてはおるまい。

リーガン　何が仰（おっしゃ）りたいのです？

リア　誰がわしの家来に足枷（あしかせ）をはめた？※3

ラッパの音。

コーンウォール公　何だ、あれは？

リーガン　〔夫に傍白〕お姉様よ。すぐにここに着くと
手紙にもありましたから。

※2　これまで小遣いへの言及はなかったが、『レア王年代記』では、レア王の顧問官の一人スキャリンジャーが「王への手当を半減すれば、ゴノリル様のありがたさがわかるだろう」と助言する（242ページ参照）。

※3　「誰がわしに対して侮辱を働いた？」と同じ意味。リアとしてもその答えを知るのは恐ろしいところがあるため、それまでの激しい呪いや訴えの熱い調子とはちがって、低いトーンで尋ねることになる。そして、この重大な問いへの返答は引き延ばされ、85ページで三度目に尋ねたとき、ようやく答えられる。この問いへの即答が避けられること自体、王の権威失墜を表す。

執事〔オズワルド〕登場。

おまえのご主人はいらしたの？

リア　こいつは、その女主人の病んだ寵愛を笠に着て
高慢を気取りやがった悪党じゃないか。
目ざわりだ、失せろ！[※1]

コーンウォール公　陛下、どういうことです？

ゴネリル登場。

リア　誰がわしの家来に足枷をはめた？　リーガン、
まさかおまえは何も知らないだろうな。[※2]　ありゃ誰だ？
ああ、なんということだ！　もし天が老人を愛するなら、
その優しい支配が孝行をお認めになり、
神々自身も年を召しているなら、どうか
天使を遣わしてわが味方をしたまわんことを。
〔ゴネリルに〕おまえはこの鬚を見て恥ずかしくないのか？[※3]
おい、リーガン、そいつの手をとるのか？

ゴネリル　どうして手を取ってはいけないのです？
私が何をしたというのです？　無分別と耄碌が罪と

※1　オックスフォード版はここに「リアはオズワルドを殴る」とQFにないト書きを入れる。その場合、次のコーンウォール公の台詞は「どうして殴るのです」の意味になる。

※2　Qでは、ここと この前の行がゴネリルの台詞で、FのWho stockt（誰が足枷をはめた）がWho struck（誰が殴った）となっている。ゴネリルの台詞としては「誰が私の従者を殴ったのです？　リーガン、まさかおまえは何も知らないでしょうね」となる。

※3　白い鬚は尊敬に値する高齢、知恵、判断力の象徴。『から騒ぎ』第二幕第三場のベネディックの台詞「あの白い鬚を生やした人が言うとなると――あ

決めつけたものが罪とはかぎりません。

リア　ああ、この胸、
まだもちこたえるか？　なぜわしの家来に足枷がかけられた？

コーンウォール公　私がかけました。しかし、その不行跡は、
あまり褒められたものではございませんでした。

リア　君が？　君がやったのか？

リーガン　どうかお父様、弱い者は弱い者らしく振る舞って
下さい。最初のお約束のひと月の期限が終わるまで
お戻りになってお姉様のところにご滞在下さい。
供回りを半分解雇して。そうしたらうちへいらして下さい。
今は屋敷を留守にしていて、お父様をお迎えする
準備がまだ整っておりませんから。

リア　あいつのところへ帰れだと？　五十人解雇しろ？※4
いや、それくらいなら野宿をして、
嵐を敵に戦い、※5狼や梟（ふくろう）とともに暮らし、
貧困のつらさに責め苛（さいな）まれた方がましだ。
あいつのところへ帰れだと？
それくらいなら、あの熱血の※6フランス王、
末の娘を持参金なしで娶（めと）ったあの王のところへ行って、

んな立派な人が悪さを企むはずがない」参照。

※4　リーガンの「供回りを半分解雇」するようにとの要請と、リアのこの反応から察するとまだ削減はなされていないかのようだが、次ページ注4参照。

※5　Necessity's sharp pinch!　モンテーニュ著『随想録（エセー）』のジョン・フローリオ訳（一六〇三年）から得た表現。

※6　hot-blooded は「血気に逸る、怒りっぽい」などとも訳せる。現代版編者は「情熱的、衝動的」と解釈する。ペンギン版編者ハンターは「フランス人は情熱的とされていた」と注記する。フランス王はブリテンから怒って立ち去った（26ページ注4参照）。

その前に従者のように跪いて、卑しい暮らしをするだけの
年金を乞い求めてみせる。あれのもとへ帰れだ？
むしろ奴隷となって、この唾棄（だき）すべき下郎[※1]にこき使われろと
命じてくれた方がまだましだ。

ゴネリル　どうぞお好きに。

リア　どうか娘よ、わしの気を狂わせないでくれ。
もうおまえの世話にはならん[※2]。さらばだ。
二度と会うまい。互いに会うのを避けよう。
とは言え、おまえはわしの血をわけた実の娘だ。
と言うより、わしの体から出た病だ。
わしのものと言うしかない。
わしの病んだ血から生まれた、
疫病のできもの、腫（は）れ物だ。だが、叱るまい。
わしが呼ばずとも恥辱はいずれ訪れよう。
雷よ落ちよと命じることもしなければ、
天の裁きを下すゼウス[※3]に訴えもすまい。
できるなら改心し、よりよい人間になれ。
待っていてやる。わしはリーガンのところに滞在する。
わしと百人の騎士[※4]とで。

※1　オズワルドのこと。

※2　これまでゴネリルの屋敷に滞在してきたが、これ以上滞在しないということ。リアはそのつもりでゴネリルの屋敷を飛び出してきたわけだが、今ここで思いがけずゴネリルに再会して、改めてそう伝えている。

※3　ギリシャ神話の主神。英語名ジュピター。17ページ注7参照。

※4　ケンブリッジ版編者ハリオは「リアの供回りは既に削減されているのに、リアはまだ元のままだと思い込んでいる」と注記する。ゴネリルは「供回りを半分にした」（82ページ）が、ゴネリルの屋敷を出れば百人に戻るとリアは考えているのであろう。

リーガン　そうは参りません。
まだいらっしゃるとは思っていませんでしたから
お迎えする準備ができていません。どうか、お姉様にお耳を
お貸し下さい。お父様の感情に任せたお言葉を冷静に※5
伺っていると、やっぱりお年なんだわと思います。ですから※6――
ともかく、お姉様は考えあってそうなさってるのです。
リア　本気か？
リーガン　断言致します。あら、五十人の従者で
十分じゃありません？　それ以上必要かしら？
そう、五十人も要るのでしょうか？　そんなに大人数だと
費用もかかるし、危険も生じます。一つの屋敷で、
そんなに大勢が二つの命令系統の下でうまくやっていけますか？
難しい、いえ、ほとんど不可能です。
ゴネリル　この人※7の屋敷の召使いなり、うちの召使いが
お世話をするのでは、何がご不満なのでしょう？
リーガン　そうですわ、お父様。それで行き届かぬ点が
ございましたら、私どもで対処します※8。もしうちへお越しになる
というなら――どうやらそんな雰囲気ですから――どうか
お供は、二十五人までとして下さい。

※5　「冷静に」は「理性をもって」が原意。感情と理性の拮抗はシェイクスピア作品における重要なテーマ。本作には感情に訴えるリアに対して、理性に訴えるゴネリルとリーガンという対立構造がある。前者は理屈を超えて孝行や忠義立てを求めるが、後者は経済観念に基づいて効率的でドライな運営を考えると言える。
※6　リーガンは81ページで「お父様はもうお年です」と始めた一連の台詞をここで繰り返しそうになって、やめる、とフォークスは指摘する。
※7　リーガンのこと。
※8　We could control them. このcontrolは「手綱を引き締める」の意。

それ以上は、お部屋もございません。
リア　わしはすべてをおまえたちに与えたのだぞ。
リーガン　　　　それもよい時に下さいました。※1
リア　おまえたちをわしの後見とし、この身を預けるが、
これこれの従者はつけると規定したはずだ。
それが、おまえのところへは二十五人で
行かねばならぬのか。リーガン、そう言ったのか？
リーガン　何度でも申します。それ以上は無理です。
リア　邪悪な生き物も、ほかがもっと邪悪だと、
優しく思えてくるな。最悪でないことが
ありがたく思えてくる。〔ゴネリルに〕おまえのところへ行こう。
おまえの五十は、二十五の二倍だ。
あれより二倍の愛情がある。※2
ゴネリル　　　　お聞き下さい。
どうして二十五人、いえ、十、いや五人でさえ必要なんですか？
それに倍する召使いたちがお世話をしようと控えている
館（やかた）へいらっしゃるのに？
リーガン　一人も要らないわね？
リア　ああ、必要を論じるな！※3　どんなに卑しい乞食（こじき）でも、

※1　前の行とハーフライン。
※2　愛情を計ろうとしたところからこの悲劇は始まっているが、リアはその愚を滑稽なまでに繰り返す。『アントニーとクレオパトラ』第一幕第一場のアントニーの台詞「どれくらいと数えられる愛など乏しいものだ」も参照のこと。
※3　O, reason not the need! で始まる有名な一節。それまで自分自身が愛情を計ろうとしていたにもかかわらず、真の必要は理屈では捉えられないとリアは論じる。騎士で表象されるように、リアの権威という数値化できないもの（表現しがたいもの）は特殊な表象によって

その貧しさの中に余分なものを持っている。
自然が必要とする以上を認めないなら、
人の暮らしなど獣同然つまらぬものになる。おまえは淑女だ。
だが、体を温めるのが豪華な衣装の目的なら、
少しも温かくならないおまえの豪華な衣装など、
自然は必要とはしないのだ。だが、真の必要とは――※4
神々よ、どうかわしに忍耐を、わしに必要な忍耐を与えたまえ。
ここにいるのは、神々よ、哀れな老人だ、
齢（よわい）と悲しみを惨めに重ねてきた。
この娘たちの心を父親にたてつかせているのが
神々であるなら、どうか、それにおとなしく耐えるほど
愚かな真似をさせないで下さい。気高い怒りで触れて下さい。
女の武器である、涙の雫（しずく）で
この頬を汚さないでくれ。そうだ、この情け知らずの鬼ども、
おまえたち二人に復讐（ふくしゅう）をしてやるぞ。
世界中の人々が――わしはやってやる、
何をやるかまだわからんが――この世の中の誰もが
恐れおののくだろう！　わしが泣くと思ってるのだろう。
いや、わしは泣かんぞ。

のみ認知される。ただ生きていくのに必要なレベルを超えて、人間としての尊厳や自尊心や威厳のために必要なものがある。余分なものによって人間らしく生きる「文化」が構築されるとも言える。

Reason（理屈をこねる）には、「理性」という意味もあり、87ページのリーガンの発言にもあるように、娘たちがリアに欠けていると主張するもの。だが、敬意や愛は理屈では語れない。

※4　華美な服装は文化を生むが、生物学的には「必要」ではない。では、人が生きていくにあたって何が必要かを語ろうとしたリアは、今自分に必要なのは忍耐だと思い知って、言葉を切り、天に祈る。

嵐。

泣く理由は十分にあるが、泣くぐらいなら、
この心臓が、十万もの破片に
砕け散るがいい。ああ、阿呆（あほう）、※1気が狂いそうだ。
〔リア、グロスター伯、紳士、道化〕退場。※2

コーンウォール公　中へ入ろう。嵐になるぞ。
リーガン　この屋敷は小さいんですもの。あの老人と供回りなんて
とても面倒が見切れないわ。※3
ゴネリル　自分が悪いのよ。自分から安逸を棄てたんですもの、
その愚かさを味わってもらわなくちゃ。
リーガン　本人だけなら、喜んで面倒を見るけど、
供回りは一人だってご免だわ。
ゴネリル　私もよ。
グロスター伯爵はどちらへ行かれたのかしら？※4
コーンウォール公　あの老人を追いかけていったが。

グロスター伯登場。

コーンウォール公　戻ってきた。

※1　それまでずっと黙っていた道化に支えられるようにしてリアは退場する。
※2　Fには複数形の「退場」があるのみ。Qには「リア、グロスター伯、ケント伯、道化退場」とあるが、ここでケント伯が退場すると、ケント伯が王を嵐のなかで捜す次の場とのつながりが悪い。フォークスが指摘するとおり、80ページでケント伯が退場するのが自然であろう。
※3　老いた父親を嵐の中へ追い出したあと、リーガンは悪いのは自分ではないと自己弁護をする。理屈をこねることで自分を守ろうとするのである。
※4　公爵も妻をまねて「あの老人」呼ばわりをする。

グロスター伯　王はひどくお怒りだ。

コーンウォール公　どちらへ行かれた？[※5]

グロスター伯　馬をお命じだったが、どこへ行かれたかわからん。

コーンウォール公　好きにさせておけ。やりたいように。

ゴネリル　伯爵、決して引き止めたりなさらないでね。

グロスター伯　ですが、夜になります。[※6]それに、激しい風が吹き荒れている。あたりにはどこまで行っても茂み一つないんですぞ。

リーガン　あら、わがままな人は自分が招いた痛みを、教師としなければならないのよ。ドアを閉めて。父には無法者の供回りがついていて、[※7]おだてに乗りやすい父の耳に何を吹き込むかわかったもんじゃないわ。用心しなきゃ。

コーンウォール公　ドアを閉めろ、伯爵。今晩は荒れるぞ。リーガンの言うとおりだ。嵐を避けようじゃないか。

一同退場。

※5　この行と次の「馬をお命じだったが」はFでの加筆。

※6　この場面が始まったときは朝ないし午前中だったが、いつの間にか夜が近くなっている。シェイクスピアお得意の演劇的時間経過。『ロミオとジュリエット』のバルコニーシーンや『ハムレット』の亡霊登場シーンが深夜から始まりながら、いつの間にか朝を迎えるのと同じ。80ページ注2も参照のこと。明るい舞台でオセロー役者が「剣を鞘に収めろ、夜露で錆びるぞ」と言えば夜とわかるように、当時は台詞によって時間設定が行われた。

※7　リアの供回りがどうなったか不明。これ以降は道化のみが付き従う。

第三幕 第一場

嵐が続く。〔変装した〕ケント伯と紳士[※1]、別々に登場。

ケント伯 この嵐の中、誰だ？

紳士 この天気同様、心穏やかならざる者です。

ケント伯 ああ、君か。王はどちらだ？

紳士 荒れ狂う天候と争っておられます。
風に、大地を海まで吹き飛ばせ、さもなくば、
逆巻く波で大地を呑み込ませろと命じ、
天地がひっくり返れと叫んでおられます。[※2]

ケント伯 だが、お供は誰が？

紳士 道化だけです。王様の傷ついたお心を
その冗談で紛らわそうとしています。

ケント伯 君のことは知っている。
君を見込んで、ひとつ大事なことを頼みたい。
実は、互いに巧みに隠しているので、まだ世間には

※1 前場で王と一緒にいた紳士と同一であろうとフォークスは示唆する。同一でなくともよいとハリオは記すが、同一でないとしたら、紳士がお供は「道化だけ」と答えるとき、さっきまで一緒だった紳士はどうなったのかという疑問が生じる。Qに基づくオックスフォード版は、前場で王に同行していたのがQでは「騎士」であるため、この「紳士」と別人扱いをしている。フォークスは同一人物とするために、この場の「紳士」を「騎士」に変えている。

※2 ここから九行Qにあった台詞をFでは削除している。204ページに訳出したが、人間を小宇宙とする新プラトン主義的表現あり。

知られていないが、オールバニ公爵と
コーンウォール公爵とのあいだに不和が生じている。
どちらの家臣にも――誰でも偉大な地位に就けば、[※3]
そういうことが起こるのが常だが――家臣のふりをして
フランス側にわが国の情報を漏らす
スパイがいる。両公爵の憎悪から出た陰謀だとか、
かつてのお優しい王に対して両公爵がとる
荒っぽい態度[※4]など、見聞きしたことを逐一伝えている。
もっと深刻な話もあって、それを考えると、
こんなことは大した話ではなくなるだろうが――

紳士　もっと詳しく教えて下さい。

ケント伯　それはできない。
私がこの外見以上の人間であることを
確かめるために、この財布をあけて、中のものを
受け取ってくれ。コーディーリア様とお会いしたら――
必ずやお会いになるだろうから――この指輪を見せるんだ。
そうすれば、君がまだ知らない私の正体を
教えて下さるだろう。うわ、ひどいな、この嵐は！
私は王をお捜しする。

※3　ここからケント伯の台詞の最後までの八行はFでの加筆。代わりにQの一三行をFでは削除。つまりQを書き直したわけであり、これまでの翻訳ではその両方を並べてしまう折衷版テクストを訳すのが通例だった。205ページと233ページを比較されたい。Qでは紳士にドーヴァーまで行くように指示しているが、Fではドーヴァーへの言及を削除。ここでケント伯がドーヴァーのことを知っていると、あとで具合が悪くなる。114ページ注3参照。

※4　オールバニ公はリアに荒っぽい態度をとっていないが、ゴネリルの態度がその夫の態度とみなされたのだろうか。

紳士　では、お手を。ほかに話しておくことはありますか？
ケント伯　一言。だが、何よりも重要なことだ。
王をお見つけしたら——君は向こうを
捜してくれ、俺はこっちだ——最初に見つけた方が
相手を大声で呼ぶんだ。

二人退場。

第三幕　第二場

嵐が続く。[※1] リアと道化登場。

リア　風よ、吹け、その頬が割れるまで！　吹きまくれ！
豪雨よ、嵐よ、[※2] 怒濤の水で
尖塔を沈め、風見鶏を溺れさせろ！
思考の速さで広がる硫黄の火、稲妻よ。
樫の木を裂く雷の先駆けよ、焦がせ、
この白髪頭を。すべてを揺るがす雷よ、
この丸い世界をぺしゃんこにしてしまえ！

※1　Fで加筆されたト書き。フォークスの注「演出家は嵐の強烈な視覚効果や音響効果を考えたがるが、リアの言葉が効果的に嵐を作り出しており、その言葉は聞き取れなければならない」は重要。

※2　原文では You cataracts and hurricanoes, spout（おまえ、天の水門と噴水口よ、注げ）となっており、旧約聖書「創世記」7：11～12の「大淵（おおわだ）の源皆やぶれ天（あま）の戸開けて雨四十日四十夜地に注げり」とあるノアの洪水への言及ではないかという説あり。ウルガタ訳（カトリック教会の標準ラテン語訳聖書）には cataractæ cæli apertæ sunt（天の水門が開いた）とある。

自然の母胎を裂き、恩知らずの人間を生みだす
あらゆる種をぶっつぶせ。

道化 おじちゃん、乾いたおうちでお世辞の甘い水をもらうほうが、外で雨にずぶ濡れになるよりずっといいよ。ね、おじちゃん、中へ入ろ。娘たちにお慈悲を願ってさ。こんな夜は賢者も阿呆もありゃしないよ。

リア 雷よ、思いっきり響き渡るがいい。火よ、飛び散れ、雨よ、降りしきれ！
雨も、風も、雷も、火もわが娘ではない。
おまえたち自然の要素は、情け知らずではない。
おまえたちに王国をやったり、娘と呼んだりしたことはない。
おまえたちに従ってもらう謂われはない。だから、
好きなだけわしを痛めつけるがいい。こうして立って、
餌食となろう。哀れな、老いぼれて、弱った、蔑まれた老人だ。
だが、おまえたちは卑劣な手下だな。
二人の邪悪な娘たちに味方して、
天高きところから軍勢をさし向けて、
こんな老いた白髪の頭を攻撃するとは。ああ、ひどいぞ！

道化 自分の頭を突っ込める家を持ってる奴は、いい頭飾りを持ってるってことだな。
〔歌う。〕頭突っ込む家もない男〔★〕
一物だけは、突っ込んだ。〔◇〕

頭もムスコも虱(しらみ)の床(とこ)。〔★〕
乞食(こじき)にゃ嫁が多いんだ。〔◇〕
足先を可愛がって、〔◆〕
心臓をほっぽらかす、〔△〕
そんなやつは、まめを作って〔◆〕
夜を泣き明かす。〔△〕
どんな美女だって鏡に向かってあっかんべえをするもんさ。

〔変装した〕ケント伯登場。

リア　いや、わしは忍耐の手本となろう。
何も言うまい。※1

ケント伯　そこにいるのは誰だ？

道化　御前(ごぜん)様と前におっ立つ者、※2賢者と阿呆(あほう)さ。

ケント伯　なんと、こちらにおいででしたか？　夜を好む動物も
こんな夜は好みません。怒りの空を見れば、
暗闇を蠢(うごめ)く物どもは怯(おび)え、
洞穴(ほらあな)に入ります。物心ついてから
こんな一面の火のような稲妻、こんなものすごい落雷、
こんな風雨のうなりを聞いたことがありません。

※1　I will say nothing.「何もない」については、12ページ注2、27ページ注6、40ページ注4等参照。
※2　直訳すれば「やんごとなきお方と股袋(codpiece)」。股袋とはエリザベス朝の服飾で、男性のズボンの股間につけた詰め物入りの袋状装飾であり、男性器の存在を強調した。大きな股袋付きの衣装を着た道化を指す語でもあるが、直前に歌った歌は、足先と心臓を取り違える股袋の歌であり、リアを揶揄している。ゆえに、股袋がどちらを指すのか、賢者と阿呆がどちらを指すのかわからない。秩序の逆転が起こり、天地がひっくり返るこの悲劇における道化の至言。

人間の身では、このすさまじさや恐怖に
耐えられるものではありません。

リア　我らの頭上で
ひどく騒いでいらっしゃる偉大な神々に
今こそ真の敵を見つけて頂こう。惨めに震えろ、
まだ正義の鞭(むち)を受けていない罪を
心に隠し持っているやつらめ。隠れるがいい、
血塗られた手よ、偽りの誓いをたてる者よ、
近親相姦(そうかん)の罪を犯す偽善者よ。ぶるぶる震えろ、
もっともらしい顔つきをして裏では
人の命を殺(あや)めたやつ。隠れた罪の数々よ、
どっと出てきて、この恐ろしい天の召喚に
慈悲を願って叫ぶがいい。わしは罪を犯すよりも
犯された男だ。※3

ケント伯　なんと、帽子もかぶらずに？※4
陛下、この近くに掘っ立て小屋があります。
少しはこの嵐をしのぐ手立てになりましょう。
そこでお休み下さい。私はあの無情な家※5へ行き――
石造りの家だが、その石よりも無情です。

※3　I am a man / More sinned against than sinning. リアの罪は、権力を笠に着て横暴に振る舞ったこと、計れないはずの愛情を計ろうとしたこと、愛する者たちを突如勘当・追放したこと、引退しながら権威を維持しようとする矛盾を犯したこと、娘たちの言い分に耳を貸さないことなど多々あるが、不敬の罪を犯された被害はそれらの加害の総量を凌駕するか。時代が新しくなるにつれ、この問いはますます難しくなるだろう。

※4　エリザベス朝当時、貴族は帽子とマントを身に着け、帯剣する服飾規定があった。

※5　コーンウォール公爵夫妻が滞在中のグロスター伯の屋敷。

たった今も、陛下を訪ねて行ってみたら、
中に入れてくれませんでしたが――無理にも
礼儀を弁(わきま)えさせましょう。

リア　わしの正気が転がり始めている。
おいで、ぼうず。どうした、ぼうず？　寒いか？
わしも寒い。その藁(わら)とやらは、どこにある？
人間の必要性というものは不思議だな。※1
ひどいものでも大切に思えてくる。さあ、その小屋へ。
哀れな阿呆。この心にもまだ、おまえを
可哀想に思う心があるぞ。

道化　〔歌う。〕脳味噌(のうみそ)ないやつぁ弁(わきま)えろ。〔▲〕
ヘイホウ、風と雨。
あきれた運でも諦(あきら)めろ。〔▲〕
だって今日も明日(あした)も雨だもの。※2

リア　そのとおりだ。――さあ、この小屋に入ろう。

〔リアとケント伯〕退場。※3

道化　淫売女(いんばい)の熱い血を冷ますにはもってこいの夜だぜ。行く前に
ひとつ予言をしとこう。
司祭の説教に中身なく、〔▽〕

※1　88ページ注3参照。

※2　『十二夜』で道化フェステが最後に歌う歌と同じリフレイン。同じメロディで歌われたのであろう。どちらの道化もロバート・アーミンが演じたと考えられている。

※3　Qはここでこの場は終わる。道化の予言はFでの加筆。
　道化が直接観客に語る台詞としては第一幕の最後（54ページ注3参照）に続いて二回目。内容が謎めいていて筋に一見無関係に見えることから、シェイクスピア以外の役者が考えたことが台本に残ったのではないかとする説もあるが、ジョン・ケリガンとゲアリー・テイラーは強く反対している。

薄めたビールに味がなく、〔▽〕
貴族が仕立て屋に流行指南、〔▼〕
異教徒焼かれず、身を焼く女難、〔▼〕
すべての裁判、不正を減らし、〔◎〕
騎士も家来も豊かな暮らし、〔◎〕
誰も悪口、口にせず、〔○〕
スリも人ごみで仕事せず、〔○〕
金貸し、野原で勘定してる。〔●〕
淫売とヤクザが教会建てる。〔●〕
そんな日が来たら、すったもんだ。[※4]〔□〕
アルビオン[※5]の王国は大混乱だ。〔□〕
そんな時まで死なずにずっと〔■〕
生きてりゃ、足で、歩くよ、きっと。〔■〕
この予言は予言者マーリン[※6]に言わせよう。おいらはそれより前の
時代の人間だからね。

退場。

※4　ケンブリッジ版ではこの行と次の二行「そんな日が来たら、～大混乱だ」を「身を焼く女難」の直後に移動している。予言の最初の四行は混乱した世の中を描写するのに対し、「すべての裁判、不正を減らし」以降は実現し得ない理想の世を描写するからとしてA・ポープが一七二〇年代に行った校訂の踏襲。アーデン3版では、シェイクスピアはわざと混乱させているという説を採用し、Fのままとしている。

※5　ブリテンの古い名称。140ページ注2参照。

※6　アーサー王伝説の時代の予言者。リアの時代は紀元前八世紀だが、アーサー王は紀元後六世紀。

第三幕　第三場

グロスター伯とエドマンド登場。

グロスター伯　ああ、なんということだ、エドマンド。こんな非人情なやり方はよくないぞ。陛下に情けをかけたいと申し出たら、公爵夫妻は私が自分の屋敷を使うのも禁じ、陛下のことは言うな、その救済も願うな、お助けしようものなら絶対に許さないと仰るのだ。

私生児　なんて残酷で非人情なのでしょう！

グロスター伯　いや、何も言うな。公爵たちのあいだに不和があり、それよりひどいことが起こりそうだ。今晩手紙を受け取った――ばれると危険だ――私の部屋に鍵をかけて、しまってある。王様が今耐えておられる恥辱は、やがて報復されることになろう。軍隊の一部はすでに上陸しているんだ。王様にお味方しなければ。お捜しして密かにお救いしよう。おまえは公爵のお相手をして、私の王様への思いやりに気づかれないようにしてくれ。私のことを聞かれたら、病気で臥せっていると言うんだ。これで命を失うことになっても――命はないぞと脅かされてはいるが――長年お仕えした王様はお救いしなければならない。奇妙なことが起こっている、エドマンド、気をつけてくれ。

退場。

私生児　禁じられているのに、そんな忠義立てをするとは。

直ちに公爵に知らせることにしよう。手紙のこともな。
こいつは大手柄になりそうだ。この俺の手に
親父が失うものが入ってくる、何から何まで。〔※〕
年寄りが倒れれば、若い者がのしあがるまで。〔※〕

退場。

第三幕　第四場

リア、〔変装した〕ケント伯、道化登場。[※1]

ケント伯　こちらです、陛下。[※2] どうかお入り下さい。
今晩は、外は大荒れで、とても耐えられたものでは
ありません。

嵐が続く。[※3]

リア　かまうな。

ケント伯　どうか陛下、お入り下さい。

リア　この胸を引き裂くつもりか？

※1　道化は長い間黙っているが、嵐ですっかりまいってしまっているのかもしれない。トレバー・ナン演出のロイヤル・シェイクスピア劇団公演（一九六八）では、エリック・ポーター演じるリアが道化を腕に抱いて登場し、最終場のコーディーリアを抱いて登場するイメージと重ねたという。

※2　第三幕第二場で言っていた「掘っ立て小屋」。エイドリアン・ノーブル演出のストラットフォード・アポン・エイヴォン公演（一九八三）では舞台の落とし戸を使って舞台下へ降りた。エリザベス朝時代もそうしたと思われる。104ページ注1参照。

※3　Fでの加筆。

ケント伯　こちらの胸が張り裂けそうだ。どうか、お入りを。
リア　この騒々しい嵐が肌に浸み込むのを大変なことだと
思うておるのだろう。おまえにはそうかもしれん。
だが、もっとひどい病気に罹れば、
軽いものなど感じなくなる。※1 熊から逃げても、
逃げた先に大荒れの海があれば、
熊に立ち向かうしかあるまい。心が自由であれば、
体は繊細になる。わが心に吹きすさぶこの嵐は、
この体からあらゆる感覚を奪い去り、
感じるのは、この胸を打つ――親不孝！
まるで口に食べ物を運んでやった手を
食いちぎるようなものではないか。だが、思い知らせてやる。
いや、もう泣かんぞ。こんな夜に
わしを閉め出すとは！　降るがいい、耐えてみせよう。※2
こんなひどい夜に！　ああ、リーガン、ゴネリル、
おまえの老いた優しい父は、すべてを与えたというのに。
ああ、このままでは狂ってしまう。それは避けたい。
もうやめよう。
ケント伯　どうか、陛下、お入り下さい。

※1　さらにつらいことを知っていれば耐えることができるようになる。「大事の前の小事」と同じ。次の熊と荒海の話は「虎口を逃れて竜穴に入る」に似て、「避けることができぬものは受け入れるしかない」（『ウィンザーの陽気な女房たち』第五幕第五場）と同じ。

※2　前行の「こんな夜に」からここまでFでの加筆。閉め出されたことは、第三幕第二場のケント伯の台詞（98ページ）でリアは知ったのか。ゴネリルの屋敷を出たときも、どういうわけか「門に錠をおろして、わしが入れないようにした」（83ページ）と言う。どちらも自分から出て行ったのではなかったか。

リア　頼む、おまえが入って、休んでくれ。
この嵐のおかげでつらいことを
考えずにすむのだ。だが、入るとするか。
入れ、ぼうず、おまえから。哀れな家なき子[※3]——
いいから入ってろ。わしはお祈りをしてから休む。

〔道化〕退場。

裸の惨めな者たち、どこにいるのか知らんが、
この非情な嵐に打ち据えられて耐えておろう。
頭を濡らし、腹を空かせて、穴だらけの
襤褸をまとって、どうやってこんな嵐を
しのいでいるのだ？　ああ、わしはこれまで
気づいてこなかった。虚栄よ、薬にしろ。
惨めな者たちが感じているものをおまえも感じろ。
そうして余分なものを振るい落として貧乏人に与えれば、
天に正義を示すことになろう。

道化登場。[※4]

エドガー　〔中から〕ひと尋半だ、ひと尋半！　哀れなトムだよ！[※5]

道化　入っちゃいけない、おじちゃん！　おばけがいる。助けて、助けて！

※3　この行と次行はFでの加筆。
※4　Fには「エドガーと道化登場」とあるが、エドガーはこのあとケント伯に「出てこい」と言われて出てくるはず。
※5　この行はFでの加筆。「ひと尋半」は九フィート。海底の深さを測る海の用語。エドガー演じるトムは海にいるつもり。

ケント伯　手をよこせ。[※1] 誰だ？

道化　おばけだ、おばけ。名前は哀れなトムだって言ってる。

ケント伯　藁(わら)の中でうめいているのは誰だ？　出てこい。

〔狂人に扮(ふん)した〕エドガー登場。

エドガー　失(う)せろ！　ついてくるな、この汚らしい悪魔。鋭いサンザシを抜けて風が吹く。ふん！　ベッドに入ってあったかくするがいいや。

リア　おまえ、何もかも娘にやってしまったのか？　それでこんなになったのか？

エドガー　哀れなトムに何か恵んでくれる人はいないかい。汚い悪魔にとっつかまって、火の中、炎の中、浅瀬や滝壺(たきつぼ)通り抜け、沼や泥ん中引きずり回されてるんだ。自分の枕の下にナイフを入れ、廊下に首吊(くびつ)りの縄ぶらさげ、スープのそばに鼠を殺す毒を置く。四インチの幅しかない川を曲芸の馬で見事に飛び越えて大満足し、自分の影を謀叛人(むほんにん)めと追いかけ回す。正気は失いたくないもんだね。トムは寒いよ。ああ、ド、デ、ド、デ、ド、デ。[※2] つむじ風に気をつけな。星の祟(たた)りを受けると、やられるぜ。哀れなトムにお恵みを。汚い悪魔にとっつかまったんだ。ほら、捕まえた。ほら、ほら、ほらこっちだ。こっちだ。

嵐が続く。

リア　娘のせいでこうなったんだな？　何もとっておかなかったのか？　すべてやってしまったのか？

※1　舞台の落とし戸の下から顔を出しただけの道化を引き上げようとして言う台詞か？

※2　歯がガチガチいう擬音語か。Fでの加筆。

道化　いや、毛布はとっといたね。じゃなきゃ、こっちが恥ずかしいや。
リア　人間の罪にふりかかる定めの、あたりを漂う大気中の
ありとあらゆる疫病が、おまえの娘にとりつきますよう！
ケント伯　この者に娘はおりませぬ。
リア　死ね、謀叛人！　人間がこれほどの体たらくと
なりうるのは、つれない娘のせいに決まっている。
棄てられた父親がそんなふうに自分の体を
痛めつけるのは当世の流行（はや）りか？
正当な罰だな。親の血を吸う娘どもを
生んだのは、その体なのだから。※3
エドガー　ピリコック座るよ、ピリコック山。アロウ、アロウ、ロウ、ロウ。
道化　こんなに寒いと誰だって阿呆（あほう）か狂人になっちまうな。
エドガー　汚い悪魔に気をつけな。親の言うことは聞くもんだ。言ったことは守れ。罵（ののし）るな。
人の女房に手を出すな。贅沢（ぜいたく）な服着てうつつを抜かすな。トムは寒いよう。
リア　これまで何をしてきた？
エドガー　宮仕え。つんとすまして、髪は巻き毛、帽子に手袋挟んで、奥様の情欲を満たし、
夜のお勤めをしたもんさ。あらんかぎりの誓いを立てて、神も恐れずにみんな破ってやった。
女と寝る手段を考えながら眠り、起きては励んだもんさ。酒を愛し、賭（か）け事を愛し、女遊び
じゃ、トルコの王様だって及ばない。心は裏切り、耳早く、手は血まみれ。豚のように怠惰、

※3　原文は「ペリカン娘」。ペリカンは雛を養うため自分の胸を傷つけて血を吸わせることがあるとされた。

狐のように狡猾、狼のように貪欲、犬のように狂暴、ライオンのように獰猛。しゃなりしゃなりと歩く女の絹が音をたてても心を移すんじゃないよ。売春宿には近づくな。スカートのすきまに手を入れるな。金貸しの帳面に名前を書くな。サンザシから冷たい風がずっと吹きつける。スー、マム、ノニー。※1ドーファン、※2おい、よしよし、セセ！※3　通してやりな。

嵐が続く。

リア　そのむき出しの体で自然の厳しさに耐えるより、墓に入った方がましだろう。人間とはこれだけのことか？　よく見てみろ。おまえは蚕から絹を借りてもいなければ、動物の毛皮を身に着けてもいない。羊の毛も、猫の麝香もまとわない。は！　我ら三人はまがいものだ。おまえだけが人間そのものだ。飾らぬ人間とは、このように哀れな、裸の二本足の動物にすぎぬ。脱げ、脱いでしまえ、こんな借り物！　さあ、このボタンをはずしてくれ。※4

道化　ねえ、おじちゃん、落ち着いて。泳ぐのには、ひどすぎる晩だよ。おや、荒野にちっちゃい火が、すけべじじいの心臓みたいに、体は冷え切ってるのにそこだけぽつんと燃えている。ほら、歩く火がやってきた。

松明を持ったグロスター伯登場。

エドガー　あいつは汚いフリバーティジベット※5だ。日暮れの鐘で起きて、一番鶏が鳴くまで歩き回るんだ。白内障にしたり、斜視にしたり、口唇裂にしたりする。実った麦を枯れさせ、地中の虫を痛めつける。

〔歌う。〕魔除(まよ)けの聖者が三べん回り〔＊〕
出会った魔女とその供回り〔＊〕
胸から下りろ、悪夢見せるな〔☆〕
胸にのっかり、悪さをするな〔☆〕
魔女め、うせろ、とっとと消えろ！

ケント伯　陛下、どうなさいました？

リア　誰だ、あれは？

ケント伯　誰だ？　何の用だ？

グロスター伯　そこにいるのは誰だ？　名前を言え。

エドガー　哀れなトムだよ！　泳ぐアオガエル、ヒキガエル、オタマジャクシ、イモリを食らって水を飲む男だよ。汚い悪魔が怒ると、サラダの代わりに牛の糞(くそ)を食らい、ドブネズミや犬の死体だってがぶ呑(の)みだ。水たまりの緑のドロドロだってひと呑みさ。村から村へ鞭打(むちう)たれ、足枷(あしかせ)はめられ、罰せられ、ぶち込まれる。以前はお仕着せを三着にシャツを六枚持ってたんだけどね。

お馬にまたがり、剣持つトム様〔★〕
この七年は悲惨な有様〔★〕
食事は鼠さ、ごちそうさま〔★〕

俺についてる悪魔に気をつけな。よしよし、スマルキン、黙ってな、悪魔！

グロスター伯　なんと、こんな者たちをお供になさっておいでなのですか？

※1　囃し言葉。
※2　悪魔の名。
※3　cessez. フランス語で「やめてください」。Qには英語で cease（やめろ）とある。
※4　Qの台詞をFで書き換えた。206ページ参照。
※5　196ページ詳注参照。

エドガー 闇の王は紳士だぞ。マドーっていうんだ。マフーとも。[※1]
グロスター伯 血を分けた自分の子が、陛下、
　あさましくなりました。生みの親を憎むのです。
エドガー 哀れなトムは寒いよう。
グロスター伯 どうか私の屋敷へいらして下さい。
陛下の娘さんたちの命令に従ってはいられません。
私の家を使うな、この恐ろしい夜の嵐に
陛下をさらし出せとのご命令でしたが、
あえて陛下を捜しに参りました。
火と食べ物のあるところへご案内致します。
リア まず、この学者[※2]と話させてくれ。
〔エドガーに〕雷（かみなり）の原因は何かね？[※3]
ケント伯 陛下、お申し出を受けて、お屋敷へおでかけ下さい。
リア こちらのテーバイの学者と話をさせてくれ。
　何を研究している？
エドガー 悪魔の除（よ）け方、害虫の殺し方。
リア 内緒で話をさせてくれ。[※4]
ケント伯 〔グロスター伯に〕もう一度行くように勧めて下さい。
　正気を失いかけているのです。

※1　マドーもマフーも、ハースネットの本に記載がある悪魔の名。「闇の王」とはサタンのこと。
※2　philosopher　自然哲学を研究する者。
※3　帯電という概念がなかった時代、雷は不思議と恐怖の対象だった。当時は「雷は、雲が受けた風の精霊が、その雲の移動によって大きく振動して音を発するもの」などとされた（Stephen Batman, *Batman upon Bartholome*, 1582）。
※4　オックスフォード版では、ここに「二人は離れて会話する」とQFにないト書きを加えている。確かに、ケント伯とグロスター伯が話すあいだ、リアはエドガーと内緒の話をするのであろう。

グロスター伯　それも仕方あるまい？

　嵐が続く。

娘たちに命を狙われているのだ。[※5] ああ、ケント伯よ、[※6]
あの追放された哀れな男はこれを予言していた。
王が正気を失いかけていると言ったな。いいか、
私だって気が狂いそうなのだ。私には、勘当した
息子がいたが、そいつに命を狙われたのだ。[※7]
それもつい最近のことだ。愛していたのに。
どんな父親の愛も及ばないほどに。正直言って、
悲しみで気がおかしくなった。なんて夜だ！
どうか、陛下――

リア　おっと、こりゃ失礼、どうも。
〔エドガーに〕気高い学者殿、こちらへ。

エドガー　トムは寒いよう。

グロスター伯　〔エドガーに〕中へ入れ。さあ小屋の中へ。暖かくしろ。

リア　いや、みんなで入ろう。

ケント伯　こちらです。[※8]

リア　〔エドガーを指して〕あの人と一緒だ。

※5　第二幕第二場の最後でリーガンが門を閉めてリアを嵐の中へ追い出したことは「命を狙う」ことにはならないだろう。グロスター伯は観客の知らない情報をもっているらしい。114ページ注2参照のこと。

※6　目の前に本人がいることに気づかずにケント伯を思い出すという劇的皮肉。

※7　ここで初めてエドガーは、父がどんな誤解をしていたのかを直接に知ることになる。

※8　「こちら」とは、グロスター伯の屋敷のある方向。グロスター伯がエドガーを小屋の中へ追い払い、リアがそれについて一緒に入ろうとしたのを、ケント伯がそちらではないと声をかける。

わしは学者と離れはせん。

ケント伯　どうか話を合わせて。あいつを連れていきましょう。

グロスター伯　おまえが連れてきてくれ。※1

ケント伯　おい、おまえ、一緒にこい。

リア　行こう、アテネの学者さん。

グロスター伯　黙って、黙って、しぃっ。

エドガー　騎士ローランが城へ来た。※2
いつも言ってる、「ファイ、フォー、ファム、
ブリテン人の血が匂う」※3

一同退場。

※1　グロスター伯はエドガーも自分の屋敷に連れていくことに同意するが、狂人に関わりたくないのでケント伯に頼んでいる。
※2　十一世紀の歌で知られる騎士。シャルルマーニュ大帝の甥。
※3　「ジャックと豆の木」で巨人が言う台詞 Fee-fi-fo-fum, I smell the blood of an Englishman の最後が British man に変更された。

第三幕　第五場

コーンウォール公とエドマンド登場。

コーンウォール公　この屋敷を出る前に、思い知らせてやる。

私生児　親子の情よりも忠誠を重んじたことで、どんな非難を浴びせられるか、考えただけでぞっとします。

コーンウォール公　おまえの兄が父親の命を狙ったのも、兄の邪悪な性格のせいだけじゃない気がしてきたな。父親の方にも悪いところがあったからこそ、その気になったんだろう。

私生児　正義を行って悔やまねばならぬとは、ひどい運命です。これが、父が言っていた手紙です。これで父がフランス側にスパイとして通じていたことがわかります。ああ、天よ、こんな裏切りさえなかったら！　せめて私がその発見者でなかったら！

コーンウォール公　一緒に妻のところへ来てくれ。

私生児　この手紙の内容が確かなら、閣下は重大な事実を掌握したことになります。

コーンウォール公　真偽はともかく、これでおまえがグロスター伯爵だ。おまえの父親がどこにいるか捜し出せ。すぐに捕まえられるように。

私生児　〔傍白〕父が王を助けている現場を押さえたら、嫌疑はいよいよ固まるだろう。〔公爵に〕引き続き忠義を尽くします。たとえ、肉親の情に反しようとも。

コーンウォール公　頼りにしているぞ。私のことを実の父親以上に思うがよい。

二人退場。

第三幕　第六場

〔変装した〕ケント伯とグロスター伯登場。

グロスター伯　こんなところでも、外よりましだ。それだけでもありがたいと思ってくれ。何か持ってきて、もう少し居心地よくなるようにしてみよう。すぐ戻る。

ケント伯　陛下の正気はすっかりずたずたになってしまったようだ。あなたのご親切に神の感謝を！

〔グロスター伯〕退場。

リア、〔狂人に扮した〕エドガー、道化登場。

エドガー　フラテレットー[※1]が呼んでる。親殺しの暴君ネロが地獄の湖で釣り糸を垂れてるって。おい、罪なき者よ、汚い悪魔に気をつけな。

道化　ねえ、おじちゃん、教えてよ、気ちがいってのは、紳士か、郷士か？

リア　王だ！　王だ！

道化　いや、紳士を息子に持つ郷士だよ。だって、自分より先に息子を紳士にするなんて、気ちがい沙汰だろ？[※2]

リア　真っ赤に焼けた焼きごてを持って一千の鬼をやつらに襲いかからせるのだ！[※3]

エドガー　あんたの正気にお恵みを！

ケント伯　お気の毒に！　陛下、しっかりなさって下さい。これまでも忍耐強さを誇っていらしたではありませんか？

エドガー　〔傍白〕お可哀想で涙が流れ、芝居が台無しだ。

※1　この悪魔の名前や暴君ネロが釣り糸を垂れるくだりも、ハースネットの本からの借用。196ページ参照。

※2　この道化の台詞はFでの加筆。

※3　Qのいわゆる「模擬裁判の場」をFでは削除。206〜208ページに訳出した。

リア　子犬どもが――トレイ、ブランチ、スイートハートまで――見ろ、わしに吠えかかる。[※4]

エドガー　トムが追い払ってやる。あっちへ行け、犬ども！
口先、黒でも白くとも、〔◇〕
牙に毒があろうとも、〔◇〕
マスティフ、雑種にグレイハウンド、〔◆〕
スパニエルに、かわいいハウンド、〔◆〕
尻尾を切ったの、長い野郎、〔△〕
トムがきゃんきゃん鳴かせてやろう。〔△〕
こうして角を投げたらさ、〔▲〕
犬はすっ飛んで、すたこらさ。〔▲〕
ド、デ、ド、デ、セセ！[※5]　さあ、町と市場と市場町まで行進だ。哀れなトムにお恵みを！

リア　次にリーガンを解剖してみよう。こいつの心臓は何でできているか。この硬い心臓ができた自然界の原因があるのか？〔エドガーに〕君を、わが百人の供回りの一人に加えてやるが、その恰好は頂けないな。ペルシャ風というつもりなんだろうが、改めてくれたまえ。

ケント伯　さあ、陛下、こちらで少しお休み下さい。

リア　音をたてるな。音をたてるな。カーテンを引け。そうだ。そうだ。朝になったら夕飯にしよう。

※4　リアが飼っているペットの犬の名。
※5　104ページ注2と107ページ注3参照。

道化 おいらは、昼になったら寝ることにする。※1

グロスター伯登場。

グロスター伯 君、ちょっと。王様はどちらだ?

ケント伯 こちらです。そっとしておいて下さい。正気を失っているのです。

グロスター伯 君、王を抱きかかえてくれ。お命を狙う陰謀があると耳にした。※2担架を用意したから、それにお乗せして急ぎ、ドーヴァー※3へお連れしてくれ。そこで王をお待ちし、庇護(ひご)しようとする者がいる。さあ、抱きかかえて。三十分でも遅れれば、王のお命も君の命も、お守りしようとする者たちの命も確実に失われる。さあ、持ちあげて、持ちあげて、そしてついてきてくれ。すぐ出発できるよう準備を整えておいた。※4さあ、こっちだ。

一同退場。

※1 Fでの加筆。Fの道化の最後の台詞。Qの道化の最後の台詞は「こりゃ失礼。三脚椅子だとばかり思っていました」。112ページ注3参照。

※2 『レア王年代記』ではゴノリルとレイガンが王殺害を狙って刺客を放つが、『リア王』ではそうした話はない。

109ページ注5参照

※3 Fでは、ここで初めてドーヴァーという地名が出てくる。Fは、この場でグロスター伯から伝えられる情報をケント伯が初めて聞く設定に変えている。93ページ注3参照。

※4 Qではここにケント伯の台詞が入り、グロスター伯の「こっちだ」のあとにエドガーの台詞が入る。208〜209ページに訳出した。

第三幕　第七場

コーンウォール公、リーガン、ゴネリル、私生児〔エドマンド〕、従者たち登場。

コーンウォール公　〔ゴネリルに〕大急ぎで、この書状をご主人にお見せ下さい。フランス軍が上陸したのです。〔従者らに〕謀叛人のグロスターを捜し出せ。

〔何人かの従者ら退場。〕

リーガン　すぐ縛り首にしたらいいんだわ！

ゴネリル　目玉を抉り出すのよ。

コーンウォール公　やつのことはお任せ下さい。エドマンド、わが姉上のお供をしろ。おまえの裏切りの父親に対する我らの復讐は、おまえに見せないほうがいいからな。オールバニ公爵に迅速に戦闘準備を整えるようお伝えしろ。こちらもとりかかる。互いに速やかな連絡を取り合って情報を交換しよう。ではさらば、愛しい姉上。さらば、わがグロスター伯爵。

執事〔オズワルド〕登場。

どうした。王はどこだ？

執事　グロスター伯爵がここから連れ出しました。

王のお付きの騎士たち三十五、六名があとを追い、

必死になって王を捜し、城門で出会い、
伯爵のご家来衆と合流して、
ドーヴァーへ王を連れて行きました。※1 そこに
武装した味方がいると得意そうに言っていました。※2

コーンウォール公　奥方の馬を用意しろ。

〔執事オズワルド退場。〕

ゴネリル　さようなら、公爵、妹。

コーンウォール公　エドマンド、さらばだ。

〔ゴネリルとエドマンド〕退場。

泥棒のように縛りあげて、ここへ連れてこい。

〔従者たちに〕謀叛人グロスターを捜し出せ。

〔何人かの従者ら退場。〕

我々とて正規の裁判を経ずに
やつの命を奪うわけにはいかないが、
わが怒りのために権力を行使したい。
非難はされようが、口出しはさせぬ。

グロスター伯が二、三人の従者たちに連れられて登場。※3

誰だ、謀叛人か？

※1　この情報を既に得たコーンウォール公があとで「王をどこへ送った？」とグロスター伯に聞くのは、伯爵が隠さずに本当のことを言うか確かめるためであろう。
※2　前場の最後のグロスター伯の台詞「〔ドーヴァーに〕王をお待ちし、庇護しようとする者がいる」に呼応。この場の冒頭でコーンウォール公が「フランス軍が上陸した」と言うことから、ドーヴァーにいるのはフランス軍であるとわかる。王を救出しようとする王妃コーディーリアが率いる軍隊である。
※3　Qのト書きを採用した。
※4　「恩知らず」という言葉をリーガンが言う皮肉。

リーガン　恩知らずの狐！　あいつよ。※4
コーンウォール公　こいつのしなびた※5腕を縛りあげろ。
グロスター伯　どういうおつもりです？　公爵、奥方、
　お二人は私の客人ですぞ。ひどいことはなさらんで頂きたい。
コーンウォール公　縛れと言うのに。※6
リーガン　きつく、きつく。汚らわしい裏切り者！
グロスター伯　無慈悲な奥方だ。私は裏切り者ではない。
コーンウォール公　この椅子に縛りつけろ。悪党め、思い知ら——
　〔リーガンがグロスター伯の鬚(ひげ)をむしり取る。〕
グロスター伯　なんということを。鬚をむしり取るとは、
　卑怯(ひきょう)な なされようだ。
リーガン　こんなに白い※7鬚を生やして、裏切るとは！
グロスター伯　　　　　　　　　　　ご無体な。
　今私の顎(あご)からむしった鬚の一本一本に命が宿り、
　あなたを責めますぞ。私はあなた方の主人役。
　もてなそうとする私に強盗さながら
　このような乱暴狼藉(ろうぜき)。どういうおつもりですか？
コーンウォール公　言え、フランスから何の手紙を受け取った？

※5　「しなびた」の原語corky（コルクのような）はハースネットの本からシェイクスピアが借りてきたもの。「この語が初めて印刷物で用いられたのは『途轍もない教皇派のまやかしに関する報告書』においてであり、ハースネットは『corkyな老婆が身をよじり、転げまわり、飛び跳ね、モリス踊りを踊らせる』ほど苦しめる様子を描いている」と、ジェイムズ・シャピロは『『リア王』の時代』に記している。

※6　従者らはなかなか縛り上げようとしないために命令が繰り返される。

※7　白い鬚は尊敬に値する高齢、知恵、判断力の象徴。84ページ注3参照。

リーガン　さっさとお言い、真相はわかってるのよ。
コーンウォール公　そして、最近王国に足を踏み入れた
　あの謀叛人どもと一緒に何を企(たくら)んでおる？　あの狂った王を
リーガン
　誰の手に引き渡したの？　お言い。
グロスター伯　私が受け取った手紙は臆測(おくそく)をもとに
　書かれたものであり、中立の立場の者がよこしたもので、
　敵からではありません。
コーンウォール公　言い抜けおって。
リーガン　嘘ばっかり。
コーンウォール公　王をどこへ送った？
グロスター伯　ドーヴァーへ。
リーガン　なぜドーヴァーへ？　命じたでしょ、背けば——
コーンウォール公　なぜドーヴァーへ？　まずそれを答えさせよう。
グロスター伯　杭(くい)に縛られた熊だな※1、責めに耐えるしかあるまい。
リーガン　なぜドーヴァーなの？
グロスター伯　見たくなかったからだ。※2
　あなたの残酷な爪が王の哀れな老いた目を抉(えぐ)り出すのを。
　そして、あなたの恐ろしい姉上が猪(いのしし)の牙(きば)で

※1　エリザベス朝時代に人気のあった余興「熊いじめ」への言及。平土間に打った杭に熊をつなぎ、多くの犬を熊にけしかけ、犬がはたき殺されると新たな犬を導入した。闘牛と同様に、観客は周囲の高くなったギャラリー席から観る。ヘンリー八世もエリザベス一世も好んだ見世物だった。ピューリタンが抗議の声をあげたが、一八三五年の動物虐待防止令が出るまで続いた。

※2　アーデン2版が記すカニンガム説に従ってここをハーフラインにして以下も行調整を行った。Fでは六行目が、Qでは七行目が半行となっており、混乱している。この最初の行を間髪容れずに言えば、問題は解消する。

王の体を引き裂くのを。地獄の闇のような夜、
王はむき出しの頭[※3]であの嵐に耐えられた。あんな嵐では、
海も波を高く吹きあげて星々の光を消しただろう。
それをお気の毒な王は、天を助けて涙の雨を降らせた。
あのようなひどい時に門前で吠(ほ)えるのがたとえ狼でも、
門番に「入れておやり」と人は言うだろう。だが、
どんなに非情なやつだってそうする。
あの娘たちに天罰が下るのをこの目で見てやる。

コーンウォール公　見せるものか——おい、椅子を押さえてろ。
貴様の目ん玉を踏みつぶしてやる。

グロスター伯　誰か、命を大切に思う者は、
助けてくれ！　ああ、ひどい。ああ、神々よ！

〔コーンウォール公はグロスター伯の片目を抉(えぐ)り出す。[※4]〕

リーガン　一方がもう一方を笑ってるわ。そっちもやっちゃいなさ
いな。

コーンウォール公　天罰を見せてやる。

召使い　　　　　　　　おやめ下さい、閣下[※5]。
子どもの頃からお仕え申しあげてきましたが、

※3　服飾規定の厳しかったエリザベス朝において、帽子を被らないことは身分ある者にとっては恥辱的であった。97ページ注4参照。

※4　QFにないト書き。ウェルズは「目玉を取り出して踏みつぶす」と書き加えた。

※5　スティーブン・グリーンブラットは『暴君』にこう記した。「『リア王』の名もなき召使いには、まさに暴君に対抗する民衆の本質が備わっている。この男は黙って見守ることを拒むのだ。それは命懸けの行為だが、人間の品位を守って立ち上がるのである。ほんの数行の台詞しかない極めてマイナーな登場人物ではあるが、シェイクスピアの偉大なる英雄の一人である」。

今やめて下さいと申しあげるほどの
ご奉公はないと思います。

リーガン　なによ、犬の分際で！

召使い　あなたが男だったら、
たたじゃすませませんよ。どういうつもりです？[※1]

コーンウォール公　この悪党め！

召使い　それならば、仕方ない。怒りの刃を受けるお覚悟を。
剣を抜いて戦う。[※2]

リーガン　〔別の召使いに〕おまえの剣をおよこし。百姓風情が！
リーガンは〔別の〕剣をとって後ろから刺し殺す。[※3]

召使い　ああ、やられた。閣下、残った方の目でご覧下さい。
手傷を負わせてやりました。うっ！　〔死ぬ。〕

コーンウォール公　これでもう見ることはできぬぞ。出てこい、
〔コーンウォール公はグロスター伯のもう一方の目も取り出す。〕
汚いぶよぶよ玉。おまえの光はどこへ行った？

※1　ミュアは、What do you mean? をリーガンの台詞とするキタリッジ説を採用し、詳注版編者ファーネスはコーンウォール公が「どういうつもりだ」と言うべきだと考える。しかし、QFは召使いの台詞としており、変更する必要はない。なお、直前の文は仮定法で、「もしあなたの顎に（男性の象徴である）鬚が生えていたら、私はこの喧嘩でその鬚を（嘲って）振ってみせる」の意味。本来女性は喧嘩に口出しすべきでないのに、口を出すとは「どういうつもりか」という意味だろう。

※2　Qのト書きを採用。Qでは「この悪党め」の直後にある。

※3　Qのト書きを採用。Fは「殺す」のみ。

グロスター伯　真っ暗だ。つらい。息子のエドマンドはどこだ？
エドマンド、子としての炎を燃えあがらせ、
このおぞましい行為の仇をとってくれ。

リーガン　ふん、謀叛人の悪党！
おまえは自分を嫌ってる人に呼びかけてるわ。あの人なのよ、
あんたの裏切りを教えてくれたのは。
いい人※4なんだから、おまえに同情なんてしやしないわよ。

グロスター伯　なんと愚かな！　では、エドガーは騙されたのか。
神々よ、私を赦し、あの子に幸いを。

リーガン　門から放り出しちゃいなさい。ドーヴァーまで
臭いでも嗅いで行くといいわ。

〔召使いが〕グロスター伯とともに退場。※5

どうしたの、あなた？　真っ青よ。

コーンウォール公　傷を受けた。一緒に来てくれ。
〔召使いに〕その目無し野郎を放り出せ。
糞の山にでも投げ捨てとけ。リーガン、血が止まらない。
悪い時に傷を受けた。腕を貸してくれ。

二人退場。※6

※4　「いい人」は、エドマンドへの思いが入っている表現。
※5　召使いたちはここでグロスター伯を縛っていた縄を解き、三行後に公爵の「放り出せ」という命令を聞いて、一人が伯爵の手を引いて退場するのだろう。Fのト書きはこの位置にあるが、実際は数行あとだとわかる。
※6　Qではこのあと召使いたちの会話があるがFでは削除。209～210ページに訳出した。Qで上演すると、伯爵の手を引いていく召使いと殺される召使いのほかに少なくとも舞台に残る二人の召使いが必要になる（その二人が死体を運ぶ場合）。現代の上演では、ここで休憩を入れることが多い。

第四幕 第一場

エドガー登場。[※1]

エドガー ひどい目に遭いながらおだてられるよりも。
ひどい目に遭っていることがはっきりしている
こっちのほうがまだましだ。最悪であり、
最低で、運命に最も見放されたとしても、常に希望があり、
恐れることはない。嘆くべきは、てっぺんからの転落だ。
最悪にいれば、笑いへと上昇する。[※2] だから、
この目に見えない空気を抱きしめよう。
おまえ[※3]がどん底まで吹き飛ばしてくれた惨めな俺は
どんなに吹き飛ばされようと大丈夫だ。

グロスター伯が老人に手を引かれて登場。[※4]

だが、あれは誰だ？
父上だ。目が見えないのか？[※5] ああ、何ということだ！[※6]

※1 嵐の翌朝。リアはドーヴァーへ向かっており、エドガーはリアと別れて単独行動を始める。場所はグロスター伯の屋敷の近く。

※2 どん底まで落ちればあとは上がるだけという発想だが、124ページ注1参照。このあと三行後の「大丈夫だ」までFでの加筆。

※3 風のこと。

※4 Qのト書きを採用。Fでは「グロスターと老人登場」。

※5 Fは my father poorely led, Qは my father poorlie, leed となっているが、Qの訂正版に my father parti, eyd とあり、ケンブリッジ版、オックスフォード版、ペンギン版は後者を採用する。

※6 原文は World, world, O world!

その不思議な有為転変を憎いと思えばこそ、
人は老け込んでしまうのだ。　ああ、旦那（だんな）様、

老人　大旦那様の時代からこの八十年
仕えさせて頂いておりますが――

グロスター伯　もう、いい。行ってくれ。頼むから、行け。
おまえに慰められても、どうにもならんのだ。
おまえがひどい目に遭わされる。※7

老人　道がおわかりにならんでしょう。

グロスター伯　行くべき道などない。だから目は要らん。
目が見えたときはつまずいた。※8 よくあることだ。
手段があれば安心する。欠けていれば、
それが利点ともなるものだ。ああ、愛しい息子エドガー、
騙された父の怒りの餌食（えじき）となって！
おまえにまた会って触れられるのであれば、
また目が戻ったと言うだろう。

老人　何だ？　誰だ？

エドガー　ああ神々よ。「これが最悪」なんて誰に言えるだろう？
そう言ったときより悪くなった。

※7　罪人を助けると助けた者も罰を受けた。

※8　旧約聖書「イザヤ書」59：10「真昼にも夕暮れ時のようにつまずき死人のように暗闇に包まれる」参照。
　目を失ってようやく真実が見えるという逆説はシェイクスピアの好むオクシモロンの一つではあるが、『オイディプス王』の盲目の予言者ティレシアスなどのように、昔から盲人には常人以上の洞察力があるともされた。
　失えば却って用心するというのに似た表現として、ケンブリッジ版は、「安心と思う心が人の敵」（『マクベス』第三幕第五場）や「安心する者は安全ではない」（『リチャード二世』第二幕第一場）などを引用する。

老人　哀れな気ちがいトムだな。
エドガー　もっと悪くなるかもしれない。「これが最悪だ」と言えるうちはまだ最悪ではないのだ。※1
老人　おい、どこへ行く？
グロスター伯　乞食（こじき）の男か？
老人　頭のおかしい乞食です。
グロスター伯　物乞（ものご）いをするだけの理性はあるのだろう。ゆうべの嵐の中、そんな男を見た。※2 それを見て、人間は虫けらだと思った。するとふと息子のことを思い出した。だが、そのときはまだ息子を憎んでいた。それから、事情が変わった。我々人間は神々にとって、いたずら小僧の蝿のようなものだ。戯れに殺される。※3
エドガー　〔傍白〕どうしてこんなことに？※4 悲しみ相手に阿呆（あほう）を務める稼業は嫌なものだ。自分も相手も傷つける。――こんちは、旦那。
グロスター伯　今の声は、裸の男か？
老人　さようです。
グロスター伯　もう行ってくれ。もし私のために

※1　この場の冒頭の「最悪にいれば、笑いへと上昇する」を否定する考え。最悪だと思ってもまだ下がある。
※2　107ページのグロスター伯の「なんと、こんな者たちをお供になさっておいでなのですか？」以下参照。
※3　この作品の不条理性を象徴する台詞。
※4　どうして父は目をなくして、このようなところを老人一人に手を引かれて歩いているのか、の意。「なぜ父は私を許すようになったのか」の意と解釈する説があるが、父の状態を見たエドガーの驚愕（122ページ注6）の大きさを考えるべきであろう。「なぜ父はこのような厭世観を持つようになったのか」という疑念も含むか。

ここから一、二マイルほどドーヴァーの方へ追いかけてくれるつもりがあるなら、昔のよしみでこの裸の男に着るものを持ってきてやってくれ。こいつに道案内を頼むつもりだ。

老人　でも、旦那様、気が触れているんですよ。

グロスター伯　これもご時世だ、狂人が盲の手を引くのは。言ったとおりにしてくれ。嫌なら好きにしろ。とにかくもう行ってくれ。

老人　あっしが持ってる一番いい服を持ってきてやりましょう。どうなったってかまやしない。※5

退場。

グロスター伯　おい、裸の男。

エドガー　トムは寒いよう。〔傍白〕これ以上ごまかせない。

グロスター伯　ここに来い。

エドガー　だけど、ごまかさなきゃ。※6――可哀想な目だ。血が出てる。

グロスター伯　踏み越し段も門も、馬の道も歩く道もね。哀れなトムは、怖くて正気を失っちまったんだ。あんたも、汚い悪魔から神様がお守り下さいますように。※7

グロスター伯　ほら、この財布をやろう。天の厄災を

※5　罪人を助けた咎で処罰されるかもしれないため。
※6　Fの加筆。
※7　Qにあった数行をFでは削除。210ページに訳出した。

さまざまに受けながらよく耐えてきた。私の不幸が、
少しはおまえの幸せになるだろう。天よ、どうかそのように。
過度に物を持ち、欲望に突き動かされ、
助け合うことを忘れて、人の辛さがわからぬがゆえに
人の不幸に目を向けぬ者に、どうか天の力を感じさせたまえ。
そうすれば不公平な富の分配はなくなり、
それぞれが十分に持てるだろう。※1 ドーヴァーがわかるか？

エドガー　へえ、旦那。

グロスター伯　そこに絶壁がある。前方に突き出た高い頂から、
深い海峡をのぞき込めば、恐怖に身が震える場所だ。
その縁ぎりぎりまで連れて行ってくれ。※2
私が持っている金目のものをやって、
おまえの惨めさを直してやろう。その場所から先は
案内は要らん。

エドガー　腕を貸しな。
哀れなトムが連れてってやる。

二人退場。

※1　103ページのリアの台詞「わしはこれまで気づいてこなかった。薬にしろ、虚栄よ。惨めな者たちが感じているものをおまえも感じろ。そうして余分なものを振るい落として貧乏人に与えれば、天に正義を示すことになろう」参照。また、新約聖書「マルコ伝」10・21「汝のもてる物をことごとく売りて、貧しき者に施せ、さらば財宝を天に得ん」参照。

※2　ドーヴァーは、これまでリアを救うための拠点のように機能してきたが、ここでは自殺の場としてイメージされる。救済と絶望と相反するイメージが両立するのはシェイクスピア的。そこで二人は出会い、主筋と副筋が交差する。

第四幕　第二場

ゴネリルと私生児〔エドマンド〕登場。

ゴネリル　よくいらしてくださったわ。どうしたのかしら、うちの穏やかな夫が出迎えに来ないなんて。

執事〔オズワルド〕登場。[※3]

ね、旦那様はどちら？

執事　奥にいらっしゃいます。でも、随分ご様子が変です。敵が上陸しましたと申しあげると、ニヤリとなさいます。奥様がいらっしゃいますと申しあげると、「まずいな」と、こうです。グロスターの裏切りと、そのご子息の忠勤についてお話ししますと、お伝えしたとたん、私を馬鹿者と呼び、私が物事を裏返しに受け取っていると仰（おっしゃ）います。嫌なことをお好みになり、よいことが嫌なようです。

※3　Qのト書きを採用。Fではオズワルドは二行前にゴネリルとエドマンドと一緒に登場。116ページからの続きで、オールバニ公の屋敷に三人で到着したなら、Fのト書きが自然だが、オズワルドはゴネリルを出迎える内容の受け答えをするため、何らかの時間経過があったと考えるべきであろう。あるいはオズワルドが一足先に屋敷に着いたのか。いずれにせよ、「よくいらしてくださったわ」と言うゴネリルはエドマンドと一緒に旅をしてきて、今屋敷についたという設定。オックスフォード版とケンブリッジ版は、オズワルドがゴネリルらとは別のドアから登場して出迎えるとしている。

ゴネリル　〔エドマンドに〕じゃ、あなたは奥へお入りにならないで。
あの人は、びくびく怯（おび）えていて、何一つできやしない。
ひどい侮辱を受けても、男を見せて応えるどころか、
無視するのよ。ここまで道すがら話してきた私たちの夢は※1
きっとうまくいくわ。戻って、エドマンド、弟※2のところへ。
兵の召集を急がせ、その指揮を執って頂戴（ちょうだい）。
私は家で夫と立場を交換し、夫の手に
糸巻き棒を渡します。この信頼のおける召使いが
私たちのあいだの連絡役。すぐにでも耳にするでしょう、
（あなたも思い切って一歩を踏み出して下さるなら）
あなたの恋人からの指令を。これを身につけて。何も言わないで。
頭を下げて。※3　このキスが、もし口をきくなら、
あなたの気持ちを奮い立たせるでしょう。
その意味を考えて。さようなら。
私生児　あなたのためなら死の行軍も致します。
ゴネリル　私のグロスター。※4　〔エドマンド〕退場。※5
ああ、同じ男というのに、このちがい！※6
あなたのためなら、女は尽くすわ。

※1　夫を殺してエドマンドと結婚するという夢か。
※2　コーンウォール公のこと。
※3　ネックレスを首にかけるという口実で頭を下げさせておいて、すかさずキスをするのであろう。
※4　第三幕第七場の冒頭でエドマンドはコーンウォール公から「グロスター伯爵」と呼ばれており、彼が父に代わって伯爵となったことは周知の事実。
※5　Fではエドマンドの台詞の直後に「退場」とあるが、ハーフラインとなっているゴネリルの台詞を聞きながらの退場であろう。
※6　この行はFでの加筆。
※7　Fの読み。Qでは「私のベッド」。

この体、[※7]うちの阿呆亭主に簒奪(さんだつ)された。

執事　奥様。旦那(だんな)様がいらっしゃいました。

〔オズワルド〕退場。

オールバニ公登場。

ゴネリル　以前は私がどこにいるか気にして下さいましたのに。[※8]

オールバニ公　ああ、ゴネリル。
おまえは無礼な風が顔に吹きつける
塵(ちり)ほどの価値もない女だ。[※9]

ゴネリル　肝っ玉の小さな人ね。
その頬は殴られるため、その頭は侮辱されるためにあるのね。
その顔には、自分の名誉と恥辱とを見極める
目がないのね。[※10]

オールバニ公　自分を見てみろ、悪魔め。
悪魔そのものの醜さとは、女の中に巣くうとき
最もおぞましい。

ゴネリル　馬鹿馬鹿しい！[※11]

使者登場。

※8　直訳すれば「今まで私は口笛を吹いて捜される価値はありましたよ」。

※9　Qの約二〇行をFは削除。211～212ページに訳出した。実の父親を狂気に追いやるとは獣であって娘ではないと強く責める台詞がカットされており、Fではゴネリルはそうした非難を受けない。一緒に削除された「やめて、馬鹿げたお説教は」(No more, the text is foolish) は、テクスト読解の難しさを語るときによく引用される。

※10　Qにあった七行をFは削除。212ページに訳出した。

※11　Qにあったゴネリルを悪魔として罵る七行をFは削除。212～213ページに訳出した。

使者　申しあげます。コーンウォール公爵が亡くなられました。
グロスターの残った片目をつぶそうとして
召使いに殺されたのです。

オールバニ公　グロスターの目を？[※1]

使者　公爵が育てた召使いですが、たまりかねて、
やめさせようと、剣を抜いて主君に斬りかかりました。
それにお怒りになった公爵がつかみかかり、
もみ合いとなって、召使いを殺したのですが、
公爵ご自身も致命傷を受けておられ、そのために
公爵も果てられたのです。

オールバニ公　それで、天罰があることがわかる。
この世の犯罪がこんなにもすぐに報いを
受けるのだから。だが、哀れなグロスター！
残った片目も失ったのか？

使者　両方です、旦那様。
この手紙に、奥様、至急お返事を。
お妹様からです。〔手紙を渡す。〕

ゴネリル　〔傍白〕悪い話じゃない。
でも、夫を失って、[※2]私のグロスターがそばにいたんじゃ、

※1　オールバニ公が驚愕するのに対して、ゴネリルは沈黙を守る。第三幕第七場冒頭でコーンウォール公と別れ際にゴネリルが言った言葉は「［グロスターの］目玉を抉り出すのよ」であった。コーンウォール公の死に驚かないのは、敵対していたがためか？

※2　原文でも主語の「妹が」が省略されている。自分にはまだ夫がいて結婚できないのに、リーガンは夫を失ってエドマンドと結婚できる状態になってしまったことを警戒する。
　使者とオールバニ公が老人の方をグロスターと呼ぶのに対して、ゴネリルはエドマンドを私のグロスターと呼ぶ。

私が夢の中で築きあげてきたものが崩れ果て、
つらい人生となりかねない。別な見方をすれば[※3]
この知らせ、ひどいものじゃない。——読んで返事をするわ。
退場。

オールバニ公　伯爵の目が抉(えぐ)られたとき、息子はどこにいたのだ？

使者　奥方様と一緒にこちらへ。

オールバニ公　ここには来ていない。

使者　もういらっしゃいません。お帰りになるのを見ました。

オールバニ公　このひどい話を知っているのか？

使者　はい、旦那様。伯爵を密告したのはご子息なのです。
それでわざと屋敷を離れられたのです。思う存分
罰を加えられるように。

オールバニ公　グロスター、おまえが
王に示した愛を感謝し、必ずその目の仇(かたき)は
とってやる。——来てくれ。
ほかに知っていることがあれば、教えてくれ。[※4]
一同退場。[※5]

※3　エドマンドがゴネリルと結婚したうえ、コーンウォール公の領地を奪えば、という意味であろう。

※4　オールバニ公は、妻とエドマンドとの関係を疑ってこう聞くのかもしれない。

※5　Qにはこのあとケント伯と紳士が会話をする五六行から成る一場があるが、Fではすべて削除。213〜216ページに訳出した。内容的に第四幕第三場と重なり、なおかつ矛盾するところがあるため、削除しないとおかしくなる。次ページ注5参照のこと。
　なお、この場の削除により、絶対的善・美としてのコーディーリアの人物造形が弱まり、ケント伯の劇的機能も薄まっている。

第四幕　第三場

軍太鼓と軍旗とともに、コーディーリア、紳士たち、兵士たち登場。※1

コーディーリア　ああ、それはお父様だわ。ついさっきも
見かけた者がいるという。荒海(あらなみ)のように気がふれて、
大声で歌い、頭にはカラクサケマン※2、畦草(あぜくさ)※4、
牛蒡(ごぼう)※3や毒人参の花、イラクサ、キンポウゲ、毒麦など、
私たちを養ってくれる穀物を荒らす無益な雑草を
冠にしておられたとか。百人の兵を送り出し、
高く生い茂る麦畑を隅から隅まで捜索し、
王様をここへお連れして頂戴。※5　〔一人の紳士退場。〕
失われた正気を
もとに戻す人間の知恵はないのかしら？
父を助けてくれた人には、私の財産すべてをさしあげるわ。

紳士　手段はございます、奥方様。
人間を癒(いや)してくれるのは、休息です。

※1　Qでは「コーディーリア、医者、その他登場」とあり、話者表示も「医者」となっている。

※2　fumitory　密生すると靄がかかったように見え、「地の煙」とも呼ばれる。

※3　食用ではなかった。花が特徴的。

※4　cuckoo-flowers　カッコウがさえずる五月末か六月に咲く花の意味。オフィーリアがイラクサ（nettles）とともに花輪にしていたcrow-flowers（キンポウゲ）と同一か。ただし、ragged robinとも呼ばれるギザギザの花弁のナデシコ科センノウ属の多年草（*Lychnis Flos-cuculi*）やLady's smocksとも呼ばれるハナタネツケバナなどとも解される。

それがお父君には欠けているのです。睡眠を誘発する
多くの薬草がございます。その力で苦悩の目を
閉じてさしあげることができます。

コーディーリア　あらゆる自然の秘跡、
自然の知られざる力のすべてが芽吹いてくれますよう、
私は涙の水を注ぎましょう。あの善良な方の苦痛を
解いてさしあげるために。――捜して、父を捜し出して。※6
その抑えを知らぬ狂気のせいで、命が果てぬうちに。
命を支える理性を疾（と）うになくしておられるのだもの。

使者登場。

使者　申しあげます。
ブリテン軍がこちらへ行進してまいります。

コーディーリア　それは想定内のこと。それを見越して
準備を進めてきたのです。――ああ、お父様、
こうして軍を起こしたのも、お父様のため。
ですから偉大なフランス王も、
私の嘆き訴える涙を憐（あわ）れんでくださった。
思いあがった野心から軍を起こしたりしない。あるのは愛だけ。〔▽〕

※5　第四幕第三場の直前にQにあった一場（213～216ページに訳出）では、ケント伯がリアについて「調子がよいときは我らがなぜここに来たのかおわかりになるのだが、どうあっても姫にお会いになろうとなさらない」「コーディーリア様にあわせる顔がないとお考えなのだ」などと語り、既にリアが発見・介抱されていることになってしまっていたため、ここと矛盾するという理由でFでは削除されたのであろう。131ページ注5参照。

※6　その場にいる者たちに命じているのではなく、今捜索を始めたばかりの百人の兵士たちにリアを見つけ出してほしいと祈っているのであろう。

お年を召したお父様の大権をお守りせねばというその思いだけ。〔▽〕
すぐにもお声が聞きたい、お顔が見たい！

〔一同〕退場。

第四幕　第四場

リーガンと執事〔オズワルド〕[※1]登場。

リーガン　それで、兄の軍隊は出発したの？
執事　はい、奥様。
リーガン　ご本人も？
執事　何とか重い腰をおあげになりました。奥様の方がずっと立派な軍人です。
リーガン　エドマンド卿（きょう）は、お館（やかた）でおまえのご主人と口をきかなかったって？
執事　はい、奥様。
リーガン　お姉様からエドマンド卿に宛てた手紙には何が書かれているの？
執事　存じあげません、奥様。
リーガン　あの方は重要な任務でここを急ぎ[※2]お発（た）ちになったのよ。
グロスターの目をつぶしただけで生かしておいたのは

馬鹿だったわ。行くところ行くところで、同情を呼んで、私たちへの反感を呼び起こしている。エドマンドは、きっと、父を哀れに思って、その真っ暗な人生を終わらせにいったんでしょ。それと、敵の兵力を探りに。

執事　私は、手紙を持って追いかけなければなりません。

リーガン　うちの軍は明日出発するのよ。一緒に行けば？　道中、危険よ。

執事　そうもまいりません。すぐお届けするよう申しつかっております。

リーガン　なんだってエドマンドに手紙なんか？　用があるならおまえが口頭で伝えればいいじゃない？　たぶん――きっと――ま、知らないけど。[※3]　目をかけてあげるから。私に封を切らせて頂戴。

執事　奥様、それはちょっと――

リーガン　わかってるのよ、お姉様が夫を愛してないことは。まちがいないわ。最近ここに来たとき、お姉様はエドマンドに妙な色目を使って、ひどく意味ありげな様子を見せていた。おまえは、あの人の腹心の部下でしょ？

※1　130ページで「至急お返事を」と求めた手紙へのゴネリルの返事をオズワルドが今届けにきたのであろう。オズワルドはゴネリルからエドマンドへの手紙も携えている。

※2　128ページでエドマンドはコーンウォール公のところへ戻るように言われているので、「ここ」とはコーンウォール公の城か、あるいはそのとき公爵夫妻の滞在していたグロスター城。アーデン2版はグロスター城としている。いずれにせよ、グローブ座では舞台設定を行わないので、観客は場所を気にせずに観劇することになる。

※3　姉とエドマンドができているということを口にするのをためらっている。

執事　私がですか、奥様。
リーガン　わかってるのよ。おまえのことは。お見通し。
だから、こう肝に銘じなさい。
私の夫は死んだ。エドマンドと私の話はついている。
だからあの人は、おまえの奥様なんかより、
私の手を取る方が都合がいいの。あとはわかるでしょ。
あの人に会ったら、これ※1を渡して頂戴。
それからおまえの奥様にこのことを話すつもりなら、
分別を忘れるなと言ってやりなさい。
じゃ、さようなら。
もしあの盲（めしい）の謀叛人（むほんにん）の噂を聞いたら、
あいつの首を斬った者には昇進が待ってるわよ。
執事　出会いたいものです、奥様。そうすれば私が
誰の味方か※2お見せできますから。
リーガン　さようなら※3。

二人退場。

※1　宝石か指輪か。
※2　What party I do follow. Qでは What Lady I do follow（どちらの奥様の味方か）となっており、オズワルドがゴネリルを裏切ってリーガンの味方になるような意味合いがある。フォークスは、ゴネリルに忠実なオズワルドがQの台詞を言うのはおかしいと指摘するが、ウェルズは「盲の謀叛人の首を斬る」点でリーガンの味方をすると言っているだけなのでおかしくはないと示唆する。
※3　四行前の「さようなら」がFare you wellだったのに、ここはFare thee wellと親密な呼びかけに変わっている。姉の手下を自分の配下にしたことへの満足ゆえか。

第四幕　第五場

グロスター伯と〔農民に扮した〕エドガー※4登場。

グロスター伯　その丘のてっぺんにはいつ着くんだ？

エドガー　今登ってるとこですよ。※5ほら、ひどい坂じゃないですか。

グロスター伯　地面は平らな気がするが。

エドガー　ひっどい坂道ですよ。
聞いて。波の音がしたでしょ？

グロスター伯　いや、しない。

エドガー　じゃ、目の痛みで、他の感覚も
だめになっちまったんだ。

グロスター伯　そうかもしれん。
お前さんの声も変わり、言葉遣いも話も
ちゃんとしてきたように思える。

エドガー　そりゃ勘ちがいですよ。着てるもん以外
変わっちゃいません。

グロスター伯　しっかりとした口をきくようになった。

※4　エドガーは125ページで老人が持ってきてやると言っていた服を着て、農民の恰好になっている。ベドラムのトムのふりをするのもやめている。

※5　フィリップ・シドニー著『アルカディア』第二巻第十章では、パフラゴニアの老王が私生児の息子に騙されて嫡男を誤解して憎み、不当に扱った末、私生児に目を潰され、王座を奪われる。絶望した老王は嫡男と再会し、岩のてっぺんから飛び降りたいから連れていってくれと願うと、嫡男はそれを断る。シェイクスピアはこの話を変えて、目を潰された父親の願望を想像の中で叶えてやろうと、嫡男は想像上の山道を父親と共に登っていく。

エドガー　さあさあ旦那、着きましたよ。動かないで。うわあ、
ずっと下のほうを見ると、目がくらむ！
真ん中あたりを飛んでるカラスや紅嘴烏が、※1
甲虫より小さく見える。崖の途中にぶら下がって、
サンゴ草※2を摘んでるやつがいる。あっぶないなあ！
そいつの体が頭ぐらいの大きさに見える。
浜辺を歩く漁師はまるで二十日鼠だ。
沖に錨を下ろしたでかい船は
艀ほどちっちゃくて、艀は浮標だ。
小さすぎて見えやしない。浜一面の
無数の小石に寄せては砕ける波の音も、
こう高いと聞こえやしない。もう見るのはよそう。
頭がくらくらして、目がくらんで
真っ逆さまに落っこちそうだ。

グロスター伯　そこに立たせてくれ。

エドガー　手を貸して。さあ、あと一歩で崖っぷちですよ。※3
月の下※4にあるものをみんなやると言われても、
ここでぴょんと跳ねるのだけはごめんですね。

グロスター伯　手を放してくれ。

※1 choughs　くちばしと脚が赤い種類のカラス。岩場に棲む。

※2 samphire　サンゴ草（アッケシソウ）の中でも岩場に生えるrock samphireという種類であろう。食用。

※3 一段高くした平台の上に立たせるか、高くしないかは演出によって異なる。だが、『ヘンリー五世』の序詞役が述べるように、「何もない」舞台に想像力によって世界が現出するのなら、観客は崖をイメージするはず。演劇の仕掛けとして場面は崖という想定なのか、それとも崖でないところを崖だと言っているのか混乱が生じるとピートは指摘する。197ページ詳注参照。

※4 決まり文句で「何もかも」の意味。

もう一つ財布をやろう。中に入っている宝石は貧乏人にはちょいとした財産になる。こいつを元手に妖精(ようせい)[※5]や神々のご加護が得られますように。さ、離れてくれ。別れを告げて、立ち去る足音を聞かせてくれ。

エドガー　じゃあ、さよなら、旦那。

グロスター伯　行くがいい。

エドガー　〔傍白〕こうして絶望を弄(もてあそ)ぶのも、治療[※6]のためだ。

グロスター伯　〔跪(ひざまず)いて〕おお、力ある神々よ！
私は現世を捨て、神の照覧のうちに
この大いなる苦悩を心静かに振り捨てます。
仮にさらに耐え忍んで、神の逆らいがたい
ご意思に逆らわずに生き長らえたところで、
老いさらばえて燻(くすぶ)るこの命の灯火(ともしび)は、もう消えかかって
おります。ただエドガーが生きているなら、何卒(なにとぞ)お恵みを！
さあ、お前も達者でな。

エドガー　もう遠くへ行きましたよ。さようなら。

グロスター伯は倒れる[※7]。

※5　妖精が宝物を守ってくれると宝物が増えるという俗信への言及。

※6　cure とあるのを文字どおり訳した。自殺願望を抱く父親の精神状態を治療しようというエドガーの演技の動機が明かされる。

※7　Qのト書きを採用した。「前へ身を投げて倒れる」などとする現代版もある。Fにこのト書きがないのは単純ミスであろう。
エドマンド・キーンの演出では、エドガーが駆け寄って父を受け止めた。二十世紀に入ると、グロスター伯がジャンプして倒れるのが伝統になった。一九六二年のピーター・ブルック演出では倒れるときに気絶し、本当に死んだかと思わせた。

エドガー　だが、もしかして、命自身が奪われたいと思い詰めれば、
思い込んだだけで大事な命を失いかねない[※1]。
思ったとおりの場所から飛び降りていたら、今頃は
思いも何も消えている。生きているのか、死んだのか。
もしもし、大丈夫ですか？　聞こえますか？
まさか、このまま本当に死ぬんじゃ……。いや、気がついた。
あんた、誰ですか？

グロスター伯　寄るな、死なせてくれ。

エドガー　まるで蜘蛛(くも)の糸か、羽根か、空気だ、
あんな高いところから真っ逆さまに落ちたら、
卵みたいにぺしゃんこになるはずなのに、あんた、息をしてる。
体も動く、血も出てない、口もきける、怪我もしてない。
帆柱を十本つなぎ合わせても、あんたの飛び降りた
あの高さには届きゃしないよ。命があるのは奇蹟(きせき)だ。
もう一度何か言って下さい。

グロスター伯　私は落ちたのか、本当に？

エドガー　その白い絶壁[※2]のてっぺんからね。
見あげて御覧よ。甲高い声で鳴く雲雀(ひばり)が
あんなに高くちゃ見えも聞こえもしない。ほら、見て[※3]。

※1　自殺願望が強ければ、実際には崖から落下していなくても、落下したと思い込むことで大切な命の糸が切れてしまうこともあるかもしれないということ。想像力によって何かをリアルに感じるとき、それは実体験と同じ効果がある。

※2　「ドーヴァーの白い壁」（ホワイト・クリフ）とも呼ばれるドーヴァー海峡の白亜の壁。ブリテンの古名が「アルビオン」（ラテン語albus「白い」より）と呼ばれるのもそれゆえ。99ページ注5参照。

※3　落ちたことを確認するために、「見えも聞こえもしない雲雀」を見ろと、目の見えないグロスター伯に言う。できないことをわざと

グロスター伯　ああ、私には目がないのだ。
惨めな者には死によって命を絶つことも
許されないのか？　かつては暴君の怒りから逃れ、
敵の思いどおりにさせないために、惨めでも
死ねたことに慰めがあったが。

エドガー　さあ、腕を。
立って。そう。どうです？　脚は？　立った感じは？

グロスター伯　うん、大丈夫だ。

エドガー　まったく不思議だねえ、
あの崖の上で、あんたと別れていった、
ありゃなんだったんです？

グロスター伯　哀れな乞食（こじき）だ。

エドガー　ここに立って見てたけど、あの目は、
二つのまん丸お月様みたいだったよ。一千もの鼻がついてて
荒波みたいにねじれた角が二つ生えてた。
ありゃ悪魔だね。いやはや運のいいおとっつぁんだ。
人間にできない奇蹟を起こして下さる
全知全能の神様がお助けくださったんだよ。

グロスター伯　そう言えば、そうだった。※4　これからは、

要求して確認を諦めさせ、こちらの言葉を信じさせる騙しの手口は、ひょっとするとエドマンドより上手か。ちなみに、変装したケント伯は口調を変えられなかったが、エドガーはトム、農民、通行人、田舎者、騎士など六通りの声を使い分ける。

※4　I do remember now.　フォークスは、グロスター伯が何に言及しているのかはっきりしないと注記する。「ありゃ悪魔だね」と言われて、そう言えば「悪魔だ、悪魔だ」と言っていたと思い出して「そう言えば、そうだった」と言うのではないか。飛び降りたと思った衝撃で頭が混乱しているので、言葉が整理されないまま話していると解釈する。

苦しみの方が悲鳴をあげて「まいった、まいった」と言うまでは死なぬようにしよう。[※1] おまえが言ってたそいつを、私は人間だと思っていたが、しょっちゅう「悪魔だ、悪魔だ」と言ってたっけ。あれがあそこへ案内してくれたんだ。

エドガー　もう思い悩まないで。

狂乱のリア登場。

だが、あそこに来たのは誰だ？

リア　いや、叫んだって、[※2] わしに触ることはできん。わしは王その人なのだ。

エドガー　ああ、そのお姿、胸が引き裂かれる！　頭がまともなら、あんな恰好(かっこう)をしたりはしないだろう。

リア　その点、自然の方が人工より上だな。さ、入隊の金をやろう。なんだ、こいつの弓の引き方は、まるでかかしだな。思い切り引け。おい、ほら、鼠だ！　し、静かに。この焼いたチーズでうまくいくぞ。これがわしの手袋だ。[※3] 相手が巨人であろうと、かまうものか。茶色の槍(やり)の一隊を前へ。お、よく飛ぶ鳥だ。当たった、的中だ！　ひゅー。合言葉を言え。

エドガー　スイート・マージョラム。[※4]

リア　通れ。

グロスター伯　そのお声は。

※1　「苦しみの方が『まいった』と悲鳴をあげて息絶えるまで」とも解釈できるが、「自分で死ぬことは許されず、時が満ちるのを待つしかない」と考えているため、「死ぬ」の主語を自分と取った。
※2　crying　Qでは coyning（贋金造り）。
※3　決闘の挑戦時には手袋を投げつけた。
※4　和名はマヨラナ。

リア　は！　白鬚（しらひげ）のゴネリルか？　やつらは犬のようにわしにおべっかを使いおって、黒い鬚が生えもしないうちから白い鬚をお持ちとかぬかしおった。わしが「そうだ」と言えば「そうです」と答え、「ちがう」と言えば「ちがいます」と調子を合わせるのは神の教えに背く。雨がこの身を濡（ぬ）らし、風が歯をがたがた鳴らし、わしが命じても雷がやもうともしなかったとき、気づいたのだ。ふんと感づいた。やつらの正体がわかったのだ。おい、やつらの言うことはでたらめだぞ。わしがすべてだと言いおって。嘘だ。わしだって悪寒ぐらいする。

グロスター伯　そのお声、よく覚えておる。※5
王では？

リア　どこをとっても王だ。
わしがにらめば、家来どもは震えあがる。
その者の命は赦（ゆる）そう。何の罪だ？
姦淫（かんいん）だと？※6
死刑はやめだ。姦淫で死刑？　馬鹿な。
ミソサザイだってやっている。小さな金蠅だって
わしの目の前でまぐわうぞ。セックス万歳。
グロスターの私生児の息子は、
わしの嫡出の娘たちより父親思いだった。
やれ、淫乱に、手当たり次第に。
兵隊が足りんからな。※7

※5　ここから韻文。
※6　**Adultery?**　弱強二拍の短い行。あとに弱強三拍分の間がある。考える間か。
※7　Fではここまでが韻文。このあと韻律が乱れ、どこまでを韻文と解釈するか現代版の対応が異なる。

あそこの作り笑いの婦人を見てみろ。つんとすまして股のあいだまで雪のように清らかみたいに、色事と聞いただけで首を振って見せる。ところが、さかりのついた猫や種馬だってあの女ほど激しい性欲はもっておらんぞ。腰から下は獣で、上は女というケンタウロスだ。だが、神がお造りになったのは上半身だけ。下の方は悪魔の巣だ。そこは地獄、暗闇、硫黄の穴だ。熱く燃えあがり、臭って爛れ、死に果てる。いやだ、いやだ、いやだ、ぺっ、ぺっ。香水を一オンスくれ。薬屋。わしの想像を甘くしてくれ。金をやるから。

グロスター伯　ああ、その手に口づけを！

リア　まず拭かせてくれ。死の臭いがする。

グロスター伯　なんとおいたわしい！　この偉大な世界も
こうして無に帰するのか。私がおわかりですか。

リア　その目はよく覚えている。わしに色目を使うのか？
いや、やれるもんならやってみろ、目の見えぬキューピッド※1め。
わしは惚れんぞ。この挑戦状を読め。書き方に気をつけろ。

グロスター伯　その文字の一つ一つが太陽※2でも私には見えません。

エドガー　〔傍白〕こんなこと、話に聞いても信じられないだろう。
だが、事実なのだ。俺の心が折れそうだ。

リア　読め。

グロスター伯　え？　目玉のないこの穴で？

リア　なんだ、そういうことか？　頭に目玉なく、財布に金なしってわけだな？　だが、この

※1　恋の矢を放つキューピッドはしばしば目隠しをして描かれた。
※2　太陽（sun）と息子（son）は同じ発音。目があったとき、エドマンドから見せられた手紙をきちんと読めずに息子を誤解したが、手紙の文字の一つ一つが息子であっても、もはや読めない。

世の動きはわかろう。

グロスター伯　手探りですが。

リア　なに、気ちがいか、おまえ？　世の中の動きを知るのに目は要らぬ。ほら、あそこの裁判官があそこのこそ泥を叱ってるのを見てみろ。ちょっと耳打ち。場所を替えて、ちちんぷいぷい、どっちが裁判官で、どっちが泥棒だ？　農家の犬が乞食に吠えかかってるのを見たことがあるだろ？

グロスター伯　はい。

リア　すると、そいつは犬から逃げるな？　それこそまさに権威のイメージだ。犬だって権力をもてば、人を従わせられる。

おい、そこの悪徳役人め、その手を控えろ。
どうしてその娼婦を鞭打つ？　自分の背中をさらけ出せ。
おまえは鞭打ちながら、そのまさに同じ罪の欲情を
その女に感じているではないか。高利貸しが詐欺師の首をくくる。
服がぼろけりゃ、悪事もばれる。
ローブと毛皮のガウンですっかり隠れる。※3罪を金でメッキすりゃ、
正義の強い槍も突けずに折れる。
襤褸で武装すりゃ、こびとの藁しべでも突き通せる。
この世に罪人はおらぬ。一人も、一人もだ。わしが保証する。
わしが請け合うのだ。告発者の口を封じる力を持つ

※3　ここから次のページの一行目の「このわしが」までFの加筆。

このわしが。ガラスの目玉を入れとけ。
そして、下劣な政治家のように、見えもしないものが
見えるふりをしろ。　さあさあ、さあさあ、※1
靴を脱がせてくれ。※2　もっと強く。もっと！　それでいい。

エドガー　〔傍白〕意味のあることとないことが混じって、
狂気の中にも理性がある。※3

リア　わしの不幸を泣いてくれるなら、わしの目を使え。
おまえのことはよくわかっている。名前はグロスターだ。
辛抱せねばならん。人はこの世に泣きながら生まれてきた。
なぜ空気を嗅いだとたんに人は喚き泣くのか
知っているか。教えてやろう。聞け。

グロスター伯　ああ、なんと悲しい。

リア　人は生まれると、この阿呆の大いなる舞台に出たと知って
泣くのだ。これはいい帽子だ。
騎馬隊の蹄にフェルトをはかせるというのは、
なかなかの作戦じゃないか。試してみよう。※4
そして、あの婿どもにそっと襲いかかったら、
殺せ、殺せ、殺せ、殺せ、殺せ、殺せ！※5

※1　Qでは「さあ」(Now) は一回。「よしよし」とも訳せる。ケンブリッジ版では、グロスター伯が泣くので、リアはそれを慰めるのだとしている。
※2　リアは裸足か。
※3　『ハムレット』のポローニアスの台詞「気は違っていても、言うことに筋が通っている」や、狂乱のオフィーリアを見守る兄の台詞「意味のない言葉に、耐え難いほどの意味がある」「狂気の中にも教えがある」及び254～255ページ参照。
※4　「試してみよう」はFの加筆。
※5　戦場での鬨の声。
※6　Qでは「三人の紳士登場」。コーディーリアが放った捜索隊の一部。武装を解いて捜索していたのだろう。

紳士〔と従者たち〕登場。[※6]

紳士　こちらにおいでだ。お止めしろ。

陛下の最愛の娘御が[※7]――

リア　救済はないのか？　捕まったのか？[※8]

わしは運命に弄(もてあそ)ばれる阿呆だ。[※9]丁寧に扱え。

身代金は出す。医者を呼べ。

傷は脳みそにまで達している。

紳士　何なりと仰せのままに。

リア　助っ人はいないのか？　わしだけか？

これじゃ、誰だって泣き男になっちまう。

目玉で庭の如雨露(じょうろ)にするか。[※10]

わしは立派に死ぬぞ。めかした花婿のように。なんだ？

堂々としてやろう。[※11]おいおい、わしは王だぞ。

諸君、わかっておるのか？

紳士　はい、国王陛下です。仰せに従います。[※12]

リア　それならまだ脈があるな。よおし、捕まえろ。

追いかけっこだ。さ、さ、さ、さ![※13]

リアは走って退場〔し、従者たちがあとを追う〕。

※7　「娘御が」はFの加筆。

※8　リアには紳士らが敵か味方かわからない。

※9　ロミオの「ああ、俺は運命に弄ばれる愚か者だ」(『ロミオとジュリエット』第三幕第一場)参照。

※10　この直後Qにあった一行を削除。217ページに訳出した。

※11　jovial　現代英語では「陽気な」だが、ここはmajestic (OED 1) の意味。

※12　ここで紳士や従者たちが跪くので、そのすきにリアが逃げ出すのだろうと、ケンブリッジ版、オックスフォード版、アーデン3版は注記する。

※13　Sa, sa, sa, sa! Fの加筆。狩りで犬をけしかける呼び声。

紳士　最も卑しい人間だとしても、哀れなお姿だ。
ましてや、それが王なのだ。二人の姉によって
地に落ちたと思えた人間の性（さが）も
末の娘御が回復してくれよう。

エドガー　こんにちは。

紳士　やあ、どうした。何の用だね？

エドガー　近く戦争があるとかいう話、聞きませんか？

紳士　誰もが知っている話だ。
知らない者はおらん。

エドガー　ですが、
敵軍[※1]はどこまで来てるんですか？

紳士　急速に近づいている。主部隊が、
今にも姿を見せよう。

エドガー　ありがとうございます。それだけです。

紳士　お后（きさき）様はある事情でここにとどまっておられるが、
フランス軍は進軍した。

エドガー　ありがとうございます。

〔紳士〕退場。

グロスター伯　優しい神々よ、私の息を奪って下さい。

※1　ブリテン軍、とフォークスは注記する。

※2　142ページ注1に記したように、グロスター伯は天寿を全うするまで自分から死のうとしてはいけないことは納得したものの、生きていくのがつらいがために早く死にたいという思いは消えない。164ページ注1参照。

※3　father は中年男性に対する一般的な呼称（お父つぁん、親父さんなど）と解釈できる。だが、変装や演技をすっかりやめて元の自分に戻ったエドガーが、父親に対して自分の正体を隠していたことをつい忘れた可能性もある。このあとの father は「お父つぁん」と訳し分けた。

※4　father と呼びかけられ、グロスター伯

悪い気を起こして、また天に召される前に
自ら死のうとせぬように。[※2]

エドガー　その調子ですよ、お父さん。[※3]

グロスター伯　ところで、あなたは誰なんですか？[※4]

エドガー　運命にいたぶられるのに慣れてしまった
哀れな男さ。悲しみをなめつくしたおかげで、
憐(あわ)れみの心は持っています。手をお貸しなさい。
どこか隠れ家に案内しましょう。

グロスター伯　ありがとう。
天のお恵みがありますよう。
あなたの上に。

執事〔オズワルド〕登場。

執事　懸賞金つきのお尋ね者だ！　こいつは
ついてるぞ。おまえの目のない頭は、俺の運を
上向かせるためにあるんだ。この老いぼれの、
不運な謀叛人(むほんにん)め。さっさとお祈りをしろ。[※5]　剣は抜いた。

グロスター伯　おまえは死ぬんだ。　そのご親切な手に、

は相手の声が息子の声に似ていると気づくのだろうか？　ここで何かに気づいたように「ところで」（Now, good sir）と改まって、しかも丁寧な言葉遣いで切り出せば、観客はエドガーが正体を明かすのではないかと期待するだろう。しかし、エドガーはごまかしてしまう。そして、そのことを後悔することになる。177ページ注4参照。

※5　生前の罪を悔い改めて、魂を清らかにして死出の旅に備えろという意味。オセローもデズデモーナを殺す前に「祈れ」と言うし、『リチャード三世』第一幕第四場でクラレンス公ジョージを殺す殺し屋も「神に赦しを乞いなさい」と命じてから殺している。

じゅうぶんな力がありますよう。

〔エドガーは近くにあった棍棒を持って、父の前に立ちはだかる。〕

執事　何だ、この土百姓。お尋ね者の謀叛人をかばいだてするつもりか。どけ。どかないと、こいつの不運の道連れになるぞ。そいつの手を放せ。

エドガー　そったらこって、のくもんかい。※1

執事　どかないと、おまえの命がないぞ。

エドガー　どうか旦那、哀れなもんさ、見逃してくんろ。はあ、そんなはったりで命さなぐなるぐれえなら、おら、もう半月めえにくたばってらあな。うんにゃ、このじっさまに近づいちゃなんねす。ほら、下がれっちゅうに。はあ、おめぇさまのどたまと、こん棒とどっちさ、かてえか試してみんか。やる気か、このぉ。

執事　くそ。この肥溜め野郎。

エドガー　おめぇさまの歯さ、ほじってやっぺ。そんなお突きじゃ、屁とも思わん。

〔二人は戦い、執事オズワルドが倒れる。〕

執事　貴様、俺の息の根をとめやがった。おい。もしいい目を見たければ、俺をこの財布を取れ。

※1　ここからエドガーは方言で話し出す。当時の舞台でよく用いられた田舎者の話し方である。

埋葬してくれ。そして、俺の懐に入っている手紙を
グロスター伯爵エドマンド様へ届けろ。イングランド軍と
一緒におられる。ああ、こんなところで死ぬとは。※2
死ぬ。

エドガー　おまえのことはよく知っている。役に立つ悪党だ。
おまえの女主人の悪事に一所懸命尽くす、
大した悪だ。

グロスター伯　死んだのか？

エドガー　座って、お父つぁん。休んで。

こいつのポケットを見てみよう。こいつが言っていた手紙は、
こっちのよい手立てになってくれるかもしれない。

死んでるな。なにもこの俺の手にかからなくてもよかったのに。

さて。封印よ、失礼するぞ。無作法は大目に見ろ。

敵の心を知るために、胸を切り開くぐらいだ。

敵の手紙を開封するくらい、当然だろう。

〔読む。〕「互いに交わした約束を忘れないで下さい。あの人を斬り捨てる機会はあなたにはいくらでもあるはず。あなたさえその気なら、機会も場所もうまく整うでしょう。あの人が勝利者として戻ってきてはすべてご破算。そうしたら私は囚われの身となり、あの人のベッドが私の牢屋、その忌まわしい温もりから、どうか私を助け出して。そして、あなたに尽く

※2　原文の death, death! は韻律的に余計な語である。

す場所を下さい。あなたの妻（そう言わせて）あなたを愛するゴネリルより」
ああ、なんという見境のない女の欲望。
あの立派なご亭主の命を奪う計画だ。
そして、俺の弟に乗り換えようとは！ この砂の中に
おまえを埋めてやろう。〔死体を舞台切穴から奈落へ落とす。[※1]〕
　　　　　人殺しの色情狂どもの
けがらわしいお先棒め。時が熟したら、
このはしたない手紙を、お命を狙われた公爵に
お目にかけることにしよう。公爵のためだ。〔▼〕
おまえの狙いと死をお伝えするのが俺の務めだ。[※1]〔▼〕

グロスター伯　王様はご乱心だ。私の頑固な感覚は、どこまで
頑丈なのか。立ちあがって、巨大な悲しみを
しみじみと感じられるとは！ 狂った方がましだ。
そうすれば、思いは悲しみと切り離され、
あらぬ妄想のうちに、苦しみ自体も
己が苦しみであるとわからなくなろう。
　遠くに軍の太鼓の音。[※2]

※1　死体を埋めてやると言いながらそれに関するト書きがQFにない。エドガーの二行連句で場面が区切れるので、そこでエドガーが死体を引きずって退場し、グロスター伯の台詞のあいだに再登場するというエドワード・カペルの校訂を踏襲する現代版もある。しかし、「この砂の中に」埋めてやると言っている以上、舞台の外へ運び出すのではなく、セリなどのために開けられている舞台中央の切穴（トラップドア）を使うのが自然だろう。『タイタス・アンドロニカス』ではバシエーナスの遺体が切穴の中へ放り込まれる。
※2　QF共通のト書き。ただし、Qは二行後に置かれている。

エドガー　手を貸して。
遠くで太鼓が鳴っているようだ。
さあ、お父つぁん、味方のところへ連れてってやる。

一同退場。

第四幕　第六場

コーディーリア、〔変装した〕ケント伯登場。[※3]

コーディーリア　ああ、ご立派なケント伯爵、その善良さに
どのようにお礼を申しあげることができるでしょう。
あらゆる手を尽くしても私の命では短すぎます。
ケント伯　お認め頂けるだけで、じゅうぶんでございます。
そして、申しあげたことはすべて真実。
何一つ省きも加えもしておりません。
コーディーリア　着替えていらして。
その服を見ると、つらい時を思い出してしまう。
お願い、脱いで頂戴。

※3　Fはここに「紳士」も書かれているが、「紳士」の登場は次ページ注1参照。エリザベス朝のト書きでは、途中で登場する場合も冒頭に記してしまう場合がある。Qではこの場に「医者」と「紳士」が登場するが、医学的知識が必要なことは言わないため、Fのように「紳士」で統一して問題ない。第三幕第一場の紳士、第四幕第三場の紳士と同一だとフォークスは注記する。Qではこの場の終わりで、相手がケント伯であると知らずに紳士がケント伯の噂話をするため、この場の一行目でコーディーリアが「ご立派なケント伯爵」と呼びかけている時点で紳士が登場しているとおかしなことになる。

ケント伯　失礼しました。
ですが、今正体を明かせば、計画は頓挫（とんざ）します。
できれば、奥方様におかれましても、私がよいと言う時まで
私をご存じないこととさせて頂きたいのですが。

コーディーリア　では、そうしましょう。
〔内舞台のカーテンが開き、椅子に座って眠っているリアと、そのそばで介護をしている紳士の姿が見える。※1〕
——王様のご加減は？

紳士　まだ眠っておられます。

コーディーリア　ああ、優しい神々よ、
ひどい目に遭わされたお父様の大きな傷を癒（いや）して下さい。
子供のせいで変わられたお父様の狂った音色（ねいろ）を、
心の弦を締めて、直してさしあげて！

紳士　どうでしょう、お后様（きさき）、そろそろお起こししては？
随分長くお眠りになりましたから。

コーディーリア　あなたの判断に任せます。よいように
取り計らって下さい。

※1　Qや現代版にないト書き。内舞台は〈ディスカヴァリー・スペース〉とも呼ばれ、舞台中央奥にあるスペース。『ヘンリー四世・第一部』第二幕第四場で、いびきをかいて眠るフォールスタッフを、『冬物語』でハーマイオニの彫像を、『テンペスト』でチェスに興じるミランダたちを、いずれもカーテンを開いて示すときに用いられた。Qにリア登場のト書きがないのは、カーテンを引くだけだからかもしれない。紳士もここで登場する。

※2　Fには「召使いたちが運ぶ椅子にすわってリア登場」とある。ゆっくりと前方へ移動がなされる最中に着替えに関する三行の台詞が言われるのであろう。

〔紳士の合図で、リアの座った椅子が内舞台からゆっくりと舞台前方へと召使いたちに運び出される。〕[※2]

お着替えはなさったの？

紳士[※3]　はい。ぐっすりとお眠りのうちに、
新しい服をお着せ致しました。

〔リアの座った椅子が前舞台に降ろされる。〕

お近くへお寄り下さい。お起こししますので。
今は落ち着いていらっしゃるはずです。[※4]

コーディーリア　ああ、愛(いと)しいお父様、この唇に
薬が宿り、この口づけで、二人の姉が
お父様に与えた激しい苦しみが
癒されますよう。

ケント伯　なんとお優しい姫君だ！

コーディーリア　自分の父親でなかったとしても、
この白い御髪(おぐし)が哀れを催したはず。このお顔を
打ちつける暴風にさらさせてよいものでしょうか！[※5]
たとえ敵の犬であろうと、

※3　Qではここまでが医者の台詞で、次の「お近くへ〜」からの二行が紳士の台詞。医者を登場させる現代版ではその二行が医者の台詞っぽいということで、医者の台詞としてしまうことがある。Qの第二・第三版ではその二行はケント伯の台詞となっている。

※4　ここでFが省略したQの医者の台詞から、この場では最初から音楽が流れていることがわかる。217ページ参照。音楽は治療や奇蹟の効果を高めるものとして舞台で用いられた。『ペリクリーズ』第三幕第二場、『冬物語』第五幕第三場などを参照。

※5　Qの四行をFでは削除。217ページに訳出した。

私を嚙んだ犬であっても、あんな夜には
火のそばにおいてやったでしょうに。それなのに、
可哀想なお父様は、豚や浮浪者と一緒に
掘っ立て小屋の黴臭い藁にくるまって過ごされたのですね？
ああ、ひどい、命も正気もいっぺんに無くさなかったのは
驚きです。あ、気がつかれた。話しかけて。
紳士[※1] お后様がお声をおかけ下さい。
コーディーリア いかがですか、陛下？ お加減は？[※2]
リア わしを墓から引きずりだすとは、ひどいことをする。
おまえは天国の精霊だな。だが、わしは
地獄の燃える炎の車輪[※3]に縛られ、この涙は
焼けた鉛となって身を焦がす。
コーディーリア 私がおわかりになりますか？
リア おまえは精霊だ。わかっている。どこで死んだ？
コーディーリア まだ、まだ正気になられていないわ。
紳士 目覚め切っておられないのです。しばらくそのままに。
リア わしはどうなった？ ここはどこだ？ 明るい日光か？[※4]
こりゃひどいたぶらかしだ。他人がこんな目に
遭うのを見たら哀れで死んでしまう。よくわからん。

※1 Qでは、ここと
あと二つの紳士の台詞
はいずれも医者の台詞。
※2 リアが目の焦点
を取り戻し、目の前に
いるコーディーリアが
精霊にちがいないと考
えるまでゆっくりと時
間をかける演出が多い。
まさか生きて再び愛し
い娘に会えるなどとい
う至福の時がくるはず
がないと決めてかかる
リアの絶望の深さ。
※3 ゼウスの妻ヘー
ラーを誘惑したイクシ
ーオーンがその罰とし
て火の車に縛られて永
遠に回転する「イクシ
ーオーンの車輪」への
言及。永遠に続く地獄
の責め苦のイメージ。
聖書には「(地獄の)
永遠の火」という表現
がある。
※4 地獄にはないは
ずの光。

これはわしの手なのか？　どれどれ。
この針は痛いな。わしはいったい
どうなってしまったのだ。

コーディーリア　ああ、私を見て下さい。
そして、私に祝福の手をさし伸べて下さい。

〔リアは椅子から立ちあがると、コーディーリアの前に跪く。※5〕

いえ、跪いてはいけません。

リア　どうかからかわないでくれ。
わしはとても愚かな馬鹿な老いぼれだ。
八十を超えて……
ちょうどなったところだ。※6　そして正直に言えば、
どうも正気を失ったらしい。
おまえを知っていて、この人※7も知っているような気がする。
だが、どうもはっきりせん。なにしろここがどこかも
わからんし、どんなに頭を働かせても
こんな服は見覚えがないし、昨晩どこに
泊ったかも覚えていない。笑わんでくれ。
わしには、どうしても、思えてならんのだ、

※5　絶対的権威と威厳を誇っていたリアが、ここで一人の人間として、謝罪しようと跪く。臣下が国王に頭を垂れ、子が親にかしずくのが当然の時代に、親が子に頭を垂れるというありえない「逆転の構図」が示される。この構図は、『コリオレイナス』の最終場で、強靭で揺るぎなかったコリオレイナスが、母親に跪かれて衝撃を受けて折れる場面でも示される。封建社会における絶対的な上下関係が崩れ、古い価値観が失われるとき、人の生きる意味も変わってしまう。コーディーリアは、一つの古い世界の崩壊を目にして動揺する。
※6　自分の歳についても混乱しているリア。
※7　ケント伯を指す。

この人が、わが子、コーディーリアだと。

コーディーリア そのとおりです。私です。[※1]

リア その涙は濡れているのか？[※2] うん、そうだ。どうか泣かんでくれ。わしを殺す毒があるなら、呑みもしよう。おまえがわしを愛しておらんことはわかっておる。おまえの姉たちはわしにひどいことをしたからなあ。やつらにはないが、おまえにもそうする理由がある。

コーディーリア 理由なんて、理由なんてありません。

リア ここはフランスか？

ケント伯[※3] ご自分の王国です。

リア 馬鹿にするな。

紳士 ご安心下さい、お后様。ご覧のとおり、王の御乱心は収まりました。[※4] 中へ入って頂きましょう。もう少し落ち着くまでそっとしておいてあげて下さい。

コーディーリア 陛下、奥へお入りになりませんか？

リア 辛抱してくれ。どうか、忘れて、赦してくれ。わしは老いて、愚かなのだから。

一同退場。[※5]

※1 And so I am, I am. 最も単純な言葉で綴られた最も感動的な台詞。

※2 涙というものは濡れているに決まっているが、リアはその涙がリアルなものなのかを問題にしている。目の前の女性の目に浮かぶのは本当に濡れた涙なのか。彼女は実在するコーディーリアなのか。「うん、そうだ」は触って、涙が実在することを確かめた台詞。

※3 ケント伯が口を挟み、昔どおり元気に怒鳴るリアに皆はほっとするのかもしれない。

※4 Qの一行半の台詞をFでは削除。218ページに訳出した。

※5 このあとのQでの紳士とケント伯との会話を、Fでは削除。218ページに訳出した。

第五幕　第一場

軍太鼓と軍旗とともに、エドマンド[※6]、リーガン、将校、兵士ら登場。

私生児　〔将校に〕公爵に聞いてこい。決戦のご決意に変わりないか。それとも何か思うところあって、方針を変えていないか。公爵はしょっちゅう心変わりして、自分を責めてばかりだ。動かぬご意志を確かめてこい。

〔将校退場。〕

リーガン　お姉様の部下[※7]が殺されたみたいね。

私生児　そのようですね、奥様[※8]。

リーガン　ねえ、あなた、私があなたに好意を持っていることは知ってるでしょ。正直に言って。でも、本心を言わなきゃだめよ。あなた、姉のことを愛してるんじゃない？

私生児　敬愛の愛だ[※9]。

リーガン　兄しか入れないようなところへ

※6　ここでは「エドマンド」となっているが、話者表示は *Bast.*

※7　オズワルド。

※8　奥様（madam）と少し距離を置いた表現をされたことをリーガンは警戒する。第四幕第四場でリーガンがオズワルドに語ったとおり、エドマンドとの「話はついている」なら、彼のよそよそしさは気がかりとなる。

※9　In honour'd love. Qでは I, honor'd love となっており「ああ（Ay）、敬愛の愛だ」と訳せる。ここや次のページでエドマンドはきわめて短い台詞で答えており、二人のあいだにはある種の近しさが感じられる。ただし、thee ではなく you を用いて、表向きは丁寧な表現になっている。

入りこんだんじゃないの？[※1]

私生児　いや、名誉にかけて、それはない。

リーガン　姉には我慢できないわ。ねえ、あなた、

姉と馴(な)れ馴れしくしないでね。

私生児　大丈夫。

あいつとその夫の公爵は……[※2]

軍太鼓と軍旗とともに、オールバニ公、ゴネリル、兵士たち登場。

オールバニ公[※3]　愛する妹。会えてうれしいぞ。

聞くところによれば、王[※4]は娘御のもとへ行かれたという。

我が国の厳しい政治に不満を抱く連中も

一緒だそうだ。[※5]

リーガン　なぜそんな話をなさるの？

ゴネリル　力を合わせて敵と戦いましょう。

内々の諍(いさか)いについては

今問題にすべきことではありません。

オールバニ公　では、将校たちと作戦について

協議しよう。[※6]

リーガン　お姉様は私(わたくし)と一緒にいらっしゃらない？

※1　このあとQにはエドマンドとリーガンに一つずつ台詞があったがFでは削除。219ページに訳出した。

※2　「彼女とその夫の公爵だ」と訳して、二人の登場を告げる台詞と解することもできるが、ケンブリッジ版に従って、何か言おうとして途中で遮られたと解釈する。

※3　Qではオールバニ公の前にゴネリルの台詞があったが、Fでは削除。219ページに訳出した。

※4　ブリテン軍でリアのことを王と呼ぶのはオールバニ公のみ。

※5　このあとQの台詞をFでは削除。220ページに訳出した。

※6　Qのエドマンドの台詞をFでは削除。220ページに訳出した。

ゴネリル　いいえ。

リーガン　その方が都合がいいのよ。ね、来て頂戴。

ゴネリル　ふん、その謎はわかってるわ。※7 ――じゃあ、行くわよ。

　エドガー〔が農民の恰好で〕登場。

エドガー　もし閣下がこれほど貧しい者にもお耳を貸して下さるなら、一言申しあげたい事がございます。

オールバニ公　〔一同に〕先へ行ってくれ。

　〔エドガーとオールバニ公を残して〕両軍退場。

　〔エドガーに〕何だ？

エドガー　戦闘前にこの手紙をお読み下さい。勝利をおさめたら、ラッパを鳴らし、これを持参した者をお呼び下さい。貧しい身なりはしていますが、そのときはここに書かれたことを、剣をもって証明する騎士となってご覧に入れましょう。万一敗北なさって、閣下がこの世でのお仕事を終えられれば、陰謀も消えます。※8 ご武運を祈ります。

オールバニ公　手紙を読むまで待て。

エドガー　それはできません。

※7「私がエドマンドとくっつかないように見張っておきたいんでしょ」という意味。前ページで、オールバニ公が「協議しよう」と言ったとき、作戦会議の場へ向かうエドマンドのあとを、ゴネリルがついて行こうとしたのだろう。リーガンは二人の距離が縮まるのを恐れて、エドマンドのいない所へ姉を誘い出そうとしている。リーガンが you'll go with us? と呼びかけたときの us をフォークスは royal we と解釈する。

※8「陰謀も消えます」はFの加筆。オールバニ公が戦死すれば暗殺計画もなくなるということ。Qは「万一敗北なされば、この世でのお仕事も終わります」となる。

時が来たら、伝令官を使ってお呼び出し下さい。
そうすれば、また参ります。

オールバニ公　では、行け。この書面には目を通しておこう。

〔エドガー〕退場。

エドマンド〔が武装して〕登場。※1

私生児　敵が来ました。戦闘準備を。
これは、斥候が探り出した敵の兵力の
推定報告書です。閣下の迅速な行動が
求められています。

オールバニ公　時の求めに応じよう。※2

退場。

私生児　姉にも妹にも愛を誓ってやった。
どちらも蝮(まむし)に咬(か)まれた者が蝮を見るような目で
互いの腹を探り合っている。どっちをものにしようか？
両方か？　一方か？　どっちもやめとくか？　両方とも
生きてたら、どちらものにはできない。※3
あの後家さんをとれば、姉のゴネリルが逆上して
怒り狂う。かといって旦那(だんな)が生きてるんじゃ

※1　オールバニ公が手紙を読む暇もなく直ちにエドマンドが登場するのか、それとも公爵がここで手紙を読んでからエドマンドが登場するのかという議論がある。読んでいれば、公爵のエドマンドへの態度は厳しいものとなるだろう。

※2　We will greet the time. ハリオが指摘するとおり、オールバニ公はエドガーと同様に「時が満ちる」ということを理解しているのであろう。164ページ注1参照。

※3　ゴネリルもリーガンもその気にさせてしまったので、互いに激しい憎悪を燃やしあっており、他方が生きているときに一方と結婚したら、ひどい目に遭うという理屈。

俺の野望は満たされない。さて、そこでだ。
戦のあいだは亭主のご威光を借りるとして、
終わったら、亭主を片づけたがってる女に
さっさと片をつけてもらおうか。亭主は
リアとコーディーリアに慈悲をかけようという腹らしいが、
戦が終われば、二人はこちらの手の内だ。
奴に赦免などさせてたまるか。※4 今はのるかそるか、〔◎〕
この身を守るのが先決。四の五の言っていられるか。〔◎〕

退場。

第五幕　第二場

舞台奥で戦闘の音。軍太鼓と軍旗とともに、リア、コーディーリア、兵士たちが登場し、舞台をぐるりとまわって退場する。※5 エドガーとグロスター伯登場。

エドガー　さ、お父つぁん、この木の陰に入りな。
ここなら休める。正しい方が勝つように祈っていて下さい。

※4　ミュアは「リアとコーディーリアが生き残っていては、エドマンドが統一国家の国王となるチャンスが薄れる」と記す。

※5　Qのト書きには「リアはコーディーリアに手をひかれて」とある。ハリオは、Fのリアは力と気魄を取り戻し、立派な衣装を着て剣を帯びているかもしれないと示唆する。一方のドアから登場し、舞台前方をまわって他方のドアへ退場することの上演方法は、エリザベス朝演劇で行進を表現する常套手段であった。第五幕第二場のト書きとして位置づけられているが、これだけで一つの場面となっている。前場のブリテン軍旗と対比して、フランス軍旗がはためく。

もしまた戻ってこられるようなら、
いい知らせを持ってくるよ。

グロスター伯　神のお恵みを。

〔エドガー〕退場。

鬨（とき）の声と退却ラッパ。エドガー登場。

エドガー　逃げるんだ、じいさん！　手を貸しな。行くぞ。
リア王が負けた。リアとその娘は捕らえられた。
手を貸しな。さあ、行こう。

グロスター伯　もういい。ここでも朽ち果てることはできる。

エドガー　なんだよ、また悪い考えかい？　辛抱が肝心だ。
この世を去るのは、生まれ出てくるときと同じ。
時が満ちるのを待つしかない。※1 さあ、行こう。

グロスター伯　それもまた真実だ。※2

二人退場。

第五幕　第三場

※1 The ripeness is all. 直訳すれば「熟することがすべてだ」。旧約聖書「伝道之書」3：1～2「天が下の萬（よろず）の事には期あり萬の事務（わざ）には時あり 生るゝに時あり死ぬるに時あり」参照。『ハムレット』第五幕第二場の「覚悟がすべてだ」(The readiness is all)と似て、「雀一羽落ちるのにも神の摂理がある」ため、自分で誕生の時を選べないように、死ぬときも自分で選べず、神の摂理のなかで生きるしかないということ。ミュアは、モンテーニュの「哲学とは死に方を学ぶことである」（『随想録』第一巻第十九章）との類似を指摘する。

※2 Fの加筆。

軍太鼓と軍旗とともに、エドマンド登場。リアとコーディーリアは捕虜となり、兵士たちと隊長とともに登場。

私生児　誰か、この二人を連行しろ。しっかり見張るのだぞ。
いずれ二人を裁く上の方々からの指示があるまで
閉じ込めておけ。

コーディーリア　よかれと思って最悪※3の結果を招いたのは、
私たちが最初ではありません。つらいのは、
王でありながら不当な仕打ちを受けたお父様を思えばこそ。
私一人ならつれない運命のしかめっ面をにらみ返すのですが。
会ってみませんか、お父様の娘たち、私の姉たちに？

リア　いや、いや、いや、いや！※4　さあ、一緒に牢に入ろう。
二人っきりで籠の鳥のように歌おう。
おまえがわしに祝福を求めれば、わしは跪いて
おまえに赦しを乞おう。そうして生きていこう。
祈って、歌って、昔話をして、きらきら飾りたてた
蝶々※5を笑って、哀れな者たちが宮廷の噂をするのに
耳を傾けよう。そいつらと一緒になって話をしよう。
誰が負け組で誰が勝ち組か。誰が注目され、誰が忘れられたか。

※3　コーディーリアは、最悪の事態、すなわちリアと自分の死を認識しているのであろう。その短い命を終える前に、自分たちを死へ追いやろうとしている姉たちに会っておこうとリアに提案している。だが、リアは「生きていこう」と答える。リアにとって最愛の娘と一緒にいられればそれが牢獄であろうと構わない。それは彼女が求める幸せでないこと（12ページ参照）を、リアは最後まで理解できない。コーディーリアはこれ以上何も言わない。これがこの劇における彼女の最後の台詞となる。

※4　Qでは「いや」は二回。

※5　豪華に飾り立てた宮廷人たち。

まるで神様のスパイであるかのように、この世の
不思議な成り行きに通じている顔をしてやろうじゃないか。
そして、偉大なやつらの徒党や派閥が月のように満ち欠けして
消えていくのを、壁の中で見守ってやろう。

私生児　　連れていけ。

リア　このような生贄（いけにえ）※1には、神々ご自身が香を
焚（た）いてくだされよう。もうおまえを離さんぞ。※2
わしらを引き離そうとする者は、天から松明（たいまつ）を借りて
狐のように燻（いぶ）し出さねばならん。涙を拭（ふ）きなさい。
泣かされてたまるか。それより先に、あの二人がくたばるに
決まってる。二人が飢え死にするのを見てやろうじゃないか。
おいで。

〔リアとコーディーリアは護衛されて〕退場。

私生児　隊長、これへ。聞け。
このメモを受け取れ。あの二人を追って牢へ行け。
一級昇進させてやろう。ここに書いてある
とおりにやれば、高貴な運が開けるぞ。
いいか、人間ってのはな、時に即して生きるもんだ。
柔（やわ）な心じゃ剣は握れない。

※1　リアは自分たちが殺されようとしていることを自覚しているのか。それともフォークスが指摘するように、生贄（sacrifices）とはコーディーリアの自己犠牲と二人の自由放棄を指すのか。

※2　Have I caught thee? は、愛する人を自分のものにしたか（君は私のものとなってくれたのか？）と問う表現。「いつまでも二人きりで籠の鳥のように生きていこう」という願望が決してかなえられない虚しいものであるとリア自身認識していることは、このあたりでわかってくる。リアはコーディーリアと自分の死を自覚しながら、それを強く否定しているだけなのだろう。

この大仕事、あれこれ議論する類のものじゃない。
やると断言しないなら、
ほかの出世の道を探せ。

隊長　やります、閣下。

私生児　すぐにやれ。やったらラッキーだったと思え。
いいか、直ちに、だ。俺が指示したとおりに
やるんだぞ。※3

隊長退場。

ファンファーレ。オールバニ公、リーガン、ゴネリル、兵士たち登場。

オールバニ公　閣下、今日は勇ましいところを見せてもらった。
運もよかったのだろう。今日の戦闘で
あなたが捕らえたお二人の捕虜だが、
その功罪※4と我らの安全とを
等しく考慮して取り計らえるよう、
こちらにお引き渡し願おう。※5

私生児　閣下、
あの老いて惨めな国王は、閉じ込めて、
護衛をつけて※6おくのが賢明と考えました。

※3　Qにあった隊長の返事をFでは削除。220ページに訳出した。
※4　merits（功罪）は、ここでは「当然受けるべき報い」の意味。
※5　I do require them of you　フォークスが注記するように、insist on having them from you の意味。大切な捕虜をエドマンドのような男の監視下に置いておくわけにはいかないとオールバニ公は考えている。オールバニ公はコーディーリアを救う機会を何度も逃すが、これがその一回目。エドマンドは時間稼ぎをして逃れる。
※6　「護衛をつけて」がFでは削除されているが、韻律上必要であり、Fに基づくケンブリッジ版は採用している。それに倣った。

高齢ゆえに、また、王の称号ゆえに魅力があり、
人民を味方につけかねない。我々が集めた兵たちまで
矛先を転じて、指揮する我らの目を突くやも[※1]
知れませんので。同じ理由で、フランス王妃も
一緒に投獄しました。二人とも明日、
あるいはもっと後でもかまいませんが、あなたが
取り調べをなさる場所へ連れ出しましょう。[※2]

オールバニ公　失礼だが、
君はこの戦(いくさ)において部下にすぎぬ。
兄弟とは思っておらぬ。

リーガン　その資格は[※3]私がこの人に与えるわ。
そこまで仰(おっしゃ)る前に、私の考えを
お尋ねになるべきだったんじゃないかしら。
この人は私の軍隊を率い、私の地位と立場を
得ていたの。それだけの強い絆(きずな)があれば、
弟と呼べるんじゃなくって？

ゴネリル　熱くなってるんじゃないわよ。
あんたなんかの後ろ盾がなくたって、
この人は十分立派なの。

※1　この作品には目を抉り出す、ないしつぶすイメージが頻出する。グロスター伯自身、被害に遭う前に「目を抉り出す」（118ページ）ことに言及し、リアも自分の目を抉り出す（48ページ）とか、稲妻が目をつぶす（82ページ）などと言う。

※2　Qの数行をFでは削除。221ページに訳出した。中世およびルネサンス期の戦争においては身代金が重要な意味をもっており、敵の大物を捕らえた場合は、軍の最高権力者がその管理の采配を振った。エドマンドが自分の判断で捕虜を管理することは、彼より上位の者を無視する行為に他ならない。

※3　royal we の用法で自分を指している。

リーガン　私の代理として
私の軍隊を指揮したからこそ、最高なのよ。
オールバニ公　彼があなたの夫ならそうも言えるでしょうがね。※4
リーガン　あら、瓢箪(ひょうたん)から駒ね。
ゴネリル　まあ呆(あき)れた。
どこをどう見誤ってそんなことを言うのやら。※5
リーガン　お姉様、私気分が悪い。でなければ思い切り
言い返したところだけど。〔エドマンドに〕将軍、
私の兵士、捕虜、全財産をさしあげます。
受け取って、この私も。この城門は開かれました。※6
この人をわが夫とすることを、全世界に
知らしめましょう。
ゴネリル　結婚するつもりなの？
オールバニ公　それを止める権利はおまえにはないはずだ。
私生児　あなたにもない。
オールバニ公　それがあるのだ、私生児殿。
リーガン　〔エドマンドに〕太鼓を打ち鳴らして、この婚姻を告げて。※7
オールバニ公　待て。エドマンド、おまえを
大逆罪で逮捕する。そして共犯者として、〔ゴネリルに〕

※4　Qではゴネリルの台詞。
※5　直訳すれば「おまえにそう言わせた目はやぶ睨み」。
※6　この行はFの加筆。女性を城に喩える隠喩はシェイクスピア以前から長い歴史があった。性的意味合いもあると判断して訳した。
※7　Let the drum strike, and prove my title thine. 直訳すれば「太鼓を打ち鳴らして、わが称号があなたのものであることを証明して」。この行はQではエドマンドの台詞となっており、最後の一語がgoodと変わって「わが称号が有効なものと証明しよう」と訳せる。証明とは、それを否定する者を決闘で倒すことにより主張の正しさを示すという意味。

このうわべを飾った毒蛇もだ。妹よ、君の要求は、
妻の権利から言って受け入れられない。
この伯爵と婚約しているのは妻だからな。
故にその夫である私は、この結婚予告に反対する。
結婚したければ、私とすればいい。
妻とこれはできているから。

ゴネリル　茶番はよして[※1]！

オールバニ公　武器は持っているな、グロスター[※2]。
ラッパを吹け[※3]。おまえに対してそのおぞましく、
明白なる謀叛(むほん)の数々を証明する者が現れなければ、
この俺が挑戦する！〔手袋を投げつける。〕
　　　　　　　　おまえが今言ったとおりの悪党だと、
その心臓に刻みつけてやるまで、
俺は何も口にすまい[※4]。

リーガン　　　　　ああ、苦しい！

ゴネリル　〔傍白〕そうでなきゃ、薬なんて二度と信じるもんか。

私生児　これが俺の返事だ！〔手袋を投げつける[※5]。〕
　　　　　　　　どこのどいつだろうと、
俺を謀叛人よばわりするやつは、嘘つきの悪党だ。

※1　この行はFの加筆。

※2　いつの間にかエドマンドをグロスター伯と認めている。

※3　「ラッパを吹け」はFの加筆。「茶番はよして」で半行増えたため、さらに半行足して韻律を整えている。

※4　Ere I eat bread 直訳すると「私がパンを味わう前に」。人は食べなければ死ぬので、「必ず」「絶対」ぐらいのニュアンスであり、断食などの宗教的意味合いはないだろう。リチャード三世がヘイスティングズの首をすぐに刎ねろと命じるときの「こいつの首を見るまで食事はせぬ！」(『リチャード三世』第三幕第四場)参照。

※5　143ページ注3参照。

ラッパでそいつを呼び出すがいい。いるなら出てこさせろ。
そいつが相手でも——あなたでも——かまうものか、
俺の真実と名誉とを立派に守ってみせる。

オールバニ公　おい、伝令官！※6

伝令官登場。

〔エドマンドに〕頼れるのは自分の力だけだぞ。
私の名において集めたおまえの兵は、私の名において
解散させたからな。

リーガン　ますます苦しくなる。

オールバニ公　具合が悪いようだ。私のテントに連れていけ。

〔リーガンは将校に連れられて退場。〕

伝令官、ここへ来てくれ。ラッパを吹いて、
これを読みあげてくれ。

ラッパが鳴る。※7

伝令官　〔読む。〕「わが軍内の身分ある者のうち、グロスター伯爵を名乗るエドマンドに対して、数々の謀叛を犯したと告発する者あらば、ラッパが三度鳴るまでに現れよ。エドマンドは挑戦に応じる。」

※6　Qではここでエドマンドも「伝令官、おい、伝令官！」と叫ぶ。221ページ参照。
※7　Qではここで隊長が「ラッパを鳴らせ！」と叫ぶ。222ページ参照。

一度目のラッパが鳴る。

伝令官　もう一度。

二度目のラッパが鳴る。

伝令官　もう一度。

三度目のラッパが鳴る。奥からそれに応じるラッパの音。エドガーが武装して登場。※1

オールバニ公　あの者に尋ねよ。
なぜこのラッパに応じて現れたのか。

伝令官　何者だ？
名前、身分、そして今の召喚に応じた理由を述べよ。

エドガー　名前は裏切りの牙（きば）に引き裂かれ、砕かれて、なくした。だが、生まれは、これから相手にしようという者と同じ貴族だ。

オールバニ公　その相手とは誰だ？

※1　Qではエドマンドの命令でラッパが吹かれていたのを、Fではきちんと儀式に則って伝令官が命じる形に書き換えている。この部分のQは222ページに訳出した。Qでは三度目が鳴ったときにエドガーが登場するが、Fでは三度目のラッパに応じて奥からラッパが鳴る。期待感・緊張感が高まってから、おもむろにエドガーが登場することになる。エドガーは顔が隠れる顔当てか兜をつけているため、エドマンドはもちろん観客にもその正体はわからない。農民の服は脱ぎ、騎士となって登場している。シェイクスピアの登場人物の中で、エドガーほど多様な演じ分けを行う者はいない。

エドガー　グロスター伯爵エドマンドと名乗るのはどいつだ。
私生児　俺だ。何の用だ？
エドガー　　　　　　　剣を抜け。
この言葉で気高い心が傷つくなら、
その剣で自分の名誉を守れ。俺の剣はこれだ。
見ろ。こうするのが、[※2] わが名誉、
わが誓い、わが騎士としての特権だ。いいか、
おまえにどんなに力や地位があり、若くて秀逸であろうと、
戦に勝ち、新たな運を切り拓き、
勇敢で大胆であろうと、おまえは謀叛人だ。
神を欺き、兄を裏切り、[※3] 父をたばかった。
この立派な公爵のお命を狙った、
頭のてっぺんから爪先(つまさき)に至るまで
ガマガエルのような邪悪な染みにまみれた
最も忌まわしい謀叛人だ。ちがうと言うなら、
この剣、この腕、そして俺の気力でもって
おまえの心臓に穴をあけ、その中に言ってやる。
この嘘つきめと。[※4]
私生児　　　　　おまえに名を名乗らせるのが、

※2　剣を抜いて相手につきつける。
※3　エドガーは、きれいに整った弱強五歩格の韻文で挑戦しているが、四か所が弱で終わる女性行末になっていて、心の揺れが示されている。一つは「わが名誉 mine honours」――傷つけられたわが名誉を口にするとき声が震えるのだろう。それからこの「父」、その直前の「謀叛人」、その前行の「運」という言葉を口にするとき無念さや口惜しさが滲み出る。二度目に「謀叛人だ」と言うときは、もはやそうではない。
※4　Thou liest. 相手に剣を抜かせるときの常套句。エドマンドはまだ抜いていない。一拍の短い行に、エドマンドが四拍で続ける。

本来だが、その立派な勇ましい外見に免じて許してやろう。
貴様の口ぶりにもどこか育ちのよさがあるしな。
騎士道の掟(おきて)に従えば受けて立つ必要もない挑戦だが、※1
逃げ口上など俺は軽蔑(けいべつ)し、はねつける。
そんな謀叛の数々はおまえの口に叩(たた)き返してやる。
貴様の吐いた地獄のようにおぞましい嘘で、その胸が
つぶれるがいい。そう言っただけでは言葉は通り過ぎ、
かすり傷一つつかないようだから、〔剣を抜いてかまえる。〕
この俺の剣で通り道をあけ、
汚名を永遠に刻み込んでやる。ラッパを吹け！

戦闘開始のラッパ。二人は戦う。〔エドマンドが倒れる。〕

オールバニ公　殺すな。生かしておけ。

ゴネリル　陰謀よ、グロスター。
戦の法に従えば、正体を隠した相手となんか
戦わなくてもよかったのに。あなたは負けてないわ。
騙(だま)され、罠(わな)にはめられたのよ。

オールバニ公　その口をしめろ。
さもないと、この手紙で封をするぞ。

※1　この行はFの加筆。Qでは次行が「騎士道の権利など俺は軽蔑し、はねつける」となっている。

※2　Hold, sir. Fの加筆。エドガーに「待て（殺すな）」と言っているとも解釈できるが、シェイクスピア作品で人に物を渡すときに頻繁に用いられる表現であり、「ほら（受けとれ）」の意味だとファーネスは記し、ハリオとフォークスが賛同している。この場で公爵はゴネリルに対して一貫してyouで呼びかけているのに対し、「言いようのない～読め」の行と「その手紙に見覚えがあるか」だけはthouとなっているので、それらをエドマンドへの台詞と解釈するのは筋が通る。

〔エドマンドに手紙をつきつけて〕ほら。※2
言いようのない悪党め、自分の悪事をここに読め。

〔ゴネリルが手紙をひったくろうとする。〕

おっと破るんじゃない。※3 どうやら見覚えがあるようだな。

ゴネリル　だったらどうなの？　法律はこっちの味方よ。
誰に私を裁けるもんですか。

オールバニ公　　あばずれめ、ええい。
〔エドマンドに〕その手紙に見覚えがあるか？

〔ゴネリル走って〕退場。※4

私生児　　わかっていることを聞くな。※5

オールバニ公　追いかけろ。自暴自棄になって何をするかわからん。

〔一人の将校退場。〕

私生児　告発された罪の数々を、俺はやった。
それ以上のこともな。やがて時が明るみに出すだろう。
過ぎたことだ。俺も終わりだ。だが、おまえは誰なんだ？
俺の運をつぶしやがって。おまえが立派な家柄なら、
赦(ゆる)してやろう。

エドガー　赦し合おう。

Qについては、222～223ページ参照のこと。

※3 No tearing, lady. ゴネリルに言う台詞。

※4 このト書きはFではゴネリルの台詞の直後にあるが、ペンギン版では「追いかけろ」の直前。間をとった。

※5 直訳すれば「俺が知っていることを俺に聞くな」。『オセロー』でイアーゴーが捕まって罪を問われたときの「俺に聞くな。わかってることは、わかってるはずだ」に類似。オズワルドの遺体から発見されたこの手紙に、エドマンドは見覚えがないはず。だが、内容は知っていたことだったので、こう答えているのだろう。エドマンドはすっかり観念しており、罪を認め始める。Qではゴネリルの台詞。

私は家柄ではおまえと同じだ、エドマンド。私の方が上だとしたら、それだけおまえの罪は重い。

〔エドガーは兜の面当てをはずす。〕

名前はエドガー。おまえの父の息子だ。
神々は正しい。人が快楽の罪に耽れば、
そのことで罰せられる。※1
父がおまえを作った暗く罪深い場所のせいで、
父はその目を失ったのだ。※2

私生児　そうだな。
運命の糸車はちょうどひとまわりして、俺はこのざまだ。※3

オールバニ公　〔エドガーに〕その立ち居振る舞いから、
気高い身分の方だと思っていた。抱かせてくれ。
私が君やお父上のことをかりにも憎むことがあったら、
この胸は悲しみに引き裂かれよう。

エドガー　公爵様、お心は存じあげております。

オールバニ公　どこに身を隠していらしたのだ？
お父上のご不幸をどうして知った？

エドガー　ずっと父の面倒をみて参りました。

※1　旧約聖書続編「知恵の書」11：16「罪を犯すときにもちいたその同じもので罰を受ける」参照。

※2　この台詞により、エドガーは私生児であるエドマンドを罪の子として否定し、十戒のうちの一つである姦淫の罪を犯した父親を断罪する。劇中「私生児」と呼ばれて差別されることに憤りを覚えていたエドマンドだが、そのキリスト教的な「罪の業」という考え方をここでは認めている。ちなみに十戒の五番目は「親を敬え」。

※3　エドマンドはどん底から運をつかんで運命の糸車の最も高いところまで上がりながら、糸車は一周して、またどん底へ落ちてしまったということ。

手短に話しますが、ああ、口にするだけでも
この胸が張り裂けそうだ。私はこの身に
迫りくる死を告げる宣告を逃れようと――
ああ、一挙に死なず、じわりじわりと
死の苦しみを味わうときでも、命はありがたい――
逃げるうちに、襤褸（ぼろ）をまとい、狂人のふりを
するようになりました。犬でさえ吠（ほ）えかかるような
恰好（かっこう）をしていると、両目から血を流した父に出会いました。
大切な両の目をなくしたばかりだったのです。私は
その手引きをし、代わりに物乞（ものご）いをし、絶望から救ってやり、
その間一度も――ああ愚かな※4――正体を明かしませんでした。
しかし半時前、こうして武装したとき、
うまくいくか心もとないまま、
勝利を願って父の祝福を求め、最初から最後まで
これまでの物語を語ったのです。ところが、
その傷ついた心臓は、ああ、その重荷に耐えかねて、
喜びと悲しみの激しい思いに引き裂かれ、
微笑みながら張り裂けたのです。

私生児　今の話で心が動いた。

※4　O fault
Qでは O father（ああ父よ）。エドガーは乞食のトムの変装をやめたあとは正体を明かしてもよかった（149ページ注4参照）のに、その機会を逸してしまう。

王に追放されたケント伯が変装して王に付き従い、その面倒をずっと見続けたように、父に勘当されたエドガーは変装して父に付き従い、その面倒を見続けたわけだが、どちらもその正体を明かすとき相手は死んでしまう。

グロスター伯は「喜びと悲しみの激しい思いに引き裂かれ」微笑みながら死ぬわけだが、リアの死にも喜びはあるのかが議論されてきた。コーディーリアが生きているという幻覚に喜びを感じたのか？

まだよいことができるかもしれない。だが、教えてくれ、※1

まだ何か言おうとしていたようだが。

オールバニ公　まだあるとしても、悲しい話は控えてくれ。

今の話を聞いただけで、もう

涙があふれそうだ。

　血まみれの短剣を持った者が登場。

紳士　大変だ、大変だ、ああ、大変だ。

エドガー　何だ？※2

オールバニ公　言え。

エドガー　その血まみれの短剣は？

紳士　熱い血が。

今、心臓から抜き取ったばかりで——ああ、亡くなられた。

オールバニ公　誰が死んだ？　言え。

紳士　閣下の奥様、奥方様です。しかも妹様は、

奥方様によって毒殺。そう白状なさいました。

私生児　二人ともに結婚を約束したのだ。

三人揃って、一度に婚礼か。

エドガー　ケント伯がいらした。※3

※1　処刑命令を撤回する気になったのなら、なぜここで「急げ」と言わずに、エドガーに話を続けさせようとするのか？「だが、教えてくれ」から「涙があふれそうだ」までは、そのあとにQにあった一八行の台詞を導入するためのものと考えられるが、Fでは削除（223～224ページに訳出）。201ページの注記と同様、ここも削除ミスか。「まだよいことができるかもしれない」と言った瞬間に血まみれの短剣が持ち込まれるのでは？　180ページで同じ台詞を繰り返すときは「急げ」と言う。

※2　Qではここと次の「その血まみれの短剣は？」はオールバニ公の台詞で、「言え」はない。

ケント伯〔がもとの姿で〕登場。

オールバニ公　二人の体を運んで来い。生死は問わぬ。
この天の裁きには、身が震える思いだ。
憐れみは覚えぬ。――ああ、ケント伯か？
礼儀から言えば必要な挨拶も、こんなときは
失礼させてもらうぞ。

ケント伯　　わがご主君である陛下へ
暇乞いをしにまいりました。
こちらではないか？

オールバニ公　大変だ。忘れていた。
言え、エドマンド。王はどこだ。コーディーリア様はどこだ。

ゴネリルとリーガンの遺体が運び出される。※4

これをご覧か、ケント伯？

ケント伯　何と、なぜこのようなことに？

私生児　エドマンドはもてたんですよ。
一方が俺のためにもう一方を殺し、
それから自殺した。

※3　Qではこの台詞とケント伯登場の位置が少しあとになっている。224〜225ページ参照。Fではケント伯は静かに登場し、オールバニ公はしばらく気づかない。

※4　Fではオールバニ公が「運んで来い。生死は問わぬ」と命じたところでこのト書きがあるが、Qはここにある。公爵が「大変だ」と慌てながら、その瞬間に運ばれてきた遺体の惨状につい目を奪われるのだろう。命じてから運ばれてくるまで時間がかかるQの方が自然。ト書きの位置が信頼できないことはホニングマンの論文（*Shakespeare Survey* 29所収）やその著書 *Myriad-minded Shakespeare*, 2nd edn (1998) などに詳しい。

オールバニ公　そういうことだ――顔を覆ってやれ。

私生児　息が苦しいが、一つよいことをしよう。
俺らしからぬことだが。急げ、
すぐに――城へ、人をやれ。
リアとコーディーリアの命を奪えと
命じてしまった。早く城へ。

オールバニ公　走れ、走れ、走れ。

エドガー　誰のところへ？　誰に命じた？
命令撤回の印をよこせ。

私生児　よく気づいた。俺の剣を。隊長だ、[※1]
それを隊長に渡せ。

エドガー　命懸けで走れ。[※2]

〔一人の紳士が剣を持って退場。〕

私生児　閣下の奥方と俺が命令を出したのだ。
牢屋(ろうや)でコーディーリアを絞殺し、
絶望のあまり自害したと
見せかけるようにと。

オールバニ公　神よ、后を守りたまえ。この男を運び出せ。

〔エドマンドは運び出される。〕

※1　「隊長だ」はQのみ。Fに基づくケンブリッジ版は「隊長だ」と繰り返すのはエドマンドのあえぐ様子を示し、韻律的にも向上するとし、Fで落ちてしまったのはQ2の誤謬を引き継いだのだろうとしており、その説に従う。「隊長だ」のあと半拍短くあえいでから「それを隊長に渡せ」と言うリズム。

※2　Qではオールバニ公の台詞。Fでは178ページ以降エドガーが采配を振り、権威を示している。

※3　QFのどちらにも「死体」の文字はない。観客にコーディーリアの生死がわからないために緊張が高まるとピートは論じる（197ページ参照）。「逆ピエタ」のイメージ。

コーディーリアを抱きかかえたリア登場。[※3]〔紳士があとから登場。〕

リア　喚け、喚け、喚け、喚け！　ああ、おまえらは石か。
わしにおまえらの舌と目があれば、
それで天空がひび割れるまで叫んでやるのに。
この子は永遠に逝ってしまった。
死んでいるか生きているかは、わしにもわかる。
この子は土塊[※4]のように死んでいる。　鏡を貸してくれ。
鏡が曇ったら、生きているぞ。

ケント伯　これが約束された最後か？[※5]

エドガー　恐ろしいこの世の終わりの光景か。

オールバニ公　終わるがいい。[※6]

リア　羽根が動いた。生きてるぞ。　それなら
これまでの苦しみはすべて
報われる。

ケント伯　ああ、陛下！[※7]

リア　頼む、どいてくれ。

エドガー　こちらはお味方のケント伯爵です。

リア　ええい、おまえらみんな人殺しだ、謀叛人だ、

※4　人は死ぬと土に還るというイメージ。

※5　この世の終わり、最後の審判への言及。新約聖書「マタイ伝」24章、「マルコ伝」13章、「ルカ伝」21章参照。『マクベス』第二幕第三場「起きろ、起きて見ろ、この世の終わりの光景を」参照。ケント伯らの反応を見て観客のわずかの希望も打ち砕かれる。

※6　Fall and cease.「天が落ちてきて、何もかも終わってしまえ」＝「この世の終わりが来ればいい」の意味だが、「リアが（これ以上の苦しみを味わわないように）倒れてその命が終わるがいい」とも解釈する説もある。

※7　前の行とハーフライン。間髪容れずに言う。

わしが救ってやれたかもしれないのに。永遠に逝ってしまった。
コーディーリア、コーディーリア、ちょっと待て。え？
何て言った？　この子の声はいつも静かで
優しくて、小さくて、実に女らしかった。
おまえの首をくくったやつはわしが殺してやったぞ。

紳士[※1]　その通りです、皆様、王が手ずから。

リア　　　　　　　　　　　　　わしは、やったな？[※2]
昔は、鋭い剣を振り回して、
敵を跳びあがらせたものだが、もう年をとった。
この打ち続く苦労で腕も鈍った。〔ケント伯に〕誰だ、おまえは？
目がよく見えなくてな。すぐにわかる。

ケント伯　運命の女神に愛された者と憎まれた者二人がいるなら、
ご覧になっているのは憎まれたほうです。[※3]

リア　はっきり見えんが、ケントではないか？

ケント伯　　　　　　　　　　　　さようです。
ご家来のケントです。ご家来のカイアス[※4]はどこに？

リア　あれはいいやつだった。ほんとに。
抜く手が速かった。だが、死んで、腐ってしまった。

ケント伯　いいえ、陛下、死んではおりません。私（わたくし）なのです。

※1　Qでは「隊長」。
※2　Did I not, fellow? 紳士に向かって確認する台詞。
※3　If fortune brag of two she loved and hated, / One of them we behold.
直訳すれば「もし運命の女神が愛し憎んだ二人を自慢するなら、そのうちの一人を我々は見ている」。フォークスとウェルズは「後者（運命の女神が憎んだ方）であるリアを我々は見ている」と解釈するマローン説を採用し、ハリオとハンターは「ともに愛されて憎まれたあなたと私が互いに見つめ合っている」と解釈するキャペル説を採用している。ここでは、weをyeに校訂し、リアの「誰だ、おまえは？」の問いに

リア　それも今にわかる。
ケント伯　ご様子がおかしくなられたその最初のときから、
ずっとおそばについておりました。
リア　ご苦労であった。
ケント伯　ほかにお仕えする者もなく。もはやこの世は
喜びのない、暗い死の世界。上の娘御たちは、絶望の末、
殺し合い、自害なさいました。※5
リア　うむ。そうであろう。
オールバニ公　何を仰（おっしゃ）っているかおわかりになっていない。
名乗りをあげても無駄なようだ。

使者登場。※6

エドガー　無駄ですね。
使者　エドマンド様がお亡くなりになりました。
オールバニ公　それももう、
どうでもよいことだ。諸侯、※7私の考えを伝えておきたい。
こうしてひどく衰えられた国王にできるかぎりの手を
尽くしてさしあげたい。私としては、
この老いた国王陛下御存命中は、

ケント伯が答えているとするチャールズ・ジェネンズ説（ファーネスが支持）を採用した。ケント伯は、リアの口から「ケントでは？」と言ってほしくて、自分から名乗るのを控えてこう言うのだろう。

※4　「カイアス」への言及はここのみ。変装したケント伯の名がカイアスであったことが初めて明かされる。『十二夜』でシザーリオの本名が最後にヴァイオラであると初めて明かされるのに似る。

※5　fordone（＝killed）themselves という表現には「自害」のみならず、「互いに殺し合う」の意味も入っていると解釈する。

※6　Qでは隊長。

※7　Royal we を用いている。

大権をお返しする所存だ。あなた方[※1]には、
もとの権利を回復し、さらに、これまでの
立派な働きに応じた立場に就いて頂きたい。
味方は誰もが、それぞれの功労に応じた褒賞を受け、
敵には皆、当然の苦杯を飲ませよう。ああ、見ろ、見ろ！

リア　そして、哀れな阿呆（あほう）[※2]は首をくくられた。だめだ、だめだ、
生きていない。なぜ犬や馬やネズミには命があるのに、
おまえは息をしないのだ？　おまえはもう戻らない。
もう二度と、二度と、二度と、二度と、二度と[※3]！
頼む、このボタンをはずしてくれ。ありがとう。
今のを見たか。見ろ、ほら、唇[※4]だ。
ほら、見ろ。ほら、見ろ。

リアは死ぬ。

エドガー　気を失われた、陛下、陛下。

ケント伯[※5]　裂けろ、この胸、裂けてしまえ！

エドガー　しっかり、陛下。

ケント伯　御霊（みたま）を乱すな。逝かせてさしあげるのだ。
つらいこの世の拷問台でこれ以上お体を引き伸ばすような

※1　ケント伯とエドガー。

※2　コーディーリアを指すが、同時に道化も指すようにも思える。コーディーリア役の役者が道化も演じたという説もある。

※3　Never が五回で弱強五歩格となる。Qは三回であり、「頼む、はずしてくれ」（Pray you, undo）と合わせて五拍となっている。

※4　この行と次行はQにはなく、代わりに「おお、おお、おお、おお！」とOの文字が四回ある。『ハムレット』のフォーリオ版でもハムレットは死ぬときにOを四回繰り返しており、当時の役者の断末魔の演技を表すものと思われる。

※5　Qではリアの台詞、直前のト書きなし。

ことをしては嫌われる。

エドガー　本当に逝ってしまわれた。

ケント伯　これほどまで長く耐えられたことが奇蹟(きせき)なのだ。
本来の寿命以上を生きられた。

オールバニ公　ここからお運びしろ。さし当たっては、
広く喪に服さねばならん。君たち二人には、是非とも〔○〕
この国を治め、その傷を癒してほしい。頼む、わが心の友。〔○〕

ケント伯　私は直ちに旅※6に出ねばなりません。〔●〕
主君のお呼びです。嫌とは申せません。〔●〕

エドガー※7　この悲しき時代の重みに耐えるのが我らの務めだ。〔□〕
感じたままを口にしよう。月並みな言葉ではだめだ。〔□〕
最も老いた者が最も耐えた。我ら若い者、〔■〕
これほどつらい人生をこれほど長くは、生きぬもの。〔■〕

　一同、葬送の行進で退場。

※6　リアを追う死出の旅。

※7　Qではオールバニ公の台詞。最後の締めくくりの台詞は劇中最も高位の人物が言うのがふさわしいとすれば、オールバニ公が言うべき台詞であるが、オールバニ公は無能な為政者として描かれており、とりわけFではエドガーの重要性が増すように書き直されている。台詞の中の「われら若い者」という表現もエドガーによりふさわしい。エドガーが最後の台詞を言うからと言って、必ずしも彼が王国を支配することは意味しない。王権の失墜を描いた本作において、劇を締めくくる人物は王権から遠い人物のほうがふさわしいだろう。

詳注

①7ページ（第一幕第一場）

ケント伯　陛下はコーンウォール公爵よりオールバニ公爵を贔屓(ひいき)になさっているとばかり思っておりました。

ジェイムズ・シャピロは、その著書『リア王』の時代――一六〇六年のシェイクスピア』（白水社）において、次のように指摘している。

「『王国分割』をしてはならないというジェイムズ王の警告は、『リア王』冒頭でグロスターが『王国分割』（第一幕第一場三～四行）について語る台詞(せりふ)に密接にリンクしている。さらに現代の問題と感じられるようになるのが、劇の冒頭で「王はコーンウォール公爵よりもオールバニ公爵を贔屓なさっていらっしゃるのかと思いました」（第一幕第一場一～二行）と言うケントの最初の言葉の効果だ。ジェイムズ朝時代の観客なら、ジェイムズ王の長男ヘンリーが現在のコーンウォール公爵であり、二男のチャールズがオールバニ公爵であることを知っていた。そして実際のところは、ジェイムズは病気がちな二男よりも長男ヘンリーのほうをかわいがっていた。オールバニ公爵の話をするということは、スコットランドの話をすることにほかならない。「オールバニ公爵」とはスコットランドの王族に与えられる爵位であり、ジェイムズもその父親もかつてはオールバニ公爵だった。つまり、『リア王』の冒頭は、シェイクスピアにとっては珍しい時事ネタ入りになっているのだ。冒頭の噂話のようなやりとりは、まさにジェイムズ朝の政治問題にほかならなかったのである」(67~68ページ)。

シャピロの『『リア王』の時代』は、『リア王』執筆時の一六〇五~六年当時の時代背景と『リア王』との関係を詳細に解き明かす研究書であり、特にスコットランドからやってきて一六〇三年にイングランド王となったジェイムズ一世が王国の統合を目指していた当時に「王国分割の芝居」を描く意義を明らかにする。さらに種本の『レア王年代記』との比較、ジェイムズ王も大いに関心を抱いていた悪魔憑きの現象およびその研究書サミュエル・ハースネット著『途轍もない教皇派のまやかしに関する報告』(一六〇三年初版)をシェイクスピアがどのように利用したかなどについても詳細に語っている。

② 11ページ(第一幕第一場)

コーディーリア 〔傍白〕ならば、哀れなコーディーリア。 Then poor Cordelia,
いえ、そうじゃない。だって私の愛は、 And yet not so, since I am sure my love's
この舌よりももっと重いのだもの。 More ponderous than my tongue.

Thenを「次は」と解釈する説があり、「とうとうコーディーリアの番だ」などと訳されることがあったが、この点についてはハーバード大学名誉教授・哲学者スタンリー・カヴェル氏の解釈を採りたい。以下、Stanley Cavell, *Must We Mean What We Say?: A Book of Essays*, 2nd edn (Cambridge: Cambridge University Press, 1976; 2002), pp. 290-1より引用する。なお、下記の一節は'The avoidance of love: A reading of *King Lear*'という章にあり、同章はCavell,

Disowning Knowledge: In Seven Plays of Shakespeare (Cambridge: Cambridge University Press, 1987; 2003) に再録され、中川雄一訳『悲劇の構造』(春秋社) の邦訳が出ているが、私の訳で以下引用する——

「コーディーリアの最初の発言は、この傍白だ。

『コーディーリアは何と言おう? 愛して黙っていよう。』

これは、父の要求を断ろうとする決意を示すと理解されてきたと思うが、そうとはかぎらない。彼女は自分に何が言えるかを自問している。この自問を修辞的にとる必要はない。父の願いに従いたいという気持ちはあるのだ(ともかく、この時点でそうでないと考える理由はない)。だが、どうすればいいか? ゴネリルの演説をリアが受け入れる様子からリアが何を望んでいるかはわかるし、彼女だってその気になれば同じようにリアを喜ばせてやることだってできるのだ。だが、愛してもいないのに愛していると公言するのは容易だが、本当に愛しているのに愛しているふりを仰々しくしてみせるなんて無理だ。彼女はこのジレンマへの最初の解決策を思いつく——愛して、黙っていればいい。つまり、黙っていることで愛を示すのだ。それならお父様もわかってくださる。愛を大仰に言い立てず、秘密にしておくのだ。自分はお父様のお気に入りなのだもの。それは、私だって、お父様だって、わかっていること。それで十分じゃないの? ところが、リーガンが話し、そのあとコーディーリアの二番目の発声が、再び傍白としてなされる。

Then poor Cordelia,
And yet not so, since I am sure my love's

More ponderous than my tongue.

反発的なコーディーリアを想定した場合は、これは、先ほどの話すまいという決意の再確認として解釈されることになるだろう。だが、やはり、そう考える必要はない。いかにもリーガンらしく姉を出し抜こうとする演説（リーガンには自分の考えなどなく、リーガンにあるのは、いつだって他人が誰かに加えようとする痛みの度合いを増してやろうとするあくどさであり、リンチを加える暴徒の心理状態だ）をリアが受け入れたあと、コーディーリアは自分が何か言わなければいけないのだと気がつく。『この舌よりももっと重い』という表現は、彼女が舌を動かすことにしたことを示唆する。舌を動かさないのではない。その言葉には、彼女の愛よりももっと重い思いが籠められるのだ。こうして、ジレンマから抜け出すための二度目の手探りがなされる——話すのだが、愛を実際より少なく見せ、愛していないかのように話すのだ。舌は従順に動かすが、自分の思いとは裏腹に動かす——ならば、哀れなコーディーリアは、自分の愛を軽んじるのだ。だけど、自分は真実を知っている。それで十分じゃないの？」

ここでカヴェル氏が示すように、ゴネリルの言葉を聞いたときは「黙っていよう」と思ったコーディーリアは、リーガンのさらに大仰な言葉を聞いて、黙っているわけにはいかないのだと気づき、「ならば」と考える——黙っていられないならば、愛を言い立てることなどできない自分は哀れだと考えるが、すぐに、「哀れ」なんかじゃない（「いえ、そうじゃない」）と否定する。「いえ、そうじゃない」という否定は彼女の悶々たる思考の経過を示す。その「否定」の対象は「哀れな」という語であり、「哀れ」と感じるのは、自分には姉たちのように追従を言う舌がないからだ。しかし、前の独白で「黙っていよう」と決めたときは、追従を言う舌がないことが哀れとは思っていなかった。姉のように追従が言えないと思って動揺したのは、リーガンの言葉巧みな演説を聞いた結果であり、自分にはあんなふうなことは言えないと一瞬パニックになるのだが、そんな舌など持ち合わせていないほうがいいのだと自分を落ち着かせる。「いえ、そうじゃない。だって私の愛はこの舌よりももっと重いのだもの。愛しているという真実があればいい。それをことさら言い立てる必要はないはず」と彼女は考えるのだ。

③12ページ（第一幕第一場）

コーディーリア　言うことは何もございません。

リア　何もない？

コーディーリア　ございません。

……〔中略〕……

リア　そんなに若くして、そんなにつれないか？

コーディーリア　若くして、お父様、真実を申すのです。

コーディーリアは、ここで徳を積むことを目的とするストア哲学を実践して、自らの心の正しさを守ろうとしている。シェイクスピアに影響を与えた古代ギリシャのストア哲学者エピクテートス（五五年頃〜一三五年頃）は、その『人生談義』の中で、徳を身につけることの重要性を説いて、他の人と同じではなく、着物を織りなす一本の糸に譬（たと）えるなら「紫の糸であれ、すなわち、〔他より抜きん出て〕輝くもの、つまり立派に、そして美しく見せる所以（ゆえん）のものになれ」と説く。コーディーリアが実践したのはこの教えであり、姉たちのように追従を口にして迎合するのではなく、自分が正しいと信じる「真実」を守ろうとしている。

　ストア哲学（Stoicism）とは、ストイックという言葉の語源になっているために、「禁欲的」「克己的」という意味が強調されがちだが、それよりも、感情に左右されずに、平静な心で徳を積もうとする点が重要である。ストア派の哲学では、どんなときもパニックにならず、ストレスを感じることなく、ネガティブな思考は一切排除して、常に現状を冷静に把握して自分が何をすべきかを考える。シェイクスピアの登場人物の中でストア哲学の実践者は、ほかに、ハムレットの親友ホレイシオ、『ジュリアス・シーザー』のブルータス、『ヘンリー四世』のハル王子などがいる。

たとえばハムレットは、時々激しい感情に襲われて苦悩するが、その一方で、親友のホレイシオが非常に知的で冷静であることを褒めあげる。ストア主義は、まわりからの影響を受けずにアパテイアと呼ばれる心の平安を得るために、理性を用いて高潔な生き方を目指すが、大いに喜んだり悲しんだりしないという点で、あまり人間的ではないという側面もある。シェイクスピアは非常に人間臭い人物を多数描いているが、ストア哲学の実践者の隣にはたいていそうした感情的な人間臭い人物がいる。ハル王子に対するフォールスタッフ、ホレイシオに対するレアーティーズ、そしてコーディーリアに対するリア王といった具合に。

　ストア哲学では、感情をコントロールして常に平静を保ち、理性に従うことによって情動から解放されることを説く。しかし、これを正しく実践して悲しみを乗り越えるのは、シェイクスピア作品ではブルータスのみだろう。妻ポーシャが死んで激しい悲しみを抱えながらも、悲しみに呑まれることなく政治の議論を行うのである。けれども、妻が死んだときに、嘆き悲しまずに政治を論じるというのは、あまり人間的ではない。シェイクスピアはブルータスを例外として、悲しみに耽(ふけ)る人物に「どんなに理性を働かせろと言われても、実際に自分が悲しい目にあったら、落ちついてなどいられない」と言わせている。どんなときにも理性を失わない落ちついた人間でいるためには、心から愛したり、心から楽しんだりすることは難しい。

　徳高い人間になることが、他より抜きん出ることになるなら、それは他の人たちを見下し、独善的な態度をとることにもなりかねない。それゆえ、コーディーリアの態度は独善的に見えてしまう。

　だからと言って「言うことは何もございません」という台詞(せりふ)をきっぱりと強い調子で言うわけではないだろう。先ほどのカヴェル氏の解説にあったように、コーディーリアは「黙っていよう」と決めておきながら、やはり話さなければいけないのだと思い直し、その心は二転三転している。「言うことは何もございません」の言い方については、カヴェル氏の次の解説が参考になる。前と同じ本から抄訳する。

「私はこの場面を次のようにイメージする。上の二人の姉の演説は公的かつ定式のものだ。それはリアに対してではなく宮廷に向かって言われるものであり、父の目を気にしながら言われるわけではなく、またリアも娘たちの目を気にせずに聞く。二人は、最初は怪物ではなく、淑女なのだ。リアは満足する。それからコーディーリアが、宮廷から逃れるように、いつもの父と自分の親密さに訴えるように、混乱して『言うことは何もございません』(何も)と言う——私に無理に言わせないで頂戴(ちょうだい)。どうしてほしいの? お父様の求めるものを口にしてほしいなら、私は黙っていなければならないのよ。ところが、王はこの訴えに驚き、メンツを取り繕い、ごまかそうとして言う。あたかもまだ儀式が続行中であるかのようにコーディーリアと宮廷の両方に向かって言う。『何もないところから何も出てきはせぬぞ。言い直せ』（ヒステリーが既に起きている）。再び彼女は父に言う。『ふつつかゆえ、この心を口にまであげることができません』――父を愛する心のことではない。それなら彼女の声にずっとあるはずだ。そうではなくて、できないことをしようとして混乱して震えている心、今ようやく喉まであがってきた心のことだ。だが、口にまではあがらない。そうして、次の台詞がようやくコーディーリアが公に話すことで父に従おうとする最初の試みとなる。『私は子として陛下を愛しております。それ以上でも以下でもありません』」

以上がカヴェル氏の補足説明となるが、私はこの点では必ずしも全面的に同意するわけではない。コーディーリアは結婚適齢期の娘であって子供ではないのだから、父親に甘えるように「何も」と答えるのではなく、やはり公式の場であることを意識して答えていると考えるべきであろう。だから、Nothing, my lord. と、my lord（陛下）という言葉を添えて、公式の返事にしているのである。翻訳では「ございません」という丁寧な表現で、それを表した。そしてまたカヴェル氏はコーディーリアの「美徳」に言及しないが、コーディーリアにはストア主義的な発想によって、自分の美徳を守ろうとこだわっているところがあるからこそ、自分の愛を粉飾してみせることを控えようとするのではないだろうか。ここで彼女が守ろうとしているのは、自分の真実なのだ――「若くして、お父様、真実を申すのです」

それでも、カヴェル氏による心理分析は非常に優れていると認めざるを得ない。

④29ページ（第一幕第二場）

グロスター伯　このところの日蝕、月蝕は不吉の前兆だな。

一六〇五年九月二十七日（当時のユリウス暦では一六〇五年九月十七日）の月蝕と同年十月十二日（ユリウス暦では十月二日）の日蝕への言及であろうという指摘がなされている。天体の動きが人の運命を司るという旧弊な新プラトン主義的発想（現在の星占いに通じる）は、当時、強く信じられ、広まっていた。13ページでリア王が「我らが存在し、そして消えゆく原因であるあらゆる星々の動きにかけて」誓うのも、その考えに基づくものだ。オセローも日蝕月蝕に言及する（角川文庫『新訳オセロー』75ページの注3参照）し、人間のおぞましい所業のせいで天変地異が起こる（『マクベス』第二幕第四場）と考えられたのも、人間という小宇宙（ミクロコスモス）が大自然という大宇宙（マクロコスモス）と呼応していると考えられていたからだ。雨が降ると憂鬱になるのは、天の暗い要素と人の暗い気質が同期するからであり、だからこそ『リア王』においてリアの怒りと狂気は嵐として表象される。

ところが、人間の運命を神や自然と絡めて受け入れる中世的考え方から離れて、人間は自分の力で変わることができるという発想が生まれたのがルネサンスという時代でもあった。この新しい考え方を生み出す契機となったのは、十五世紀のイタリアの人文主義者ピコ・デラ・ミランドラが人間には自由意志があると主張したその書物『人間の尊厳について』だと言われる。シェイクスピアは、自らの自由意志によって自分を変えることができるという新しい考え方を、本作のエドマンドや『オセロー』のイアーゴーといった野心家たちに体現させている。「俺たちがこうなるのも、ああなるのも、俺たち次第さ」（第一幕第三場）と言って運命を自分で切り拓こうとするイアーゴーは、エドマンドと共通点が多い。強烈な野望を抱いている点で共通するのみならず、その騙しのテクニックも似ている。エドマンドが兄を騙す方法は、イアーゴーが味方を装いながらキャシオーを騙していく方法に似ているし、29ページで、エドマンドが父に「兄と私がこのことで話をするのを立ち聞きできるところにいて頂きましょう」というのは、イアーゴーがオセローを騙すためにキャシオーとの話を立ち聞きさせたのに似ている。31ページでエドガーが「どこかの悪党が誹謗中傷をしたな」と言うのは、イアーゴーが妻エミーリアから「きっとどこかのとんでもない悪党が……こんな悪口を思いついたにちがいないよ」（『新訳オセロー』158ページ）と言われるのと同じであり、誹謗中傷した「どこかの悪党」は目の前にいる相手であるという劇的皮肉（ドラマティック・アイロニー）になっている。

⑤ 73ページ（第二幕第二場）

感覚のない麻痺した腕に、針やら、串やら、
釘やら、ローズマリーやらを刺して、

ジェイムズ・シャピロ著『『リア王』の時代』（白水社）には、悪魔憑きとなった少女アン・ガンターの症例が紹介されている。少女は口から泡を噴き、トランス状態となり、口や鼻から針を吐き出した。体に針を刺しても痛みを感じず、近所に住む三人の女性が自分を苦しめるために悪霊を送り込んだと言って、こう説明した。「エリザベス・グレゴリーの悪霊は、ブタの顔をした黒いドブネズミみたいで、イノシシの牙が生えて……メアリ・アグネスのは、白っぽいヒキガエルみたいで、ヴィジットっていう名前」。悪霊を送ったとされた女性たち（一人は

逃亡）は一六〇五年三月一日に裁判の場へ呼び出され、陪審員は八時間にわたって証言を聴いた。アンはすぐに発作を起こし、げんこつを打ち合わせ、目を激しくぐるぐる回し、ぶつぶつ言い、それからトランス状態で床にのびてしまった。だが、後日、ジェイムズ一世――『悪魔学』（一五九七）の著作もあってこうした現象に興味をもっていた――は、事件の真相を知る。「針の一件は、あれはそもそも自分で口に入れたものであって、父親の指示で、悪魔のせいで針を吐き出すことにしたと言う。そのあと……『マザー』という病気によく罹って腹がふくれることがあったのを利用して、見に来た人に本物の悪魔憑きだとして見せていたのだと言う」

「マザー」は、リア王の台詞にも出てくる（76ページ注3）。シャピロによれば、ハースネットの『途轍もない教皇派のまやかしに関する報告』に、十六歳の少女フリスウッド・ウィリアムズの事件が報告されており、少女はサック酒〔シェリー酒の一種〕とサラダ油にスパイスを混ぜたものを一パイント飲まされ、気分が悪くなり、頭がふらふらし、そのせいで「感覚が麻痺して、感じられなくなった」という。また、十五歳の少女サラ・ウィリアムズの場合は、悪霊に怯え、あるものすごい雷の日、家じゅうの犬が吠えたてたため、パニックとなり正常に話せなくなる。悪魔に憑かれたと決めつけられたサラは、神父らの求める答えを出さないといけないと思い込み、「元気なディック、キリコ、ホブ、コーナーキャップ、パフ、パー、フラテレットー、フリバーティジベット、ハバーディカット、ココバット、マホー、ケリコキャム、ウィルキン、スモルキン、ナー、元気で陽気なジェンキン、ポーテリチョー、テイムのプディング、ポルデュ……」と次々に悪魔の名前を並べたという。シェイクスピアはこれを利用している。詳細はシャピロ著『『リア王』の時代』を参照されたい。

⑥　138ページ（第四幕第五場）

エドガー　手を貸して。さあ、あと一歩で崖っぷちですよ。

デレク・ピートはその優れた論文―― Derek Peat, "And that's True Too": *King Lear* and the Tension of Uncertainty, Kenneth Muir and Stanley Wells, eds, *Aspects of "King Lear"* (Cambridge University Press, 1982), pp. 43-53 ――において、まずこの場面の冒頭で、道は平らだし、海の音など聞こえないし、手を引く男の話し方も変わったと気づいたグロスター伯に言及してこう続ける――「それから、グロスターが何か発見しそうになったところで、エドガーは崖からの眺めを描写し始める。エドガーの声の調子が変わったのに気づく耳がありながら、海の音は聞こえない。では海などないのだ。ないのか？　観客は、グロスターの『それもまた真実だ』〔第五幕第二場最後〕にある二重性を共有することになる。半ば崖があると信じ、半ばそれは幻想にすぎないと思う。観客の二重の見方についての私の見解にジョン・クランフォード・アダムズが近いことを言っている。『グロスターの耳で聞いて、観客は彼の幻想を共有する……ところが、エドガーの目で見れば、崖など存在しないとわかる』これは、私がこの場面にあると思う緊張をそれなりに表現するものではあるが、アダムズはこのバランスはすでに収まっていると考える。『観客は、エドガーが本当にグロスターを崖っぷちに連れてきたなど一瞬も思わなくてよい』私が重要だと思うポイントは、この場面ではそうした確実さが排除されているということだ。グロスターが倒れるまで、シェイクスピアは観客に、崖などないと確信させることを許していない」

クォート版にあるが、フォーリオ版で削除された台詞一覧

クォート版から削除された部分をここに訳出する。フォーリオ版にもある台詞は網掛けにした。但し、既に脚注に記した短い語句については、ここで改めて記載しないものもある。

①11ページ（第一幕第一場）

リア　愛しいリーガン、コーンウォールの妻は何と言う？　言え。

リーガン　私も気持ちは姉と同じ。

②12ページ（第一幕第一場）

コーディーリア　私は、お姉様たちのように結婚してお父様だけを愛することはしません。

③16ページ（第一幕第一場）

リア　この下郎！　悪党め！

ケント伯　殺すがいい。医者を殺して、汚らわしい病気に

④29ページ（第一幕第二場）

グロスター伯　あいつがそんなひどいやつのはずがないのだ。
私生児　もちろん、そんなはずありません。
グロスター伯　あいつのことをこんなにも心からすっかり愛している父親に対して。なんということだ！　エドマンド、やつを捜し出せ。そして、何を考えているのか探るのだ。

⑤ 31ページ（第一幕第二場）

私生児　ですが、実際、本に書かれているとおりの不幸が起こっているんです。親子間の情に悖る行い、死や飢餓がはびこり、古い友情は壊れ、国家は分裂、王や貴族は脅迫中傷され、理由のない猜疑、味方の追放、軍隊の消失、夫婦の離別、そのほかいろんなことが起こっています。
エドガー　いつから占星術に凝ってるんだ？
私生児　そんなことより、最後に父上と会ったのはいつですか？

⑥ 33～34ページ（第一幕第三場）

ゴネリル　妹の思惑も私と同じで、言いなりになったりしないんだから。愚かな年寄りね、いったん手放した権威をいつまでも振り回そうとするなんて！　まったくもって老いぼれは赤ん坊と同じね。おかしなことをしたら、おだてたり叱ったりしてやらなければだめ。言ったとおりにするんだよ。

執事　はい、奥様。

ゴネリル　お付きの騎士たちにも冷たい顔をしておやり。どうなろうとかまうものか。部下たちにもそう命じるのよ。それで揉め事が起これぱいい。起こしてみせるわ、文句を言うきっかけができるもの。すぐ妹に手紙を書いて、同じようにするように言ってやろう。

⑦41ページ（第一幕第四場）

リア　苦い阿呆だ。

道化　苦い阿呆と甘い阿呆のちがいを知ってるか、ぼうず？

リア　いや、教えてくれ。

道化　あんたに領土を人に譲れと〔☆〕教えてくれた閣下に言いな、〔★〕おいらの前に来やがれと。〔☆〕代わりにおまえがそこにいな。〔★〕甘い阿呆と苦い阿呆が、あっという間に一組揃う。〔◇〕一人は道化服を着たおいら。もう一人はおまえだろう。〔◇〕

リア　わしを阿呆と呼ぶのか、ぼうず？

道化　それ以外の肩書をあんた、やっちまったからね。持って生まれた肩書しかないだろ。

ケント伯　こいつはまったくの阿呆じゃありませんね、陛下。

道化　そりゃそうさ。貴族やらお偉いさんたちが、おいらだけに阿呆を任せてくれないからね。おいらの専売特許にしようとすると、しゃしゃりこんでくるんだ。ご婦人方もそうさ——おいらだけを阿呆にさせてくれない。ひったくっていくんだ。おじちゃん、卵をおくれ。そしたら王冠二つやるからさ。

※注記　道化の「苦い阿呆と甘い阿呆のちがいを知ってるか、ぼうず?」と、リアの「いや、教えてくれ」はFで削除するはずだったものがFに残ってしまったものとするハリオの説に従い、41ページから削除した。

⑧44ページ（第一幕第四場）

リア　わしが誰かわかる者は誰だ?　リアの影法師か?　それが知りたいのだ。威厳、知識、そして理性からすれば、わしには娘がいたと思うのだが誤りだったか。

道化　そんなあんたを娘たちは従順な父親にしてくれるよ。

リア　お名前は?　美しい奥方。

⑨46ページ（第一幕第四場）

リア　後悔先に立たずだ!〔公に〕おや、お出ましかね?

リア　これは君の意思か?　言いたまえ。馬を用意しろ。

⑩49ページ（第一幕第四場）

リア　投げ捨てたと思ったら大まちがいだ。覚えておけ。

退場。

ゴネリル　今の、聞いた、あなた？

⑪50ページ（第一幕第四場、道化退場のあと）

ゴネリル　オズワルド！

執事登場。

執事　はい、奥様。

ゴネリル　妹への手紙、できているだろうね。

⑫65ページ（第二幕第一場）

執事　助けて、人殺し、助けて！

細身の剣を抜いてエドマンド登場、グロスター伯、公爵、公爵夫人登場。

⑬70ページ（第二幕第二場）

私生児　何だ、どうした？

グロスター伯　どうか足枷（あしかせ）はおやめ下さい。
この者の罪は大きいですが、その主人である王自身が
罰してくださるでしょう。今なさろうとしている罰は
最も身分の卑しい者が、コソ泥など
実につまらない罪を犯したときの下等な処罰です。
そんな罰を与えれば、王様が悪くおとりになります。
ご自分の使者がそのように軽んじられたとなれば、
ご自身が軽んじられたも同然です。
コーンウォール公　その責任は俺がとる。
リーガン　姉上の家来が侮辱され、攻撃されたことに
姉上のほうがもっと悪くおとりになるわ。
姉上の用を果たしていたというのに。足枷をはめなさい。
さあ、あなた、行きましょう。

⑭74ページ（第二幕第二場）
ケント伯　本当だと申しております。
リア　いやいや、まさか。(No, no, they would not.)
ケント伯　ですが、したのです。(Yes, they have.)
リア　絶対、ありえない。そんなことをするはずがない。

⑮84ページ（第二幕第二場）

リア　目ざわりだ、失せろ！

〔リアはオズワルドを殴る。〕

コーンウォール公　陛下、どうして殴るのです？

ゴネリル登場。

ゴネリル　誰が私の家来を殴ったのです？　リーガン、まさかおまえは何も知らないでしょうね。

リア　ありゃ誰だ？

⑯92ページ（第三幕第一場）

紳士　天地がひっくり返れと叫んでは、白鬚をかきむしっておられます。その鬚も滅多やたらな暴風に襲いかかられ、弄ばれるありさま。王は、人間という小宇宙の嵐をもって雨風の激しく戦う外界の嵐の上を行こうとなさる。今夜は、乳を吸い尽くされた母熊もじっとして、

ライオンや腹をすかせた狼でさえ、濡れたくないと
巣にこもっているのに、王様は帽子もかぶらず、
捨て鉢になって走り回っておいでです。

ケント伯　だが、お供は誰が？

⑰93ページ（第三幕第一場）Fではこの箇所に八行追加（書き換え）

ケント伯　コーンウォール公爵とのあいだに不和が生じている。

確かなことは、フランスから軍隊が
この乱れた王国へやってきて、既に、
こちらの油断に乗じて、密かに
イギリスの主たる港に上陸したとのことだ。
今にもその旗を掲げようとしている。そこでだ。
あなたが私のことを信じてドーヴァーまで
急いでくださるなら、国王陛下が
どのような不当な目に遭い、気も狂わんばかりの
悲しみを嘆いていらっしゃるか正しく伝えて頂きたい。
そこに、あなたに感謝を捧げる者がおりましょう。
私は生まれも育ちも由緒ある紳士、
確かな情報筋からの保証を受けて、

この任務をあなたにお任せするのだ。

紳士　もっと詳しく教えて下さい。

⑱106ページ（第三幕第四場）

リア　脱げ、脱いでしまえ、こんな借り物！　さあ、正直になれ。

道化　ねえ、おじちゃん、落ち着いて。泳ぐのには、ひどすぎる晩だよ。

⑲112ページ（第三幕第六場）

リア　一千の鬼をやつらに襲いかからせるのだ！

エドガー　汚い悪魔が背中を噛(か)むよう。

道化　狼がおとなしくて馬が健康だと思ったり、ガキの色恋や淫売(いんばい)の誓いを信じたりするようなやつは、どうかしてるんだ。

リア　やってみよう。すぐに尋問だ。

〔エドガーに〕さあ、そこにお座り下さい、学識豊かな判事殿。

〔道化に〕賢者の席はこちらです。座って。——さあ、この女狐どもめ。

エドガー　あの野郎、あそこに突っ立ってにらんでやがる！　奥さん、見物にゃ事欠かないよ。

道化　〔歌う。〕川を渡って、ベッシー、来いよ。〔☆〕

〔歌う。〕あの子の舟には穴がある〔★〕

とても言えないわけがある。〔★〕

あんたのとこにゃ行けないよ。〔☆〕

エドガー　汚い悪魔がナイチンゲールの声になって哀れなトムにつきまとう。ホップダンスがトムのお腹で、ニシンが二尾ほしいって喚いている。ぎゃあぎゃあ言うな、黒い天使！　おまえにやる食べ物はないよ。

ケント伯　どうなさいました？　ぼんやり立っていないで、
横になって、クッションにお休みなさいませ。

リア　まずはやつらの裁判だ――証人を呼べ。

〔エドガーに〕ローブを召した判事様、ご着席下さい。

〔道化に〕おまえは、お仲間の判事だな。

隣に座れ。〔ケント伯に〕君は特命判事だな。

君も座ってくれたまえ。

エドガー　公平な審議を行う。

〔歌う。〕起きてるのかい、寝てるのかい、陽気な羊飼い？

羊が畑を荒らしてる。

おまえが口笛吹いたらば、
羊も無事に済むものを。

ミャアっとネコちゃん、灰色だ。

リア　まずはそいつだ。ゴネリルだ。このご列席の皆様方の前で宣誓する。この女は実の父である哀れな王を蹴っ飛ばしたのだ。

道化 ここに来なさい、女。その方の名はゴネリルか?

リア 否定はできまい。

道化 こりゃ失礼。三脚椅子だとばかり思っていました。

リア こっちにもう一人いる。そのひねくれた顔つきで

その心が何でできているかわかろう。おい、逃がすな!

武器だ、武器だ、剣だ、火だ! 法廷に腐敗が!

悪徳判事め、なぜあいつを逃がした?

エドガー あんたの正気にお恵みを!

⑳ 114ページ(第三幕第六場最後)

グロスター伯 そしてついてきてくれ。すぐ出発できるよう準備を整えておいた。

ケント伯 疲れていれば眠れるものだ。

こうして休めば、ずたずたになった神経も癒されよう。

もしお休みになれないとなれば、

ご回復は難しい——さあ、ご主君をお運びするぞ。

手を貸せ、ぐずぐずするな。

グロスター伯 さあ、こっちだ。

エドガー　偉い人たちが俺たちと同じ苦しみを舐めてると、〔☆〕
思えてくるもんだ、自分の惨めさも高が知れてると。〔☆〕
心が一番折れるのは、一人で苦しむとき。〔★〕
呑気に幸せそうな光景を尻目にするとき。〔★〕
だが、悲しみやつらさに必要なのは、仲間や友。〔◇〕
苦悩を分け合えば、乗り越えていける、つらくとも。〔◇〕
となれば、俺の苦労など実に軽い、楽なものだ。〔◆〕
俺がうなだれるようなことで、王は腰を曲げるのだ。〔◆〕
王は子のために、俺は親のために。トム、ここを出ろ！〔△〕
偉い人たちの争いを見守り、時機を見て名乗り出ろ。〔△〕
誤解からおまえの名を汚した誤った世評もやがて消えよう。〔▲〕
おまえが正しさを証明すれば。そして、父と和解ができよう。〔▲〕
今晩これから何があろうと、どうか王よ、ご無事で！
隠れろ、隠れろ！

二人退場。

㉑ 121ページ（第三幕第七場最後）

コーンウォール公　悪い時に傷を受けた。腕を貸してくれ。

召使い二　あいつがいい目を見るくらいなら、

どんな悪さだってやりたくなるね。

召使い三　奥方だって

長生きして寿命を全うするようなら、

女なんてみんな化け物だな。

召使い二　老いた伯爵のあとを追って、ベドラム乞食に

お好きなところへ案内させよう。あいつはいかれた浮浪者だ。

何をしたってお咎めなしだろう。

召使い三　そうしてくれ。俺は麻と卵の白身をとってくる。

顔の出血の手当をしなきゃ。どうか、天よ、あの方を助けたまえ。

二人退場。

㉒125ページ（第四幕第一場）

エドガー　踏み越し段も門も、馬の道も歩く道もね。哀れなトムは、怖くて正気を失っちまったんだ。あんたも、汚い悪魔から神様がお守り下さいますように。五匹の悪魔が哀れなトムにいっぺんに襲いかかったことがあるんだよ。情欲の悪魔オビディカット、物言わぬ悪魔ホビディダンス、泥棒のマフー、殺しのモードー、しかめっ面のフリバーティジベット。こいつは、侍女や小間使いにとりついてるぜ。旦那も気をつけな！

グロスター伯　ほら、この財布をやろう。

㉓ 129ページ（第四幕第二場）

オールバニ公　塵(ちり)ほどの価値もない女だ。心配なのはその気性。
生みの親を蔑(ないがし)ろにするような性格では、
人として取るべき道を守れまい。
自分を育ててくれた樹液から
自分を切り離す枝のようなやつは、
枯れて燃やされるだけだ。

ゴネリル　やめて、馬鹿げたお説教は。

オールバニ公　知恵と善良さも悪には悪しく見えるもの。
不浄は不浄しか好まない。何てことをしたのだ？
虎だ、娘ではない。何てことをしてくれたのだ？
父親だぞ。それも立派なお年寄りだ。
鼻面を引きずり回されて荒れ狂う熊でさえ畏(おそ)れ敬うであろう
その陛下を発狂させるとは、何たる野蛮、何たる堕落。
わが弟も、おまえたちにそんなことをやらせておくとは！
陛下のおかげを大いにこうむってきた一国の王たる男が！
もし直ちに、この非道な罪業(ざいごう)を懲らしめるべく、
天が目に見える精霊たちを送り込んでくださらなければ、
時はきっと来るだろう、

人間が互いを貪(むさぼ)り食い
深海の怪物同然に成り下がる時が。

ゴネリル　肝っ玉の小さな人ね。
その頬は殴られるため、その頭は侮辱されるためにあるのね。
その顔には、自分の名誉と恥辱とを見極める
目がないのね。ご存じないのね、
悪党が悪事を働く前に罰せられるのを
可哀想だと憐(あわ)れむのは阿呆(あほう)だけだと。あなたの陣太鼓はどこ？
フランス軍が平穏なわが国に軍旗を広げて、
兜(かぶと)の羽根飾りであなたの国を脅かしているというのに、
あなたは、道徳臭い阿呆よろしく、じっと座って、
「なぜこのようなことを」と嘆くだけ。

オールバニ公　自分を見てみろ、悪魔め。
悪魔そのものの醜さとは、女の中に巣くうとき
最もおぞましい。

ゴネリル　馬鹿馬鹿しい！

オールバニ公　女の皮をかぶった化け物め、恥を知るなら、
その姿を見せぬがよい。この両の手を
わが感情に任せて動かしていいものなら、

おまえの肉と骨をばらばらに引き裂いて
やるところだ。おまえが悪魔だとしても、
女の姿をしている以上、そうもできぬが。

ゴネリル　まあ、男らしいわね――ニャアとでも鳴いたら?

紳士登場。

オールバニ公　何事だ?

紳士　申しあげます。コーンウォール公爵が亡くなられました。

※注記　以下、Fの「使者」はQでは「紳士」。

㉔131ページ（第四幕第二場）

※注記　Qでは第四幕第二場のあとに次の一場がある。

オールバニ公　ほかに知っていることがあれば、教えてくれ。

一同退場。

ケント伯と紳士登場。

ケント伯　なぜフランス王はそんなに急にご帰国になったのか、理由をご存じないか?

紳士　国にやり残したことがあって、ご出陣してからも気にしていらして、王国に大きな恐怖と危険をもたらす案件のために、王ご自身がどうしても必要だったとのことです。

ケント伯　あとの指揮はどなたにお任せに？

紳士　フランスの元帥、ムッシュ・ラ・ファーです。

ケント伯　例の手紙をお読みになって、王妃様は悲しみのご様子でしたか？

紳士　ええ。お受け取りになると、私の目の前でお読みになり、
ときおり、大粒の涙をその美しい頰に
流していらっしゃいました。いかにも王妃様らしく、
謀叛人（むほんにん）さながら王妃様を抑えて王たらんとする
激しい悲しみにじっと耐えておいででした。

ケント伯　　　では、心動かされて？

紳士　取り乱されはなさいませんでしたが、忍耐と悲しみの
どちらが王妃様の美しさをよく表すか競い合うようで、
日光と雨が同時に降り注ぐことがありますが、王妃様の
微笑みと涙はそれに似て、それ以上の美しさ。
豊かな唇に遊ぶ幸せな微笑は、目にどのような
来客があるのか知らないようで、目から去る客は
ダイヤから真珠が落ちるように雫（しずく）となりました。
要するに、悲しみほど愛（いと）おしい美はないでしょう、
誰でもあれほど似合うのであれば。

ケント伯　何かお尋ねには？

紳士　確かに一、二度、お父上の名前を
胸から押し出すようにあえぎながら仰(おっしゃ)って、
「お姉様方、お姉様方、女の恥です、お姉様方！
ケント！　お父様！　お姉様方！　嵐の中？　真夜中に？
そんなこととても信じられない！」と叫ばれると、
聖なる水を、その神々しいお目から振りまいて、
叫びを鎮められました。それから、お一人で
悲しみに耽(ふけ)りにお出になりました。

ケント伯　　　　星だ。
我らが頭上の星々が、我らを支配するのだ。
さもなければ、同じ夫婦から生まれた子供で、
これほどちがうはずがない。その後、話されなかったのか？

紳士　ええ。

ケント伯　それはフランス王ご帰国の前のことか？

紳士　　　　　　いえ、あとです。

ケント伯　実はな、お気の毒にご病気のリア王が町におられるのだ。
調子がよいときは我らがなぜここに来たのか
おわかりになるのだが、どうあっても
姫にお会いになろうとなさらない。

紳士　なぜですか？
ケント伯　国王としての恥が邪魔するのだ。かつて
つれなくも姫を勘当し、外国の厄災へと
追い払い、姫の当然の権利を
犬の心を持つ姉たちに与えてしまった——そうしたことが
お心を激しく苛み、燃えるような恥のせいで
コーディーリア様にあわせる顔がないとお考えなのだ。
紳士　ああ、お気の毒に！
ケント伯　オールバニ公やコーンウォール公の軍隊については、お聞きではないか？
紳士　そうでした。既に出陣しました。
ケント伯　では、あなたをわが主人リアのもとへご案内しよう。
どうかお世話を願いたい。私は理由あって
しばらく素性を隠していなければならんのだ。
私が身分を明かせば、このように知り合いになったことを
よかったとお思いになるはずだ。どうか、さあ、
一緒にいらして下さい。

二人退場。

㉕147ページ（第四幕第五場）

リア　目玉で庭の如雨露にするか。
そうだ、そして秋の土埃を鎮めよう。

紳士　陛下。

リア　わしは立派に死ぬぞ。花婿のように。なんだ？

㉖155ページ（第四幕第六場）

紳士　今は落ち着いていらっしゃるはずです。

コーディーリア　わかりました。

医師　どうかお近くへ——音楽をもっと大きく！

コーディーリア　ああ、愛しいお父様、この唇に

※注記　QにはFに登場しない医師が登場する。Fでは医師の台詞はすべて紳士が言う。

㉗155ページ（第四幕第六場）

コーディーリア　打ちつける暴風にさらさせてよいものでしょうか！
恐怖で劈く雷に立ち向かわせるなんて？
天空を素早く切り裂いていく恐ろしい
稲妻の中を？　必死の歩哨のように一睡もせず、
こんな薄い御髪を兜替わりにして？　たとえ敵の犬であろうと、

㉘ 158ページ（第四幕第六場）

紳士　王の御乱心は収まりました。ですが、失った時を取り戻させようとするのは危険です。中へ入って頂きましょう。もう少し落ち着くまでそっとしておいてあげて下さい。

コーディーリア　陛下、奥へお入りになりませんか？

リア　辛抱してくれ。どうか、忘れて、赦(ゆる)してくれ。わしは老いて、愚かなのだから。

一同退場。ケント伯と紳士が残る。

紳士　コーンウォール公が殺されたというのは本当なのですか？

ケント伯　まちがいない。

紳士　公爵の軍はどなたが指揮を？

ケント伯　グロスター伯爵の私生児だそうだ。

紳士　伯爵の追放された息子エドガーは、ドイツにいるケント伯爵のもとへ行かれたとか？

ケント伯　噂など当てにならん。油断禁物の態勢になってきた。ブリテン軍が刻々と迫っている。

紳士　血みどろの決戦になりそうですね。さようなら。

ケント伯　わが人生を賭(か)けた狙いの矢、きっと的を射貫(いぬ)くさ。〔☆〕それとも射貫かぬか、決着つくのは今日の戦(いくさ)。〔☆〕

㉙ 160ページ（第五幕第一場）

リーガン　入りこんだんじゃないの？

私生児　そんなことを考えるもんじゃない。

リーガン　姉と身も心も一つに結びつき、姉のものになったんじゃない？

私生児　いや、名誉にかけて、それはない。

リーガン　姉には我慢できないわ。ねえ、あなた、姉と馴れ馴れしくしないでね。

私生児　大丈夫。

あいつとその夫の公爵は……

軍太鼓と軍旗とともに、オールバニ公、ゴネリル、兵士たち登場。

ゴネリル　〔傍白〕妹に負けてあの人をとられるくらいなら、この戦に負けたほうがまだましだわ。

オールバニ公　愛する妹。会えてうれしいぞ。聞くところによれば、王は娘御のもとへ行かれたという。我が国の厳しい政治に不満を抱く連中も

退場。

一緒だそうだ。私は自分に義があると思えなければ
勇気を奮えぬ男だが、この度のことは、
フランスがわが国を侵略する以上、仕方がない。
国王を助けようとして挙兵したわけではないのだから。
助けようとする者たちには正当な理由があるかもしれんが。

私生児　立派なお言葉だ。

リーガン　なぜそんな話をなさるの？

ゴネリル　力を合わせて敵と戦いましょう。
内々の諍(いさか)いについては
今問題にすべきことではありません。

オールバニ公　では、
将校たちと作戦について協議しよう。

私生児　すぐにご陣営にお伺いします。

リーガン　お姉様は私(わたくし)と一緒にいらっしゃらない？

㉚167ページ（第五幕第三場）

私生児　やるんだぞ。

隊長　荷車を引いたり、カラス麦を食ったりはできませんが、
人間の仕事であれば、やってみせます。

隊長退場。

㉛168ページ（第五幕第三場）

私生児　連れ出しましょう。今はまだ、我らも
汗も引かず、血を流したままだ。味方も
友を失っており、正義の戦いとはいえ、
その厳しさを感じる者は呪っている。
コーディーリアとその父親の問題は、
また今度話しましょう。

オールバニ公　失礼だが、

㉜171ページ（第五幕第三場）

オールバニ公　おい、伝令官！

私生児　伝令官、おい、伝令官！

オールバニ公　頼れるのは自分の力だけだぞ。
私の名において集めたおまえの兵は、私の名において
解散させたからな。

リーガン　ますます苦しくなる。

オールバニ公　具合が悪いようだ。私のテントに連れていけ。

伝令官、ここへ来てくれ。ラッパを吹いて、これを読みあげてくれ。

隊長 ラッパを鳴らせ！

伝令官 「わが軍内の身分ある者のうち、グロスター伯爵を名乗るエドマンドに対して、数々の謀叛(むほん)を犯したと告発する者あらば、ラッパが三度鳴るまでに現れよ。エドマンドは挑戦に応じる。」

私生児 鳴らせ！ もう一度！

三度目のラッパでエドガーが、ラッパ手を先に立てて登場する。

オールバニ公 あの者に尋ねよ。

㉝ 174ページ（第五幕第三場）

オールバニ公 その口をしめろ。さもないと、この手紙で封をするぞ。［　］※言いようのない悪党め、自分の悪事をここに読め。おっと破るんじゃない。どうやら見覚えがあるようだな。

ゴネリル だったらどうなの？ 法律はこっちの味方よ。誰に私を裁けるもんですか。

オールバニ公 あばずれめ、ええい。

ゴネリル　くどいわね、あるわよ。　退場。

この手紙に見覚えがあるのだな？

オールバニ公　追いかけろ。自暴自棄になって何をするかわからん。

※注記　四角で囲った部分にFテクストではHold, sirが入る。その解釈については脚注2参照のこと。ゴネリルの台詞の「くどいわね、あるわよ」と訳した原文はFのエドマンドの台詞と同じAsk me not what I knowである。

㉞178ページ（第五幕第三場）

オールバニ公　涙があふれそうだ。

エドガー　悲しみを愛さぬ者には、今ので
もう終わりにしたいところでしょう。しかし、もう一つ
あまりにも大きな悲しみをさらに大きくする
極めつきの話があるのです。
私が大声で嘆いていますと、男がやってきました。
私がどん底の状態にいるときに会ったことのある人で、
そのときは関わり合いになるまいとしていましたが、
嘆いているのが私だと見てとると、その強い腕で
私の首に抱きつき、天よ裂けよとばかりの大声を出して

父の遺骸（いがい）の上に身を投げました。そして、
その人がリア王とともに過ごした、実に悲しい、
これまで耳にしたことのないような物語をしてくれました。
語るうちにその悲しみは増し、命の糸が今にも切れやせぬか
と思えるほどでした。そのときラッパが二度鳴り響いたので、
気を失ったその人をそこに残してきたのです。

オールバニ公　それは誰なのだ？

エドガー　ケント伯です。追放されたケント伯です。
身をやつして、敵であるはずの王に従い、奴隷でさえ
恥じるような奉公をなさってきたのです。

紳士登場。

紳士　大変だ、大変だ。

㉟178ページ（第五幕第三場）

私生児　三人揃って、一度に婚礼か。

オールバニ公　二人の体を運んで来い。生死は問わぬ。
この天の裁きには、身が震える思いだ。
憐（あわ）れみは覚えぬ。

エドガー　ケント伯がいらした。

ケント伯〔がもとの姿で〕登場。

オールバニ公　ああ、ケント伯か？　礼儀から言えば

※注記　台詞（せりふ）の増減はないが、ケント伯登場のタイミングがちがうので、参考までに記した。

㊱184ページ（第五幕第三場）Ｆはここを削って二行追加（書き換え）

リア　そして、哀れな阿呆は首をくくられた。だめだ、生きていない。
なぜ犬や馬やネズミには命があるのに、
おまえは息をしないのだ？　おまえはもう戻らない。
もう二度と、二度と、二度と、頼む、はずしてくれ。
このボタンを。ありがとう。おお、おお、おお、おお！

クォート版になく、フォーリオ版で追加された台詞一覧

フォーリオ版で追加された約一二〇行は本文に訳出されているが、比較のためにここに抜き出して並べておく。クォート版にもある台詞は網掛けにして記す。但し、既に脚注に記した短い語句の追加については、ここで改めて記載しないものもある。

①9～10ページ（第一幕第一場）

リア　あらゆる苦労と実務とを若き力へ委ねる。
この身は重荷をおろして、死へと
にじり寄るつもりだ。わが婿コーンウォール、
そして、おまえ、等しく愛しい婿オールバニ、
将来のいさかいを避けるために、
今こそ、娘たちのそれぞれの持参金を
公表しよう。フランス王とバーガンディー公は、
わが末娘の愛を勝ち得んと競い合って、
わが宮廷に長く愛の滞在を続けていたが、
それも今、決着をつける。教えてくれ、わが娘たち、

（これより、政治も、領土の権利も、国家への気配りも、すべてこの身より脱ぎ捨てるがゆえ、）
おまえたちの誰が、わしを最も愛しているか。

②10ページ（第一幕第一場）

リア　陰深き森と、肥沃な荒野、
豊かな川と、広大な牧場つきで

③11〜12ページ（第一幕第一場）

リア　最後だが軽んずべきではないわが喜びよ、
その若き愛のためにフランスの葡萄とバーガンディーのミルクが
おまえの気を引こうと争っている。姉たちよりも
豊かな領土を引き出すために何と言う？　言え。

コーディーリア　言うことは何もございません。

リア　何もない？

コーディーリア　ございません。

リア　何もないところから何も出てきはせぬぞ。言い直せ。

④16ページ（第一幕第一場）

ケント伯　神々に誓っても無駄です。

リア　ええい、この下郎！　悪党め！

オールバニ公
コーンウォール公 ｝どうか、ご辛抱を。

ケント伯　医者を殺して、汚らわしい病気に

⑤26ページ（第一幕第二場）

私生児　なのになぜ下に見る？　妾腹（めかけばら）だ？　私生児だ？　卑しい？　卑しいか？

〔中略〕

親父の愛は、この私生児エドマンドにも、嫡男同様注がれているんだ。いい言葉だ、嫡男ってのは。

⑥29〜30ページ（第一幕第二場）

グロスター伯　そして、父と子の絆（きずな）にひびが入る。うちの悪党もその前兆の表れだ。父の命を狙う子の例だ。王も自然の道を踏みはずす。子を蔑（ないがし）ろにする父の例だ。昔はよかった。陰謀やら不誠実さやら裏切りやら、ありとあらゆる破滅的な混乱が、我々を死ぬまで追い立て、心が休まらぬ。この悪党を見つけ出せ、エドマンド、無駄骨は折らせぬ。

⑦31〜32ページ（第一幕第二場）

エドマンド　恐らく。父上のお怒りの勢いが少し収まるまでは、辛抱してじっとしていたほうがいい。私の部屋に隠れていて下さい。それから、うまいこと父上が話しているのが聞こえるところへご案内しましょう。さあ急いで。これが鍵（かぎ）です。外へ出るときは武装して下さい。

エドガー　武装？

エドマンド　兄さんのためを思って言うのです。

⑧46ページ（第一幕第四場）

リア　最も忌まわしい。

オールバニ公　どうか、ご辛抱を。

リア　〔ゴネリルに〕にっくき鳶（とんび）め、嘘をつけ！

⑨47ページ（第一幕第四場）

オールバニ公　陛下、お怒りの原因について私は何も存ぜず、罪はございません。

リア　そうかもしれぬ。聞け、自然の神よ、聞け、愛しい女神よ、聞いてくれ。

⑩ 49〜50ページ（第一幕第四場）

道化　だから阿呆は逃げるしかねえ。〔◎〕　退場。

ゴネリル　あの人にはきちんと忠告しました。騎士を百人？
百人もの武装した騎士を持たせておくなんて
大した安全策じゃない？　だって、ほんの些細な
気まぐれ、文句や気に入らぬことが
あるたびに、その耄碌を武力で守って
私たちの命を脅かせるんですもの。オズワルドったら！

オールバニ公　そりゃ、心配しすぎだ。

ゴネリル　信頼しすぎるよりましです。
心配な危害は取り除いておいたほうがいい。
いつまでも危害を恐れているよりも。父の心は読めています。
父が言ったことは妹へ手紙で知らせました。
そうしないほうがいいという私の忠告に逆らって
あの子が父とその百人の騎士を養うなら――

執事〔オズワルド〕登場。

ゴネリル　ああ、オズワルド。

妹への手紙、できているだろうね。

⑪54ページ（第一幕第五場）

リア　どうした。馬の準備はできたか？

⑫65ページ（第二幕第二場）

ケント伯　何なら、おまえが相手でもいいぞ、小僧。来い、その肉をそいでやる。

私生児　何だ、どうした？　離れろ！

⑬74ページ（第二幕第二場）

リア　絶対、ありえない。

ケント伯　絶対、そうなのです。

リア　そんなことをするはずがない。

⑭75～76ページ（第二幕第二場）

ケント伯　こうして受けているこの辱めにふさわしいとお考えになったのです。

道化　雁（かり）がこんな飛び方をするようじゃ、冬はまだ終わらないね。

〔歌う。〕親父（おやじ）が襤褸（ぼろ）着りゃ〔●〕

子は盲（めしい）〔□〕

親父が金持ちゃ〔●〕
子は優しい〔□〕
運の女神は節操がない〔■〕
貧乏人に戸は開かない〔■〕
とは言え、あんたは左団扇(ひだりうちわ)だ。娘の数だけ、腹に据えかね、たまりかね、どうにかならんかねって金(かね)が沢山貯(た)まるからね。

リア　ああ、ヒステリーがこの心臓を呑(の)み込もうとする！

⑮78ページ（第二幕第二場）

リア　わしがコーンウォール公夫妻と話したいというのだ。

グロスター伯　はい、陛下、そのようにお伝えしました。

リア　お伝えした？　わしが誰かわかっているのか、おい？

グロスター伯　はい、陛下。

リア　国王がコーンウォール公に話があるというのだ。親愛なる父親がその娘と話をしたいと命じているのだ！
それを「お伝えした」のか？　ああ、息が、血が！
火のような？　火のような公爵だと？　怒りの公爵に

⑯81ページ（第二幕第二場）

リーガン　よいところをわかっていないのではないかしら。

リア　　　　　　　　　　　　　　　　　　　　　え、何だって？

リーガン　お姉様が娘の務めを果たさなかったとは
思えません。かりにお姉様がお父様の
お付きの者たちの狼藉（ろうぜき）を抑えたとして、
それにはそれなりのきちんとした理由と目的があって、
お姉様の咎（とが）にはならないはずです。

リア　　　　　　　　　あんな娘、呪ってやる。

⑰91ページ（第二幕第二場）

グロスター伯　王はひどくお怒りだ。

コーンウォール公　　　　　　　　　どちらへ行かれた？

グロスター伯　馬をお命じだったが、どこへ行かれたかわからん。

⑱93ページ（第三幕第一場）

ケント伯　コーンウォール公爵とのあいだに不和が生じている。
どちらの家臣にも——誰でも偉大な地位に就けば、
そういうことが起こるのが常だが——家臣のふりをして

フランス側にわが国の情報を漏らす
スパイがいる。両公爵の憎悪から出た陰謀だとか、
かつてのお優しい王に対して両公爵がとる
荒っぽい態度など、見聞きしたことを逐一伝えている。
もっと深刻な話もあって、それを考えると、
こんなことは大した話ではなくなるだろうが――

紳士　もっと詳しく教えて下さい。

⑲ 98～99ページ（第三幕第二場の最後）

道化　淫売女（いんばい）の熱い血を冷ますにはもってこいの夜だぜ。行く前にひとつ予言をしとこう。

司祭の説教に中身なく、〔▽〕
薄めたビールに味がなく、〔▽〕
貴族が仕立て屋に流行指南、〔▼〕
異教徒焼かれず、身を焼く女難、〔▼〕
すべての裁判、不正を減らし、〔◎〕
騎士も家来も豊かな暮らし、〔◎〕
誰も悪口、口にせず、〔○〕
スリも人ごみで仕事せず、〔○〕

リアとケント伯退場。

金貸し、野原で勘定してる。〔●〕
淫売とヤクザが教会建てる。〔●〕
そんな日が来たら、すったもんだ。〔□〕
アルビオンの王国は大混乱だ。〔□〕
そんな時まで死なずにずっと〔■〕
生きてりゃ、足で、歩くよ、きっと。〔■〕
この予言は予言者マーリンに言わせよう。おいらはそれより前の時代の人間だからね。

退場。

⑳102ページ（第三幕第四場）

リア　いや、もう泣かんぞ。こんな夜に
わしを閉め出すとは！　降るがいい、耐えてみせよう。
こんなひどい夜に！　ああ、リーガン、ゴネリル、

㉑103ページ（第三幕第四場）

リア　考えずにすむのだ。だが、入るとするか。
入れ、ぼうず、おまえから。哀れな家なき子――
いいから入ってろ。わしはお祈りをしてから休む。

道化退場。

裸の惨めな者たち、どこにいるのか知らんが、

㉒103ページ（第三幕第四場）

リア　天に正義を示すことになろう。

エドガー　〔中から〕ひと尋半だ、ひと尋半！　哀れなトムだよ！

道化　入っちゃいけない、おじちゃん！　おばけがいる。助けて、助けて！

㉓112ページ（第三幕第六場）

リア　王だ！　王だ！

道化　いや、紳士を息子に持つ郷士だよ。だって、自分より先に息子を紳士にするなんて、気ちがい沙汰だろ？

リア　真っ赤に焼けた焼きごてを持って

㉔122ページ（第四幕第一場）

エドガー　最悪にいれば、笑いへと上昇する。だから、
この目に見えない空気を抱きしめよう。
おまえがどん底まで吹き飛ばしてくれた惨めな俺は
どんなに吹き飛ばされようと大丈夫だ。

グロスター伯と老人登場。

㉕ 145ページ（第四幕第五場）

リア　ローブと毛皮のガウンですっかり隠れる。罪を金でメッキすりゃ、
正義の強い槍（やり）も突けずに折れる。
襤褸で武装すりゃ、こびとの藁（わら）しべでも突き通せる。
この世に罪人はおらぬ。一人も、一人もだ。わしが保証する。
わしが請け合うのだ。告発者の口を封じる力を持つ
このわしが。ガラスの目玉を入れとけ。

㉖ 164ページ（第五幕第二場の最後）

エドガー　時が満ちるんだ。さあ、行こう。

グロスター伯　それもまた真実だ。

二人退場。

㉗ 169ページ（第五幕第三場）

リーガン　私の兵士、捕虜、全財産をさしあげます。
受け取って、この私も。この城門は開かれました。
この人をわが夫とすることを、全世界に

㉘170ページ（第五幕第三場）

オールバニ公　妻とこれはできているから。

ゴネリル　茶番はよして！

オールバニ公　武器は持っているな、グロスター。

㉙174ページ（第五幕第三場）

私生児　騎士道の掟(おきて)に従えば受けて立つ必要もない挑戦だが、逃げ口上など俺は軽蔑(けいべつ)し、はねつける。

㉚184ページ（第五幕第三場、Qの「おお、おお、おお、おお！」の代わりに）

リア　もう二度と、二度と、二度と、二度と、二度と！

頼む、このボタンをはずしてくれ。ありがとう。

今のを見たか。見ろ、ほら、唇だ。

ほら、見ろ。ほら、見ろ。

リアは死ぬ。

『レア王年代記』、トルストイ、オーウェルについて

本作の種本である作者不明の劇『レア王とその三人の娘ゴノリル、レイガン、コーデラの真の年代記』(*The True Chronicle History of King Leir, and his three daughters, Gonorill, Ragan, and Cordella*)(『レア王年代記』と略す)は、女王一座によって一五九〇年頃初演され、興行師ヘンズロウの日記に一五九四年四月六日と八日に女王一座とサセックス伯一座によるローズ座上演の記載がある作品。一五九四年五月十四日と一六〇五年五月八日の二度、書籍出版業組合に登録があり、初版が出たのは二度目の登録の直後である。

勘当されたコーデラ(Cordella)が変装のゴール王(フランス王)に惚れられるロマンス劇風展開や、レア王とペリラス(ケント伯に相当)が、長女ゴノリル(Gonorill)と次女レイガン(Ragan)に命を狙われてフランスへ逃げのび、変装したコーデラらに救われ、イングランドに上陸して、ゴノリルとその夫コーンウォール王やレイガンとその夫カンブリア王を追い散らして勝利するという結末が大きく異なるが、それ以外の筋はほぼ本作と同じである。

詩情に乏しいが、理屈にこだわる物語性の高さが、例えばコーデラに燃えるような恋のできる肉体を与えている。悲劇性はなく、コーデラとフランス王の愛の世界が強調され、フランス王の忠臣マムフォードが道化的役割を担って滑稽さも多く含まれるが、シェイクスピアの道化に相当する人物は登場しない。

トルストイは『リア王』より『レア王年代記』のほうが優れていると断じ、オーウェルに批判された。その論争の内容をよく理解するために、以下に、まず抄訳を交えながら『レア王年代記』の内容を確認したい。

第一幕　后(きさき)を亡くしたばかりの老レア王が引退を決意し、娘たちに王国を譲りたいと言うと、家臣スキャリジャーが「陛下をどれほど愛するかに応じて持参金を与える」ことを提案。王がそのような愛情テストをするという情報を前もって得た長女ゴノリルと次女レイガンは、美しくて求愛者の多い徳高い妹コーデラへの嫉妬(しっと)から、妹を困らせるためにも見え透いた追従を言おうと計画する。二人の追従が王を喜ばせたのち、コーデラが発言する番となる。レイガンの大仰なおべっかに対して、レア王とコーデラは次のような異なった反応をする。

レア王　ナイチンゲールもこれほど心地よい声で歌ったことはない。
コーデラ　おべっか使いがこんなひどい嘘を言ったことはない。
レア王　さあ、話せ、コーデラ、わが喜びを最大にしておくれ。
　その蜜(みつ)の唇からネクターを滴らせておくれ。
コーデラ　私は自分の務めを言葉で塗ることはできません。
私の行いを見て頂ければ、私がおわかり頂けるでしょう。
けれども、子が父に示すべき愛を、
私もまた陛下に抱いております。

ゴノリル こりゃまた、答えにならない答えね。
あんたが私の娘なら、とうてい我慢できないわ。
レイガン 高慢なクジャクさん、顔を赤らめたらどうなの？
お父様にそんなぞんざいな答えなんかして。
レア王 なんだと、おい、おまえはそんなに高慢になったのか？
わしが深く愛したせいで、おまえはこんなに横柄になったのか？
え、おまえの愛はわしに対してそんなに小さくなったのか？
それがどのようなものか言うことすらはばかられるほど？

怒ったレア王は王国をゴノリルとレイガンに分割し、コーデラを勘当する。なお、長女ゴノリルはコーンウォール王と、次女レイガンはカンブリア王と結ばれる予定となる。

第二幕 その後、コーンウォール王とカンブリア王がレア王の宮殿に到着。目通りを禁じられた末娘の姿は、この数日見られていない。それまで沈黙を守ってきたペリラス（ケント伯に相当）がここでようやくコーデラの弁護をしようとすると、レア王が怒る——

レア王 命が惜しくば、それ以上言うな。
あれはわが娘ではないのだ。父親に
どれほど愛しているかを言うのを拒むとは。

あれのことを再びわしに話した者は、
わが敵とみなすから、そう心得よ。

変装したゴール王（フランス王に相当）は、お針子として暮らそうとするコーデラに出会い、恋に落ちる。コーデラはその愛を受け入れ、そののちに相手が王であることを知る。

第三幕　ペリラスは、長女と次女が王からもらえるものがあるときはへりくだっていたのに、もらうものがなくなるとひどい仕打ちをすると語る。長女が父の無益な出費をこぼすと、スキャリジャーが「王への手当を半減すれば、ゴノリル様のありがたさがわかるだろう」と助言する。その案にゴノリルが喜ぶと、スキャリジャーは一人になってからゴノリルを毒蛇のような女と罵る。ゴノリルから追い出された王は、このような仕打ちを受けるとは、この罰に値するひどい罪を自分は犯したにちがいないと言って「死んでこの悲しみを終えたい」と願う。ペリラスが王を慰めて理由（reason）という語を口にすると、王は次のように答える。

レア王　いや、理由を語るなら、黙っていてくれ。
ちゃんとした理由でおまえを論破できるからな。
〔中略〕
どんな理由につき動かされてわしを哀れに思うのだ？

王は次女であれば自分に優しくしてくれるだろうと考え、ペリラスとともに次女のもとへ向かう。カンブリア王妃となって自由気ままな暮らしを満喫していたレイガンは、姉の意志が父王に抑えつけられていると聞いて、自分がそんなことをされたら父を追い出してしまうと考える。一方、長女は、王が次女のもとへ行って「私を非難して喚きたてたら困る」と考え、「王がひどいことをし、私たち夫婦の仲を裂き、国民の叛乱を促した」と嘘の手紙を書き送る。

第四幕　父を思って祈りを捧げるコーデラ。一方、カンブリアの王宮へ向かう道を、ふらふらになったレア王がペリラス（追放されていないので、変装もしていない）に支えられながら歩いている。レイガンは愛想よく迎えるが、「王は姉への不満から姉のところを黙って逃げ出してきたのだろうが、悪いのは王のほうなのだ」と考え、ここに来たことを後悔させてやろうと悪意を抱く。そのあと姉からの手紙を使者から受け取り、そこに書かれた嘘を信じて、悪党である使者に王とペリラスの殺害を命じる。

使者は王とペリラスと出会い、おまえの子供がおまえの死を求めていると王に告げる。王は、自分が末娘にした仕打ちをすっかり後悔しており、コーデラが自分の死を願うのであろうと誤解するが、使者は「おまえを殺せと俺に命じたのは、ゴノリルとレイガンだ」と言う。王は驚いてその証拠を見せろと迫る。使者は天に誓ってもいいし、地獄と悪魔に誓ってもいいと言う。王は、「地獄にかけて誓ってはいけない。そんなことをしたら地獄は大きな口をあけておまえを呑み込むだろう」と言う。このとき、この劇中ただ一度、雷鳴と稲妻が走り、使者は怯える。使者はレイガンが書いた殺害命令書を見せる。だが、ペリラスが「おまえが王を殺したのち、世間に知られるのを恐れてレイガンはおまえも殺すだろう」と言うと、怯えた使者は犯行を諦めて立ち去る。

第五幕 カンブリア王（オールバニ公に相当）は后レイガンの思惑を知らず、行方不明の王を心配する。ゴール王の大使がカンブリアにやってくるが、レイガンはコーデラへの憎悪から大使を打擲する。ペリラスは「こうなったらコーデラ様を頼るしかない」と王を説得し、王は自分のしたことを後悔しながら、末娘のもとへ旅を続け、水夫と服を交換して、ふらふらになりながら歩いていく。王を心配して田舎者に変装して旅に出てきたコーデラとゴール王は、レア王の次のような嘆きを耳にする。

レア王 ああ、ゴノリル、わが王国の半分を与えたがゆえに
おまえはこの命を狙うのか？
ああ、残酷なレイガン、おまえにすべてをやったというのに、
わが血も与えなければ十分でないのか。
ああ、哀れなコーデラ、おまえには何もやらなかった。
これからも何も与えることはできぬのか？
〔中略〕
コーデラ ああ、わが気高いお父様が、このような
悲惨な目に遭われているのを生きて目にすることになろうとは。

コーデラ夫妻はレア王たちに食事を与え、王は変装した女が末娘だと気づかずに、これまでの身の上話を語る。コーデラは涙してその話を聞く。レア王は、自分がつれなくした末娘を頼るしかないが、自分に優しくしてくれるだろうかと不安だと語る。すると……

コーデラ　もちろん優しくします。誓ってそうします。

レア王　娘のことを知らないのに、どうしてそんなことを言う？

コーデラ　私自身、ここから遠く離れたところに父がおり、あなたが娘に対してなさったようなひどい仕打ちを私にしました。ですが、立派な父に一目会うためなら、私は這ってでも会いに行き、父の前に跪きます。

レア王　ああ、わしの子供以外に、親につれない子供などいない。

コーデラ　悪い娘がいるからと言って、すべての娘を否定しないで下さい。でも、見て下さい、お父様、見て、ご覧になって、あなたの愛する娘があなたに話しかけているのです。（跪く）

レア王　ああ、立ちあがってくれ。跪いて、かつての罪の赦しを乞うべきはわしなのだから。（跪く）

コーデラ　ああ、私が息をし続けるのをお望みであれば、お立ち下さい。でないと、私は死んでしまいます。（王は立つ）

レア王　では立とう。おまえの願いなのだから。
だが、赦しが得られるまで、また跪こう。（跪く）
コーデラ　赦します。こんな言葉は私にふさわしくないけれど。
でも、立って頂きたいから、そう申します。
お父様は私に命をお与えになりました。今の私がいるのは、
お父様のおかげです。お父様がいなければ、私もおりません。

このあとコーデラも跪いてレア王の赦しを願い、互いに赦し合う。
一方、父親殺害を命じたレイガンは、使者が行方不明になったことに不安を感じ、悪事がばれやしないかと怯える。やがてゴール王に助けられたレア王はゴノリルとレイガンと対峙し、ゴノリルは「私たちがお父様の死を求めたなどという人は嘘つきだ」と白を切り、コーデラは面と向かって「恥知らずのお姉様方」と責める。レア王はゴノリルに「この手紙を知っているか」と殺害命令書を突きつけると、ゴノリルはそれをひったくって破り捨てる。そのあと戦争になり、カンブリア王とコーンウォール王は敗退し、ゴール王とレア王が勝利し、レア王はコーデラの愛に感謝し、ペリラスの忠誠に感謝して復位して終わる。

以上が、『レア王年代記』の内容であり、長女と次女はシンデレラの嫉妬深い姉たちのような意地悪で、清い心を持つコーデラは忍耐強くそれに耐え抜き、やがてはめでたしめでたしとなるという御伽噺の設定である。次に、トルストイの言葉をその著書 *Tolstoy on Shakespeare*

(1906) から、問題となる箇所のみ訳出する。

古い劇では、レアが王座を退くのは、后を失って、自分の魂を救うことだけを考えるようになったからだ。王は娘たちにどれほど自分を愛しているか尋ねる——それというのも、お気に入りの末娘を自国にとどめておこうと画策したからだ。上の娘たちは嫁ぎ先が決まっているが、末娘はレアが提案する隣国の求婚者たちと愛のない結婚をしたがらないため、彼女がどこか遠くの国の君主と結婚しやしないかと恐れていたのだ。

王が考えた画策とは、その廷臣ペリラス（シェイクスピアのケント伯）に王が語るとおり、コーデラが姉たちと同様にあるいはそれ以上に王を愛していると言うだろうから、そのときに王は、王が指定するブリテン国内の王と結婚してその愛情を証明せよと命じるというものだ。こうしたレアの行動のあらゆる動機が、シェイクスピアの劇には欠落している。それに古い劇では、レアが娘たちに父親への愛情を語らせるとき、コーデラは、「父親にすべての愛を捧げることはできず、結婚したら夫も愛する」などというシェイクスピアが言わせた妙な理屈をこねず、ただ、自分の愛情を言葉で表現することができないから、行動で示したいと言うのである。ゴノリルとレイガンはそんな答えは答えになっていないと言い、お父様はそんな白けた返事を黙ってお受けになりはしないと言う。つまり、シェイクスピアに欠けているもの——すなわち、末娘を勘当するに至ったリアの怒りの説明——が、古い劇には存在するのだ。レアは、自分の計画が失敗したことにうろたえ、長女や次女たちの毒舌で一層いらつく。長女と次女のあいだで王国を分割したのち、古い劇では、コーデラとゴール王の場面が展開し、シェイクスピアの描く色彩のないコーディーリアとはちがって、とてもはっきりとした、真心のある、優しく献身的な末娘の魅力的な性格が描かれる。〔中略〕古い劇には、嵐もなければ、白髪をかきむしることもなく、ただ悲しみに打ちひしがれた、弱っておとなしくなった老人レアが、その死をさえ望む娘たちに追放されるのみだ。古い劇では長女らに追い出されたレアは最後の頼みとして、ペリラスとともにコーデラのもとへ行く。追われたリアが嵐の中で荒れ地をさまようという不自然な展開ではなく、古い劇ではレアはペリラスとともに、フランスへ旅をし、とても自然なことに最終目的地へ着き、海を渡るために自分たちの服を売り払い、漁師の恰好をして、冷え切って飢えて、コーデラの家へ近づく。ここでも、シェイクスピアが描くような道化とリアとエドガーのわけのわからない喚き合いではなく、古い劇では自然な親子再会となる。コーデラは、幸せな結婚をしたにも拘わらず、ずっと父親のことを悲しんでいて、父親にひどいことをした姉たちをお赦し下さいと神に祈っており、ひどく窮乏した父親に出会うと直ちに自分の正体を明かしたいと思うのだが、弱った父親の精神状態を心配した夫がそうしないほうがいいと忠告する。彼女はその忠告を受け入れ、自分の正体を明かさないままレアを自宅に保護する。レアは次第に回復し、ようやく娘は父親に、あなたは誰で、これまでどうやって生きてきたのかと尋ねる。〔中略。このあとトルストイは、245〜246ページに訳出したコーデラが自分の正体を明かすところのレアとの対話を引用して次のように結論づける。〕

　このすばらしい場面に匹敵するようなものが、シェイクスピアのドラマにあるだろうか。この意見がシェイクスピア崇拝者にどれほど奇妙に思えようと、この古い劇はどこをとってもシェイクスピアによる翻案よりも比較にならないほど優れている。第一に、悪党エドマンド、実在するとは思えないグロスター、そしてただ人の注意を攪乱(かくらん)するだけのエドガーといったまったくうすっぺらな人物など、古い劇には登場しない。第二に、リアが荒野を走り回ったり、道化と話したり、ケントやエドガーの正体が見破られないというありえない変装だの、どんどん人が死んでいくといったまったく嘘っぱちの「効果」など古い劇にはない。とりわけ、この劇には、素朴で自然で、実に感動的なレアの性格があり、さらに感動的でよりくっきりとしたコーデラの性格があるが、そのどちらもシェイクスピアにはない。だから、シェイクスピアが描くリアとコーディーリアの長ったらしい場面や、コーディーリアの不必要な殺害などの代わりに、古い劇にはレアとコーデラの秀逸な会話があり、これはシェイクスピアの劇すべてをひとまとめにしてもかなわないものだ。

古い劇のほうがより自然な結末になっており、ゴール王が長女と次女の夫たちを制圧し、コーデラは殺される代わりにレアを元の王位に復位させるという、観客の道義的要求に応(こた)えるものとなっている。

以上が、トルストイによる論の部分的な紹介である。全文は、中村融(とおる)訳「シェイクスピア論および演劇論」(『トルストイ全集　17　芸術論・教育論』河出書房新社、一九七三)を参照されたい。これに対して、ジョージ・オーウェルは一九四七年三月発行の雑誌 *Polemic*, No.7 に 'Lear, Tolstoy and the Fool' と題した文を発表した。こちらは鈴木建三訳「リアとトルストイと道化」(『オーウェル著作集Ⅳ』平凡社、一九七一)と鈴木建三訳「リア王・トルストイ・

道化」（川端康雄編『オーウェル評論集2（水晶の精神）』平凡社、一九九五）の翻訳がある。
オーウェルの論の一節を私の訳で引用・紹介する。

トルストイは、それから『リア王』の筋を追っていき、『リア王』はどこもかしこも馬鹿げていて、冗長で、不自然で、意味不明で、大仰で、下品で、つまらなく、信じられない出来事がつまっていて、「狂った喚き」や「無慈悲な冗談」や時代錯誤、無関係なもの、猥褻さ、使い古された舞台の約束事、そのほか道徳的かつ審美的な欠点だらけだと言う。いずれにせよ、『リア王』は、もっとすぐれたそれ以前の作者不明の劇『レア王』の盗作であり、それをシェイクスピアは盗んでひどい作品にしてしまったと言う。トルストイの論調を示すために一節を例として引用してみよう。第三幕第二場（リアとケント伯と道化が一緒に嵐の中にいる場面）は、このように要約される。

リアは荒野を歩き回り、その絶望を示すことになっている言葉を言う。すなわち、風がその頰を裂くほど強く吹きつけ、雨が何もかも水びたしにし、稲妻が自分の白鬚を焼け焦がし、雷が世界をぺしゃんこにして、「恩知らずを生み出す」あらゆる種を破壊せよと言うのだ！　道化はさらに意味不明のことを言い続けている。ケント伯が登場。リアはどういうわけか、この嵐の中であらゆる犯罪者を見つけ出して処刑を宣告すると言う。ケント伯はまだその正体をリアに気づかれておらず、掘っ立て小屋に避難してもらおうと頑張る。このとき道化がこの状況にまったく無関係な予言を口にして、全員退場する。

トルストイが『リア王』に対して下す最終的判決は、頭がくらくらしていない観察者であ

れば、そんな観察者がいたらの話だが、これを最後まで読んで《嫌悪と疲労》を感じないではいられないというものだ。〔中略〕

トルストイは、嵐など不必要だと抗議し、道化などただの退屈な厄介者であってひどい冗談を言わせるための口実でしかないと切り捨て、コーディーリアの死はこの劇の道徳性を奪うと考えて反対する。トルストイによれば、シェイクスピアが翻案した古い劇『レア王』のほうが、

> シェイクスピアの劇よりも観客の道徳的要求を満たす形でより自然な結末となっている。すなわち、ゴール王が長女と次女の夫たちを制圧し、コーディーリアは殺されるのではなく、レア王を元の王位に戻すのだ。

言い換えれば、悲劇は喜劇であるべきだった。あるいはメロドラマであるべきだったということだ。悲劇性が神への信仰と両立し得るものかは疑問だが、いずれにせよ、人間の威厳への不信や、美徳が勝利しなかったときに裏切られたと感じる《道徳的要求》と両立しないことは確かだ。悲劇的状況とは、美徳が勝利せず、それでも人間を破壊する力より人間の方が気高いと感じられるときに存在するものである。おそらく、トルストイが道化の存在に正当性を見いだせなかったのは重要だろう。道化こそ、この劇の核だからだ。ほかの人物よりも知的にコメントすることで主たる状況を明確にするただのコロス的役割を果たしているのではなく、リアの狂気の引き立て役となっているのだ。冗談やなぞなぞや小唄を口にして、単なる嘲笑から一種の憂鬱な詩（「それ以外の肩書をあんた、やっちまったからね。持って生まれた肩書しかない」）に至るまでさまざまな手を使っていつまでもリアの高潔な愚行を

> 揶揄するのは、この劇から滴り落ちる正気のようなものであり、ここで演じられる不正や残酷さや陰謀や欺瞞や誤解にも拘わらず、どこかほかのところで人生はいつものように続いていることを教えてくれる存在となっている。トルストイが道化に我慢ならなかったことで、トルストイとシェイクスピアとのあいだのさらに深い論争が垣間見える。トルストイは、シェイクスピアの劇の粗削りさを嫌がっているのだ。つながりのなさ、信じがたい筋、誇張された言葉遣いに抗議しているのである。それももっともなところもあるが、根のところでトルストイが恐らく最も嫌っているのは、一種の横溢さであり、実際の人生の喜びを描こうというよりは、人生そのものをただ描こうとしているところではないだろうか。〔中略〕明らかにトルストイは、混沌としていて、詳細で、話があちこちに飛ぶシェイクスピアのような作家には我慢がならないのである。その反応は、うるさい子供に悩まされる短気な老人のようなもので、『なんだってそんなに飛び跳ねるんだ。私のようにじっとしていられないのか？』というわけだ。ある意味で老人は正しいが、問題は、老人が失ってしまった感覚が子供の五体にあるという点だ。老人がそんな感情をかつては自分も感じたとわかっていればいるほど、なおさらいらいらはつのるばかりだ。

このようにオーウェルは、『リア王』を分析しつつ、トルストイの批判の不当性を主張しながら、トルストイ自身がリアとそっくりだったからこそ、多数あるシェイクスピア作品の中からことさら『リア王』を攻撃したのではないかと穿った指摘をする。また、トルストイの主張は誤解に基づいており、引用する際にも言葉や意味合いを変えたりしていると指摘し、そもそも英語の詩の響きが外国人の耳には聞き取れないのではないかということも示唆している。

以上が紹介である。以下、私のコメントを加えておきたい。オーウェルの指摘するとおり、シェイクスピアの横溢さ、混沌、つながりのなさ、誇張された言葉遣いといったものが、トルストイのよしとする整合性や一貫性と相反するがゆえに、この対立は起こったと言えよう。後者が拠って立つ近代性は、詳細な整合性に基づく物語性の基盤となる。その一貫性（つながり）への信念があるからこそ、トルストイの長編は生まれたと言えるのではないか。ところが、シェイクスピアは、それをあっさり否定する。人間はいつどうなるかわからないと放り出す。『リア王』は、「我々人間は神々にとって、いたずら小僧の蠅のようなものだ。／戯れに殺される」という台詞に象徴されるように、近代的主体性が最も激しく否定される作品だからこそ、トルストイは最も過激に反応したのではないだろうか。

こうして比較すると、『リア王』の特徴がくっきりと浮かびあがってくる。シェイクスピアは原作『レア王年代記』にあった整合性をできるかぎり削ぎ落としたのである。原作にあった后の死への言及も、愛情テストをするレア王の真の動機（コーディーリアが遠い異国に嫁がないようにしたかった）も、愛情テストを思いつく経緯（スキャリジャーという家臣による提案）も一切カットして、いきなり王国分割と愛情テストから始めている。

『レア王年代記』にあった詳細な説明が一切省かれるのだから、当然「いきなり感」が強くなり、トルストイの問題視する「わけのわからなさ」が強調される。スキャリジャーから前もって愛情テストの情報を得たゴノリルとレイガンが「これを機会に妹に復讐してやろう」と考え、「あの耄碌した父に、父が望むどんな相手とも結婚しますと言ってやれば、コーデラはどんな苦しい立場に立たされることか」と相談している経緯も伝えられないのだから、愛情テストの際に何が起こっているのかわけがわからなくなる。

だが、この「わけのわからなさ」こそ、コーディーリアが経験することではないだろうか。父がどんなつもりでこの愛情テストを行うのかも知らず、姉たちがどんな相談をしたのか、あるいはしなかったのかも知らない。いきなり宮廷に呼び出されると、父が退位を発表し、「どれほど父を愛しているか言え」と言われる。シェイクスピアは、観客をコーディーリアと同じ立場に立たせようとしたのではないだろうか。

別な言い方をすれば、シェイクスピアは *in medias res* という、物語の途中から語り出す手法を好み、いきなり観客を出来事の中へ放り込む。なにしろ、『リア王』は急転(ペリペティア)によって愛から憎悪へ、王から浮浪者へと、最高から最低へ突然落ち込むときに人間がどうなるかを描くドラマなのである。ゴネリル自身が「年をとって随分気が変わりやすくなったわね。……ずっと妹を一番かわいがってたのに、あんなことで勘当してしまうなんて、ひどいもんだわ」と言うように、最愛の末娘がじょうずに返事をできなかったからと言って勘当してしまう展開が「ひどいもんだ」という点は否定しようがない。シェイクスピアは、そうした「わけのわからなさ」は実人生に起こり得るものであると考え、そこをいちいち説明したりしない。

トルストイの物語性は作家の視点に拠って立つところが大きいが、シェイクスピアはそうした作家の視点を持たないように努め、個々の登場人物の心の中に降り立とうとする。狂乱のリアが口走る言葉に整合性があっては「狂乱」を描くことにはならない。しかし、だからめちゃくちゃでかまわないというわけではない。発狂したリア王の言葉を聞いたエドガーは、「意味のあることとないことが混じって、／狂気の中にも理性がある」と言うが、これは『ハムレット』で狂乱のオフィーリアの言葉を聞いた兄レアーティーズが「狂気の中にも教えがある」と言う台詞とも呼応し、「わけのわからなさ」の中に意味がある、あるいは混沌の中に人間として生きる姿があるということを示唆しているのではないだろうか。

どんなにまともに生きているつもりでも、人間である以上は愚かさを抱え、わけのわからない部分を秘めている——それがシェイクスピアの人間像だ。これに対してトルストイは、欲望し活動する近代的主体の精神世界を信じている。平たく言えば、理性を失っては、人間としての自律性を保てなくなってしまうということであり、トルストイにとって「狂気の中に理性」など見いだせるはずがないのだと言い換えてもいいだろう。

シェイクスピアはハムレットの独白によって近代的主体を初めて描いた作家だが、同時に近代的主体の脆弱性(ぜいじゃくせい)をも暴いてみせる。トルストイにとってそれが耐えがたいことは、容易に想像がつくことではないだろうか。

現在、トルストイとオーウェルの論争が顧みられなくなった理由は、『リア王』以上に「わけのわからなさ」を強調する不条理演劇が頻繁に上演されるようになったからだろう。ヤン・コットの『シェイクスピアはわれらの同時代人』(蜂谷昭雄・喜志哲雄訳、白水社)は、『リア王』とサミュエル・ベケットの『勝負の終わり(エンドゲーム)』を同列に論じてみせる。

ベケットとシェイクスピアには明らかに共通の通奏低音がある。たとえば、死を望むグロスター伯が自死ではなく、自然の死を待つよりほかないと諦(あきら)めるが、それは『ゴドーを待ちながら』のヴラディーミルとエストラゴンの生き方にほかならない。

ただし、ベケットとちがってシェイクスピアには強烈な愛の発露がある。その愛があまりにも大きすぎるとき、「裏切られた」という思いも強烈なものとなる。嵐によって表現されるその激しさの中には、強い愛への思いとその欠如によって生じる痛みとの両方があるのであって、それゆえにこそリアは咆哮(ほうこう)するのである。

訳者あとがき

『リア王』には、一六〇八年出版の四折版（クォート版＝Q）と一六二三年の最初のシェイクスピア戯曲全集（フォーリオ版＝F）の二つの古い版本があり、フォーリオ版ではクォート版の約二八五行がカットされ、代わりに約一二〇行が加筆されている。二十世紀半ばまでは二つの版本を合わせた折衷版が現代版として編纂され、翻訳もそうした現代版からなされていた。折衷版にはクォート版からカットされた台詞が復活されたうえ、フォーリオ版で加えられた台詞も取り込むので、ただでさえ長い芝居がさらに長くなり、しかも最後の台詞をオールバニ公が言うのか（Q）、エドガーが言うのか（F）という点については、どちらか一方に決めるしかないという問題があった。

ちなみに、一九〇八年に出版されたH・H・ファーネス編纂の詳注版をはじめ、ケネス・ミュア編アーデン版第二シリーズ（一九五二）、G・K・ハンター編のペンギン版（一九七二）といった折衷版は、最後の台詞はエドガーに言わせている。

邦訳においては、小田島雄志訳（一九八三）と三神勲訳（一九七三）が最後の台詞をオールバニ公に言わせているのを例外として、戸沢姑射訳（一九〇六）以下、坪内逍遙訳（一九一九）、斎藤勇訳（一九四八）、福田恆存訳（一九六七）、大山俊一訳（一九七三）、木下順二訳（一九七四）、松岡和子訳（一九九七）、野島秀勝訳（二〇〇〇）、安西徹雄訳（二〇〇六）がエドガーの台詞としているが、いずれも折衷版から訳されている。フォーリオ版に基づく大場建治訳（二〇〇五）のみが本書と立場を同じくする。

一九七〇年代になると本文批評が発展し、フォーリオ版は実はクォート版の改訂版であり、二つは別々の作品として捉えるべきであって、どこにも存在することのなかった折衷版を作るのはまちがっているとの議論が活発になり、その議論はマイケル・J・ウォレン、ゲアリー・テイラー編纂の研究書『王国の分割――シェイクスピアの『リア王』の二つの版』―― Gary Taylor and Michael Warren, eds, *The Division of the Kingdoms: Shakespeare's Two Versions of "King Lear"* (Oxford: Clarendon Press, 1983) ――に集約され、ついにオックスフォード版シェイクスピア全集（一九八六）では『リア王の悲劇』（F）と『リア王の物語』（Q）の二つを別々の戯曲として収めた。日本でも、三神勲の『異版対訳リア王』（一九九〇）、石ヶ守論邦の『リア王　クォート版とフォリオ版を読む』（二〇〇七）などが出た。

フォーリオ版の題名が『リア王の悲劇』であるのに対して、クォート版のタイトル・ページには長い題名が記されている。すなわち『ウィリアム・シェイクスピア氏、そのリア王と三人娘の真の年代記。グロスター伯爵の嫡男エドガーの不幸な人生と彼が扮するベドラムのトムの不機嫌な気質とともに』(M. William Shak-speare: HIS True Chronicle Historie of the life and death of King LEAR and his three Daughters. *With the vnfortunate life of* Edgar, *sonne* and heire to the Earle of Gloster, and his sullen and assumed humor of TOM of Bedlam) である。これは明らかにシェイクスピアが依拠した作者不明の劇『レア王とその三人の娘ゴノリル、レイガン、コーデラの真の年代記』(*The True Chronicle History of King Leir, and his three* daughters, Gonorill, Ragan, and Cordella）の題名を真似たものだ。ただし、クォート版を一ページめくると、冒頭に「ウィリアム・シェイクスピア氏、そのリア王の物語」（M. William Shak-speare HIS Historie, of King Lear）とあるため、シェイクスピア学者たちはクォート版の題名を『リア王の物語』（*The History of King Lear*）と呼び慣わしている。

今日では、『リア王の悲劇』と『リア王の物語』はそれぞれ別個に作品としての一貫性がある二つの作品と考えるのが定説になっており、ケンブリッジ版は、フォーリオ版に基づく版（一九九二）と、クォート版に基づく版（一九九四）をどちらもジェイ・L・ハリオ編で別々に出版し、スティーブン・グリーンブラット監修ノートン版シェイクスピア全集（一九九七、第三版二〇一六）も二つを別作品として収録している。ケネス・ミュア編アーデン版第二シリーズ（一九五二）は折衷版の定番だったが、第三シリーズ（一九九七、再版二〇〇一）のR・A・フォークスは、折衷版を踏襲しつつも、QとFのちがいがわかるようにテクストにQとFの小さな記号をつけ、Qを書き直したのがFであるというスタンスをとっている。また、二〇〇〇年に出たスタンリー・ウェルズ編のオックスフォード版は、Qを底本としているため、タイトルも *The History of King Lear* となっている。

こうした学界の趨勢に基づき、本書では改訂後の『リア王の悲劇』（F）を翻訳し、『リア王の物語』（Q）との異同については脚注に記し、削除された部分については巻末に訳出した（198ページ以降）。また、Fの主な加筆部分も226ページ以降にまとめたので、どのような改訂が行われたかは、それらを比較すれば明確になるはずである。

改訂によって大きく変わった最も重要な点は、Qでは、その種本『レア王年代記』に似てゴネリルとリーガンという二人の娘が御伽噺（おとぎばなし）に出てくるような類型的な悪女であったのに対して、Fでは二人がより人間的に描かれ、作品の深みが増したところである。不要な部分がカットされて展開がスピードアップし、Qが抱えていた矛盾・問題も解消されている。Qは古い『レア王年代記』の御伽噺的世界により近く、Fの方がより現代的な作品になっていると言えよう。

二〇一六年にシェイクスピア研究の泰斗サー・ブライアン・ヴィカーズがこの学界の常識を覆そうとして衝撃的な本――Brian Vickers, *The One "King Lear"* (Harvard University Press, 2016)――を出版し、『リア王』はひとつあるのみで、二つあるなどというのはナンセンスだと喝破した。ヴィカーズと言えば、六巻本の『シェイクスピア批評大全』（*Shakespeare: the Critical Heritage*, 1974-81）の編者であり、重要な研究書――*Appropriating Shakespeare*（1993）や*Shakespeare, Co-author*（2002）など――を何冊も書き、その学識によりサーの称号を得た大人物であるため、この反撃は学界を驚愕（きょうがく）させた。私も拝読したが、その要点をまとめれば、Qの『リア王』は非常に優れた作品であって改訂すべきところなどどこもなく、カットしたのは印刷業者と劇団関係者であってシェイクスピアではないというのがその主旨だった。カットに一貫性があることはヴィカーズも認めている。

改訂のすべてがシェイクスピアの判断によるものかは確かにわからない。演劇の現場にいれば台本を修正する必要が出てくるのは少なくとも現代では当たり前であり、出演者からの希望や要請に応じて変更することもあったかもしれない。その意味で改訂前・改訂後もどちらも『リア王』であって、わざわざ二つの別の作品のような言い方をしなくてもいいというヴィカーズの主張は認められるべきかもしれない――『リア王』のうち二八二五行はQとFに共通であり、九割がた同じ台詞がある作品がどうして「ちがう」作品なのだ、というヴィカーズの言い方には微笑まずにはいられない。ただ、一貫性のあるカットに対応する効果的な加筆もあり、そこにはシェイクスピアと同じ才能と世界観を持つ者の意図が働いていたと結論せざるを得ず、改訂前と改訂後はちがっているというのが、上記のマイケル・J・ウォレン、ゲアリー・テイラー編纂の研究書『王国の分割』の結論であり、説得力がある。そして、どういうわけかヴィカーズはその本の中でアーデン第三シリーズのR・A・フォークスの仕事に言及していないのだが、フォークスの詳細な注釈を見ても、如何に効果的な改訂が行われてFができあがっているか納得できる。本書でも、脚注や巻末の抜粋をお読み頂ければ、なるほど効果的な改訂が行われたとおわかり頂けるように努めたつもりである。

種本・題材

最も重要な種本は、239ページに紹介した作者不明の劇『レア王年代記』である。

シェイクスピアが頻繁に利用したホリンシェッド著の歴史書『イングランド、スコットランド、アイルランド年代記』（一五七七）にも、古代ブリテンの王リアの物語の記載があり、そこではコーディラ（コーディーリア）は愛情テストにこう答えている――

「お父様がいつも私に対して抱いてくださっている大きな愛と父親としての熱意を存じておりますれば、申しあげたいと思います、これまでお父様を愛して参りましたし、（この命が続くかぎり）わが実の父親としてずっと愛して参りたいと。そして、私がお父様に抱く愛をさらにおわかりになりたければ、こうお考え下さい、お父様は大いなるものをお持ちですから、それだけ立派であり、それだけ私はお父様を愛し、それ以上ではないと」

これが『レア王年代記』のコーデラの答え（本書240ページ）へと書き換えられ、シェイクスピアにおいてNothingと単純化される。原話では、王は末娘の答えに不満を抱くが勘当するわけではない。やがてゴノリラ――と、ホリンシェッドの年代記では表記される――の夫とリーガンの夫である公爵二人が王から王国を奪い、王がガリアに逃れ、末娘に救われ、ガリア王がブリテンを攻めて二人の公爵を倒し、レア王を復位させるという筋は、『レア王年代記』にそのまま引き継がれている。

エドマンド・スペンサーの『妖精の女王』（一五九〇）やジョン・ヒギンズの『王侯の鑑』（一五七四）では、リア王は復位し大団円となるものの、コーディーリアが獄中で自殺するという結末がついている。シェイクスピアはこのコーディーリアの自殺という話を読んで、自殺にみせかけた他殺という筋を思いついたのかもしれない。「獄中でコーディーリアを絞め殺し、絶望のあまり自害したと見せかけるつもりだった」とエドマンドが言った途端にコーディーリアを抱いたリアが登場するというエンディングは、シェイクスピアのオリジナルである。なお、グロスター伯爵と二人の息子の筋は、フィリップ・シドニーの『アルカディア』から採られている。

執筆年代

『リア王』は、どんなに遅くとも宮廷での『リア王』クリスマス上演記録が残る一六〇六年十二月までに書かれた作品であり、おそらく一六〇五年末に書かれたのではないかと推察されている。作中の日蝕月蝕が一六〇五年九月の月蝕と同年十月の日蝕（194ページ参照）への言及だとする指摘が正しければ、一六〇五年十月以降の執筆となる。一六〇五年のクリスマス期の上演記録が残っていないために、執筆に一六〇六年までかかったのかもしれないという説もあるが、一六〇五年十二月下旬から一六〇六年三月上旬のあいだにジェイムズ王御前で上演された十本の芝居の題名は『ミュセドーラス』を除いて知られていないため、残り九本の一本だった可能性もある。初版のQは、前述のとおり、一六〇八年刊行。

上演

初演時には、リチャード・バーベッジがリア王を、ロバート・アーミンが道化を、少年俳優たちが娘を演じたと推測されるが、アーミンがコーディーリアも演じたのではないかという推測もなされている。初演は一六〇五年にグローブ座で行われたと推察されるものの、その記録はなく、最も古い記録は一六〇六年十二月二十六日の宮廷上演。同年七月に疫病流行で上演が禁止されて以来宮廷で上演された最初の劇だという。一六一〇年にヨークシャー州での地方公演の記録が一つ残る以外、当時の上演記録は残っていない。

王政復古期では一六六四年一月にリンカーンズ・イン・フィールズで、一六七五年六月にドーセット・ガーデンで上演された。

一六八一年にネイハム・テイトが改作した『リア王』では、リア王はめでたく復位し、コーディーリアはエドガーと結ばれる。このロマンティック版『リア王』は、一世紀半近く原作に代わって演じ続けられた。一八三八年のウィリアム・チャールズ・マクリーディの演出・主演でようやく原作が復活したが、グロスター伯の目をくりぬく場面はあまりに残虐という理由でさらに十九世紀末になるまで復活せず、復活後も観客の目の前で演じられるようになったのは、ピーター・ブルック演出のロイヤル・シェイクスピア劇団公演（一九六二）が最初だという。ブルックはFに大きく依拠しながらテキレジを行った。それゆえ、第三幕第七場終わりの召使いたちの会話も削除され、第四幕第二場の次にQだけにあった場面も削除された。そして、強烈なリア（ポール・スコフィールド）を、哀れむべき悲劇的存在としてではなく、責任を放棄しながらも権力をふるおうとする傲慢な老王として提示した。そして、父の横暴に驚愕するアイリーン・ワース演じるゴネリルの主張にそれなりの正当性を与え、王との対立を拮抗させてバランスをとったため、観客は難しい判断を迫られることとなり、公演は「革命的」と絶賛された。これは実存主義的演出とも残酷演劇・不条理演劇とも言われ、大きな衝撃をもって受け容れられ、一九七一年に映画化された。

ピーター・ブルック演出に影響を与えたのは、ヤン・コットの『シェイクスピアはわれらの同時代人』（初版一九六一、英訳一九六四）に収められた論文「リア王またはエンドゲーム」であり、コットは『リア王』をサミュエル・ベケットの『エンドゲーム』と同列に論じることによって、この作品のもつ不条理性や虚無感を強調した。なお、『エンドゲーム』の本作への影響については、R・A・フォークスの論文「『リア王』と『エンドゲーム』」（*Shakespeare Survey 55: King Lear* and its Afterlife, 2003 所収）に詳しい。

一九八二年のエイドリアン・ノーブル演出のロイヤル・シェイクスピア劇団公演では、アントニー・シャーが赤鼻のピエロの扮装で哀しい道化を演じて強烈なインパクトを残した。出だしから、道化を思わせる衣装をつけたコーディーリアが道化と一緒に王座に座って、首には首吊りのロープをぶらさげながら、あやとり遊びに興じているという印象的場面が示された。マイケル・ギャンボン演じるリアは、責任を放棄しながら権力を振り回す堂々たるリアだ。模擬裁判の最中、道化はリーガンに見立てた枕をふりまわしながら、ドラム缶に飛び込む。狂乱したリアは「次にリーガンを解剖してみよう」と言いながら道化が胸に抱えた枕を短剣で突き刺す。短剣は道化の胸を貫き、道化は『エンドゲーム』と同様にドラム缶の中へ消えていく。道化が消えてしまうのはなぜかという問いへの答えとして、狂ったリアが道化を殺してしまうという演出を加えることがしばしばあるが、それはこの公演が嚆矢である。

その他のさまざまな上演については、オックスフォード版ほか現代版に付された解説に詳しい。特にローゼンバーグ氏の本—— Marvin Rosenberg, *The Masks of King Lear* (Newark: University of Delaware Press; London and Toronto: Associated University Presses, 1972) ——が参考になる。たとえば、これまで上演されてきたコーディーリアについて、ローゼンバーグ氏は次のようにまとめている。「何て言ったらいいのかしらと神経症的に不安になるコーディーリアから、ほとんど傲慢で自己顕示欲の強いコーディーリアまで、恥ずかしがり屋から生意気娘までさまざまあり……ポール・スコフィールドの頑強なリアに対するコーディーリアは、すましていて、自信とプライドに満ちていた。要求に頑張って応える実際的な姉たちと比べると、未熟で理想主義的すぎていた。一方、ヴァネッサ・レッドグレイヴ演じるコーディーリアは、老いて愛情深いが恐ろしい父親［マイケル・レッドグレイヴ］に対して恥ずかしそうにしていて——自分の言葉が父に与えた影響に驚き、ショックを受けていた」（同書61ページ）。ちなみにマイケル・レッドグレイヴは一九五三年にジョージ・ディヴァイン演出で、耄碌したリア王を演じたが、そのときのコーディーリアはイヴォンヌ・ミッチェルである。

作品研究・その他

時代が変わると解釈も大きく変わってくる。それを一言で次のように言ってのけたのはR・A・フォークスだ。「一九五〇年代までの批評の主流では、この芝居はリアが最後には自己認識をして救われるに至る贖罪への旅を扱ったものと解釈されてきたが、一九六〇年代には、どんなかすかな慰めもまったくない、最も荒廃とした、最も絶望的な苦しみのヴィジョンとされた」(*Hamlet versus Lear* (Cambridge University Press, 1993), pp. 3-4)。コーディーリアを美徳の権化であると考えるジョン・ダンビー(『シェイクスピアの自然教義』一九四九)のように寓話的に捉えるのはもう流行らないだろうし、コーディーリアが生きていると錯覚したままリアは喜悦のうちに絶命するとしたA・C・ブラッドレーの『シェイクスピアの悲劇』(一九〇四)を読んでもリアの愚かさは消えない。とは言え、これまでの批評の総体もまたこの作品の重要な一部を成しているから無視はできない。初期の批評二十五編の抜粋を集めたケネス・ミュア編 *King Lear: Critical Essays* (Routledge) はキンドル版で読めるようになったし、『リア王』に関する主な批評文献一覧は、Kiernan Ryan, ed., *King Lear*, New Casebooks (Macmillan, 1993) や Andrew Hiscock and Lisa Hopkins, eds, *King Lear: A Critical Guide* (Continuum, 2011) に掲載されているので参照されたい。

おそらく『リア王』が描く最も重要な点は、古い世界の価値観の喪失により、それに依拠してきた人生の意味が失われることではないだろうか。時代が変わると価値観が変わり、古い世界で大切にされていたものが失われる。

封建主義的リア王の権威があればこそ、ケント伯爵は命を賭（と）して忠義を尽くし、最後には殉死さえしようとするが、そこに感動はなく、あるのは虚（むな）しさだ。仁義礼智忠信孝悌（こうてい）といった古い「徳」が意味を失い、勝ち組であれば人生に勝利でき、人は生まれに拘（かか）わらず平等とされる時代になったとき、もはや王や貴族であるという肩書や生まれだけで尊敬や服従を求めること自体がまちがいなのだ。封建体制の申し子である宮廷道化師は、王の権力が失墜するとともに消え去らなければならない。

Qではそうした古い体制は根底のところで崩れていなかった。王への服従や親への孝心を大前提とするオールバニ公は、妻のゴネリルを「虎だ、娘ではない」とか「女の皮をかぶった化け物」と罵（ののし）るが、Fではそうした台詞（せりふ）はカットされ、横暴な父親に対抗しようとする現代娘としてのゴネリルの側面が強調される。もちろん、嵐の中へ出て行った父親を放置した彼女たちの行為は決して赦（ゆる）されるべきものではないが、同時にゴネリルに対して恐ろしい呪いを浴びせたリアの行為も行き過ぎであって、それもまた赦されるべきものではない。ゴネリルとリーガンを悪女と捉え、リアを「罪を犯すよりも犯された男」（97ページ）とのみ捉えてしまうと、本作のもつ悲劇性は浅薄なものとなってしまう。

コーディーリアでさえ決して美徳の権化などではなく、人間としての罪を逃れられない。その独善性については192ページに記した。人は、人間であるかぎり、必ず罪を犯しているのであり、罪を犯さない人間はいない。コーディーリア自身が最終場で述べるように、人は「よかれと思って最悪の結果を招い」てしまう（165ページ）ことがある。人は生きようとして努力するが、その結果がどうなるかはわからない。人の思惑など――自由意志など――たかが知れているのであり、人生がどうなるか、生きてみなければわからない。いつ突然、命が果てるかもわからない。「我々人間は神々にとって、いたずら小僧の蠅のようなものだ。戯れに殺される」（124ページ）という一種の諦念（ていねん）は、死すべき運命である人間のはかなさを述べたものであり、どんなに知恵を積んで、先を見渡すことができるようになったつもりでも、人が死ぬという不条理性は解消できないのである。

第一幕第二場でエドマンドは兄エドガーにこう話す――「先日読んだ予言のことを考えていたんです。この日蝕月蝕（にっしょく）のあと、何が起こるのか」。これは、「予言などナンセンスであって、人の運命は星の動きなんかで説明がつくものではない」と考えるエドマンドの皮肉な台詞だが、確かに人間の運命は予言できるものではない。だからこそ、と、前述の研究書『王国の分割』に寄稿して、Fこそシェイクスピア自身がQを改訂した作品なのだと論じるわが師ジョン・ケリガンは、Fの第三幕第二場に加筆された道化の予言を次のように弁護している。

道化が語っていることはそのとおりだと、劇は確認する。すなわち、当たる予言などできないということだ。と言うのも、この道化の予言は、予言の注意深い回避になっているのだから。古臭い脚韻がある最初の四行は今、一六〇〇年代に起こっていることを告げている。

司祭の説教に中身なく、
薄めたビールに味がなく、

貴族が仕立て屋に流行指南、
異教徒焼かれず、身を焼く女難、
こんなひどい状態であれば「アルビオンの王国」が「大混乱」になると誰にでもわかる。
道化は、それから決して起こらないことを六行で語る。
〔中略――本書99ページ参照〕

道化はこの六行を極めつきにするために何か絶対ありえないこと（「そしたら月は緑のチーズでできるだろう」などということ）で終えたりせず、予言への注意を強めて、絶対確実なものを選ぶのである。「そんな時まで死なずにずっと、／生きてりゃ、足で、歩くよ、きっと」。そして、改訂を行った人物は、このように道化にめちゃくちゃに予言を重ねさせているように見せながら、実はこの悲劇を通してずっと繰り返し語ってきた真実に対して、気の利いた最後の台詞で注意を喚起する――すなわち、唯一確かな知識とは、あとになって得られるものだということである。「この予言は予言者マーリンに言わせよう」と、ジェイムズ朝時代の道化は言うのだ、「おいらはそれより前の時代の人間だからね」と。

あとになってみないと結果はわからない。人は消えゆくが、時代は続く。そこに希望があるときっと言うべきなのだろう。

なお、本書には現代では使用を控えるべき差別用語や差別的な内容を含む台詞が横溢している。リア王はゴネリルの未来の胎児におぞましい呪いをかけるが、その呪いのおぞましさこそがゴネリルの抵抗の原因となる。エドガーが身をやつす存在は社会から疎外され蔑視される人間だが、それはエドマンドが生まれゆえに蔑視を受ける状況とも通じる。言われのない蔑視を受けて、どん底で生きざるを得ない人間の苦悩を知れと作品は呼びかけているのだ。そういった差別意識が蔓延っていた当時の社会的状況を伝えるためにも、本書ではあえて原文に手を加えず忠実に訳していることをご了承願いたい。

なお、この新訳による最初のパフォーマンスは、Kawai Project番外編音声ドラマとして、二〇二〇年七月より日本シェイクスピア協会やKawai Projectのホームページより一般配信された。キャスト・スタッフは以下のとおり。

リア王＝髙山春夫、ゴネリル＝西岡未央、リーガン＝山﨑薫、コーディーリア／道化＝藤井咲有里、エドガー／フランス王＝西村壮悟、エドマンド／バーガンディー公爵＝梶原航、グロスター伯爵＝チョウ・ヨンホ、ケント伯爵＝山田健人、オールバニ公爵／騎士／老人＝今井聡、コーンウォール公爵／騎士／隊長／召使い＝白川哲次、オズワルド／召使い／使者／医者／紳士＝河野賢治、音響・編集＝斎藤裕喜、演出・編集＝河合祥一郎

また、東京都の芸術文化活動支援事業「アートにエールを！東京プロジェクト」の支援を受け、キャストの一部を入れ替え（コーディーリア／道化＝山﨑薫、リーガン＝田村彩絵）、音楽に後藤浩明、照明に松本永・佐々木夕貴を迎え、九月四〜六日に高円寺K'sスタジオ（代表　日下諭）にてリーディング公演を行った（票券　北澤小枝子）。記して感謝する。

二〇二〇年九月

河合祥一郎

新訳（しんやく） リア王（おう）の悲劇（ひげき）

シェイクスピア　河合祥一郎（かわいしょういちろう）＝訳

令和２年 10月25日　初版発行
令和６年 ９月30日　７版発行

発行者●山下直久

発行●株式会社KADOKAWA
〒102-8177　東京都千代田区富士見2-13-3
電話　0570-002-301（ナビダイヤル）

角川文庫 22391

印刷所●株式会社暁印刷
製本所●本間製本株式会社

表紙画●和田三造

●お問い合わせ
https://www.kadokawa.co.jp/（「お問い合わせ」へお進みください）
※内容によっては、お答えできない場合があります。
※サポートは日本国内のみとさせていただきます。
※Japanese text only

ISBN 978-4-04-108792-3　C0197

角川文庫発刊に際して

角　川　源　義

第二次世界大戦の敗北は、軍事力の敗北であった以上に、私たちの若い文化力の敗退であった。私たちの文化が戦争に対して如何に無力であり、単なるあだ花に過ぎなかったかを、私たちは身を以て体験し痛感した。西洋近代文化の摂取にとって、明治以後八十年の歳月は決して短かすぎたとは言えない。にもかかわらず、近代文化の伝統を確立し、自由な批判と柔軟な良識に富む文化層として自らを形成することに私たちは失敗して来た。そしてこれは、各層への文化の普及滲透を任務とする出版人の責任でもあった。

一九四五年以来、私たちは再び振出しに戻り、第一歩から踏み出すことを余儀なくされた。これは大きな不幸ではあるが、反面、これまでの混沌・未熟・歪曲の中にあった我が国の文化に秩序と確たる基礎を齎らすためには絶好の機会でもある。角川書店は、このような祖国の文化的危機にあたり、微力をも顧みず再建の礎石たるべき抱負と決意とをもって出発したが、ここに創立以来の念願を果すべく角川文庫を発刊する。これまで刊行されたあらゆる全集叢書文庫類の長所と短所とを検討し、古今東西の不朽の典籍を、良心的編集のもとに、廉価に、そして書架にふさわしい美本として、多くのひとびとに提供しようとする。しかし私たちは徒らに百科全書的な知識のジレッタントを作ることを目的とせず、あくまで祖国の文化に秩序と再建への道を示し、この文庫を角川書店の栄ある事業として、今後永久に継続発展せしめ、学芸と教養との殿堂として大成せんことを期したい。多くの読書子の愛情ある忠言と支持とによって、この希望と抱負とを完遂せしめられんことを願う。

一九四九年五月三日